升学记

曹育娟 著

陕西新华出版

太白文艺出版社·西安

图书在版编目（CIP）数据

升学记 / 曹育娟著. -- 西安：太白文艺出版社，
2025. 1. -- ISBN 978-7-5513-2705-3

Ⅰ. I247.5

中国国家版本馆CIP数据核字第2024LR0211号

升学记

SHENGXUE JI

作　　者	曹育娟
责任编辑	姚亚丽
封面设计	薄荷糖
版式设计	建明文化
出版发行	太白文艺出版社
经　　销	新华书店
印　　刷	三河市嵩川印刷有限公司
开　　本	880mm×1230mm　1/32
字　　数	195 千字
印　　张	9.875
版　　次	2025 年 1 月第 1 版
印　　次	2025 年 1 月第 1 次印刷
书　　号	ISBN 978-7-5513-2705-3
定　　价	59.00 元

目 录

点　考

晚上十点多，培训机构在群里连发三条加急消息：

通知：所有人于1月27日（明天周六）早上七点三十分临时加课一次，请家长务必送孩子来校加课！收到请回复，不接受以任何理由请假，旷课后果自负！急！急！急！

三个猩红的感叹号分外刺眼，让蜷缩在沙发里、已经有点眯瞪的上官芸顿时清醒并兴奋起来。她揉了揉干涩的眼睛，看到本来捧在手里精心研究的内部书刊，不知道何时已经滑落在地上。书刊封面《2018小升初白皮书》中的"白"字上，不知道何时染上了一滴红艳艳的辣子油。她苦笑了一下，弯腰捡起书，抽了一张餐巾纸想把油渍擦干净，却将油渍擦成一朵红艳艳的罂粟花。罂粟花在灯火辉煌的夜色中妖娆，挑衅地对着她油腻腻地笑。

她将书扔在了沙发上，看向仍旧伏在书桌前刷题的儿子，问道："大河，快做完了吗？"

儿子头都没抬，回道："这套马上就做完，还剩一套了。"

她看了一眼时间：十点三十四分。她很想责备孩子几句：一套卷子半个小时，四套卷子最多两个小时，七点开始，这都几点了，还没做完呢？话到嘴边，她忍了，端起水杯喝了一口水，说："算了，剩下一套不做了，明天抽空补上。你今晚的错题我已经抄到错题本上了，你先改错，我来批改你这一套。抓紧时间，争取十一点睡觉，明早六点起床，刚收到速成才的通知，明早有点考呢，可不敢错过了！"

儿子不情愿地哼哼道："那么早，我还想趁周六好好补觉呢。"

她有点心软，将儿子揽在怀里，拍了拍儿子说："乖，加油，坚持到底就是胜利，越努力，越幸运！"

儿子从母亲怀里挣脱出来，没再吭声，继续趴在书桌前做卷子改错。

她抓紧时间，迅速将儿子的卷子批改完毕，将两道错题抄在了错题本上，递给儿子，催着继续改错。自己迅速洗漱完毕，将堆在洗衣机上的衣服分颜色和内外，放进洗衣机；将一家人换下的内裤、袜子手洗干净晾在阳台上，又将客厅四散乱扔的书、卷子整理归类，收在固定的地方。真题解析参考答案收好放在固定的地方：一来方便每晚批改试卷时参考用；二来防止儿子偷懒抄答案；三来近期记性越来越差，批改真题试卷时，常常想不起来将解析藏在哪里了，被儿子嘲笑，自己更着急上火。

儿子终于完成当天的任务、洗过澡睡了，她检查好门窗，拖完地板，又去儿子房间，给踢掉被子、抱着毛茸茸的北极熊玩具、蜷缩成一团熟睡的儿子盖好被子，拉上门，回到卧室。看到占了大半个床的丈夫早已经呼呼大睡，她有点生气，转身去了女儿房间。

作为两个孩子的母亲，上官芸一边享受着一双儿女日常带来的甘甜和幸福，一边承担着自己和丈夫这种赡养两边老人带来的双倍的辛苦和劳累。

次日五点多，闹钟还没来得及响，上官芸在生物钟的召唤下自然醒来了。大冬天离开温暖的被窝真的需要勇气，她心里给自己鼓鼓劲，做了三次深呼吸，才从热乎乎的被窝里钻出来。穿衣、刷牙，洗漱完毕，她在锅里热了两个豆沙包，蒸了一碗儿子最爱吃的鸡蛋羹，热了一杯鲜奶，烤了一根香肠、几片面包，将苹果、猕猴桃切片，加上提前洗好的绿提子、圣女果，做了一盘花花绿绿的水果拼盘。看时间差十分六点，她赶紧去叫儿子起床。按往常的习惯，儿子需要叫三次，十分钟后才能起来，她趁机坐到梳妆台前给自己涂抹一番，画眼线时隔空喊了儿子一声。六点整，儿子起来了，刷了牙，洗了脸，坐在餐桌旁，对着餐桌上的食物愣神。她怕耽误时间，催儿子快吃。儿子勉强吃了一口蛋羹，问道："妈，如果考不好咋办?"

上官芸忙着给自己冲燕麦片,没回头,回答道:"加油,宝贝,你可以的,要相信自己!"

为了安慰儿子,她用面包夹了香肠,塞到儿子手里,说:"乖,快吃,吃饱吃好,才有力气上战场打胜仗!"

儿子将面包拿在手里,迷迷瞪瞪地说:"妈,我不想吃了,你吃吧,我想再睡会儿,走的时候你叫我。"

她瞅了一眼时间:"行,你在沙发上打个盹儿。下雪了,妈妈不敢开车,咱打车去,这么早,还不知道能不能打到车,得早点出发。"她边说边揪了一块豆沙包塞进嘴里,喝了口麦片,烫到了舌头,看儿子,他已经歪着头坐在椅子上睡着了。

街道上落了一夜的雪,在路灯的照耀下泛着白幽幽的光。

网约车不见影子,她给儿子把棉大衣的帽檐压低,也将自己的羽绒大衣裹紧。整个城市还在半梦半醒之中,只有几个穿着橘色衣服的环卫工人在急促地清扫着人行道上的积雪。一台扫雪车像坦克一样轰隆隆地开过,街道如被电动理发器剃过的头皮,瞬间清亮干净。

娘儿俩站在风雪中跺脚搓手,等了十多分钟,网约司机打来电话道歉说路上都是冰,等红灯时没刹住,和前车追尾了,让取消订单。上官芸又急又气却没办法,急忙取消了订单,再约,前面排了二十六个人。她心里如猫抓,抬头四下张望着,盼着能过来一辆出租车。眼看 7 点过了,才看到一辆出租车如初穿高跟鞋的女人一般小心翼翼地滑行过来，她像溺水的人抓住了一根救命稻草，使劲招手，就差站到路中间去拦了。车停了下来，司机摇下车窗问："到哪里？"

上官芸赶紧说："北大街速成才。"

司机头一摆示意上车。

车上已经有一对母女，女孩子看起来和儿子一般大小，怀里抱着书包，母女俩靠着座椅靠背打盹儿。上官芸心里想：她们不会也是去参加点考的吧？她没敢问，因为培训机构再三强调，一定要保密，怕走漏风声，遭到同行举报，失去宝贵的点考机会，并提出口号：非常时期，防火、防盗、防同行。

那对母女也很警惕，一路无话，到了北大街，四人先后下车，司机按表收费，每家三十五元，一分不少。上官芸心里清楚，按行业规定，出租车拼车是要给乘客折扣的，但她怕耽误时间，不愿理论，付了费，拽着儿子直奔培训机构。

远远望去，培训机构平时闪亮得让人眼花的LED灯，好像坏了似的，大门紧闭，周围空无一人，黑漆漆一片。

上官芸正在张望，角落里闪出一个穿着军大衣、戴着防护口罩的人，低声对她说："向前一百米，右拐。"

她的心扑通扑通地跳着，拉着儿子走了两步，儿子脚下一滑，母子俩一前一后仰面摔倒在雪地上。上官芸忍着尾椎骨的疼痛忙问儿子"没事吧"，儿子突然在雪地上打了个滚，开心地说："妈妈，我觉得你说得对，不经历风雨，怎么见彩虹？

我摔这一跤，是不是今天的点考就能过呀？"

她看孩子没事，自己挣扎着站起来，又将儿子拉起来，拍着儿子身上的雪，鼓励他说："能，只要细心点，你肯定能过！"

娘儿俩互相搀扶着向前走了百八十米，看到一个小区大门，右拐进去，一个被白色羽绒服裹得严严实实的女孩低声叫出番大河的名字，又问了声家长好，请上官芸带孩子到四单元门口。

上官芸谢过冻得直哆嗦的女孩，将孩子送到了四单元门口。

四单元门口也候着一个武装到脚趾和牙齿的女孩。她将孩子接了过去，说："家长可以离开了，结束后我们会在群里通知到哪里接孩子。"她转身将孩子带了进去。

这样小心翼翼、紧紧张张的送考，如电视里面演的地下党接头一样，上官芸在陪儿子小升初的过程中经历了十三次。上官芸记得，第一次自己的心怦怦怦地都快跳出来了。习惯以后，不但心跳不会加速，她反而有点喜欢这种让人兴奋和刺激的偷考方式。

孩子们不可能在小区的单元楼里点考吧？当然不可能！

上官芸后来听儿子说，他被老师带进单元楼后七拐八拐，黑漆漆的，犹如密室逃亡，开着手机摸索着上上下下走了一段，才看到一扇小门。他们推门而入，出现在眼前的竟然就是他们平时上课的培训机构。

孩子们每十人一组,先被分散在几个小教室里,拿出书本装作上课,其实是在待考。

"在小教室考试吗?"上官芸好奇地问儿子。儿子说:"NO,NO,NO!"正式考时,百十人在老师的指挥下迅速聚集在大会议室里考的。

原来如此!上官芸将儿子送进去后,厚厚的羽绒服在零下十摄氏度的清晨,似乎变成了一件薄如蝉翼的纱衣,她感觉自己好像被剥光了,行走在突然睡醒、行色匆匆的都市街头。冷空气刺激着敏感的鼻腔,她不由得连打几个喷嚏,摘下防护口罩,将沾上鼻涕的口罩扔进了垃圾桶。她想起前两天检查儿子背诵的《卖火柴的小女孩》,此刻,她愿意买下小女孩手中所有的火柴,点燃取暖,并憧憬未来。

对于培训机构这条街,她比自己住了十多年的小区还熟悉,往东五百米,便是冬暖夏凉、备战小升初的家长和孩子的集散地——肯德基。

上官芸没有犹豫,用纸巾擦着鼻涕,大步走了过去。

进了肯德基,上官芸感到了几许温暖。根据长时间积累的经验,迈进肯德基的上官芸一眼就能分辨出哪些是用餐者,哪些是陪孩子备战小升初的家长。她看了一下时间,七点半,肯德基已经乌泱泱地坐满了人:有的人餐桌的托盘上摆着经典早餐,有的人桌前放一纸杯咖啡,大部分人的桌前空空如也,低头玩着手机,或三三两两地小声聊着天。看来今早参加点考的孩子不少！上官芸要了杯热咖啡，找个空位坐下，双手捂着热杯，让快要冻僵的双手快点缓过劲来。旁边男士目不转睛地盯着手机游戏。对面的女士没有戴耳机，正在追剧，上官芸听到了几句稚嫩的台词："人世间最痛苦的事情就是，人在初三，学校题海，回家特训，我都快成人干了！"上官芸的心缩了一下，觉得这句话好耳熟，想到好像儿子也曾说过这样的话，只不过把"初三"两个字换成"小升初"罢了。

　　唉，哪个孩子不是父母的全世界呢？可在这个残酷而现实的社会里，谁愿意因为自己的心疼和不忍，让孩子输在所谓的起跑线上，渐渐失去竞争能力，被社会淘汰，最终甘于落到底层呢？对于无权、无势、无背景，靠自己努力奋斗，在这个繁华的城市中站稳脚跟，买房买车，年收入比上不足、比下有余的一代城市新移民上官芸来说，为孩子提供良好的教育环境，把孩子培养好，让孩子不要在这个日新月异的时代被轻易淘汰出局，是她目前最大的愿望。

　　肯德基明亮而温暖，就算是一条冻僵的蛇爬进来也会慢慢苏醒过来。半杯热咖啡很快把上官芸冰冷的肠胃和僵硬的身体唤醒，她掏出手机，看了几条关于小升初的资讯和新闻，玩了几把消消乐，有一关总是过不去。她不耐烦地放下手机，端起咖啡，向四周张望，看有的家长坐着打盹儿，有的直接趴在桌上酣睡，有的则急切地和邻座讨论着"五大名校"的动向。有一个说到激动处，抬高了声音，上官芸隐隐听到有人说东大上周到孩子学校校考了，赶紧竖起耳朵，想捕捉到一点有用的信息。对面追剧的家长似乎也听到了，立刻放下手机，将头和目光都扭向了那边。然而，或许意识到话题敏感，那个极具优越感的声音却突然低了下去。

上官芸和对面的女人有点失落，将目光收回时不经意地碰在了一起。两个人不约而同地笑了，又不约而同地叹了口气，有种同是天涯沦落人的感觉。

女人笑着说："一个狗屁小升初把人都搞神经了，我现在只要听到'点考''校考''预录''五大'几个词，整个人就像条件反射似的紧张起来。"

上官芸认同地点头回道："我也是。"

女人说："我娃叫王子兮，东方十小的。你娃呢？"

上官芸说："我们在西方二小，叫番大河。"

女人开朗地问："那我叫你番妈，还是河妈？"说完自己把自己给逗笑了，不等上官芸回答便摆手道："你可不许叫我王妈，叫我子兮妈或者青菜吧，青菜是我微信和QQ的昵称，好记。"

上官芸点点头说："青菜好记又好听，你叫我浮云，也是昵称。"

青菜将头凑了过来，压低声音说："听小道消息说，今天东大全城出动，东南西北的机构来的都是东大。"

上官芸很喜欢青菜的率直和开朗，虽然萍水相逢，但因孩子同样面临小升初的挑战，自然亲近信任起来，便压低了声音回道："看这阵势，估计差不多，但具体哪一家，不太确定。"

青菜说："咱们这届怎么这么倒霉，往年有小升初统考，好赖还能光明正大地拼实力，今年不知道为啥，有人说为了彰显教育公平，改成摇号。摇号就摇号吧，关于怎么个摇法，大半年过去了，具体方案也没见公布，搞得我们家长两眼一墨黑，四处瞎窜。"

上官芸点点头表示同感。健谈的青菜问："你们参加过几次点考了？"

上官芸说："今天第六次，听孩子说真正只考过一次，其他都是待考。"

青菜说："我们已经考过七次了，每次机构老师都说是真考，唉，谁知道水分有多大呢……"

上官芸说："也不一定，你们考试交了多少钱？"

青菜笑着说："老师说不用交钱，学校免费为孩子们组织点考，不过，这年月哪来的免费午餐？羊毛出在羊身上，肯定收学费时就算进去了，谁又不是瓜子（方言，形容人愚蠢）。"

上官芸笑了，顺着对方的话说："面对小升初，家长都是聪明的瓜子！"

青菜拍掌笑道："总结到位，想让孩子择校拼小升初的家长，无非两类。一类，家长曾被知识改变命运，是教育体制的受益者，所以希望自己的孩子也能继续靠知识改变命运，而目前最简单直接的办法就是疯狂学知识，死磕名校。另一类，家长不是教育体制的受益者，因种种原因心有不甘，希望孩子能在小升初上死拼一把，上个好中学，将来考个好大学，找个体面的工作，以此改变命运。其实，家长所有的焦虑不安都来自社会的浮躁之气，以及内心缺乏安全感。"

上官芸很佩服青菜的见地，赞道："你好有见识，我猜你肯定属于前者。"

青菜红润的圆脸上眼睛笑得眯成了一条缝，摆手道："不是，不是，我热蒸现卖，这都是我刚在网上看别人说的。我就一个卖菜的，哪有这种见识？我和他爸都没文化，卖了半辈子菜，没好好供老大读书，高中毕业后在工地上做苦力，天天搞得灰头灰脸的，看得我们心疼却没办法。所以这个老二，就是拼了命，我们也要将他培养成高学历、坐办公室的！"

上官芸上下打量着青菜，青菜上身穿着咖色粗线毛衣，下配黑色阔腿裤，外套一件质地不错的黑色毛呢大衣，实在无法将她和市场卖菜的联系在一起。于是，上官芸笑着说："能变为己用，就很有见识。"

青菜看对面优雅的女人并未嫌弃自己是个卖菜的，便夸赞道："你一看就有文化，让我猜猜：你不是国家干部就是学校老师，对吗？"

上官芸笑而不答，两人你一句我一句地聊起小升初，正聊得热乎，上官芸的手机响了，显示是陌生号码。以前若是陌生号码，她是不会接的，可现在属于非常时期，怕漏掉任何重要电话，她赶紧接了。电话里传来了儿子的声音，让她去培训机构接。她没有来得及问考得怎么样，赶紧答应了，和青菜加了微信，匆匆赶去接儿子。

离开肯德基时，她发现一些家长也好像接到了指令，起身准备离开。

雪花像被孩子生气后撕碎的试卷，纷纷扬扬地落向大地。在肯德基不过待了两个小时，路边的法国梧桐上已经落了厚厚的积雪，一片片枯黄残败的梧桐叶像穿上了霓裳羽衣，摇身一变，成了冰清玉洁的仙女。环卫工不停地扫着人行道上的落雪，铲雪车停在路边，有个维修人员半个身子埋在打开车盖的车头里敲敲打打，还有两个维修人员手持工具，在那个庞然大物的各处仔细检查。

故事和事故无处不在，都市再拥挤，脚步再匆匆，上官芸的目光还是会从不同的景致中掠过。

接到儿子，上官芸边问冷不冷边给儿子戴好口罩。早上没来得及坐地铁，现在时间充足，她拉着儿子大步穿过冷冷的街道，钻进地铁，才问儿子考得怎么样。

儿子不耐烦地说："没考！"说完，他便抱着书包蹲在地铁的角落里开始打盹儿。

上官芸看着心疼，目光扫了一眼车厢，男女老幼齐刷刷地低头玩手机，没有一个空座位，也没有一个人准备下车。她有点后悔没开车，如果开车的话，儿子就可以躺在后排座位补个觉了。正想着，看到一个小姑娘收起手中的手机准备下车，她赶紧上前一步等在旁边，并小声招呼儿子过来，儿子把头伏在书包上，也不知道睡没睡着，根本不理。她看小姑娘站起来了，凑过去一屁股坐下，给儿子占了个座位，又提高声音，催儿子快过来。可能声音有点大，她感到车厢里许多低头看手机的目光茫然地投向了自己。她不管不顾地离开座位，将书包拎在手里，拽起儿子拉向座位。刚将儿子按着坐下，上来一位精神矍铄的老人，站在了座位旁，上官芸一心想让儿子好好睡会儿，扭了一下身子，装作没看到。儿子却清醒了，口齿清晰地说道："爷爷，您坐这里！"

上官芸既心疼又欣慰地将儿子揽在胸前：小家伙好像又长高了，前一阵还够不到地铁上的拉环呢，如今不用抬脚跟，轻轻松松就握住了头顶的拉环。

老人乐呵呵地坐下后盯着孩子看了一会儿，将目光投向了上官芸，笑着称赞道："你把孩子培养得很好！"

她有点脸红，不好意思地笑笑，将目光投向了儿子。儿子问："妈，今天的奥数和英语还上吗？"

上官芸说："因为临时加课和奥数冲突，我已经向老师请过假，老师将课调到了明早，下午的语文和英语正常上。"

儿子看了看手表："妈，我可不可以在上课前堆个小雪人？"

上官芸心里算了一下时间，说："可以，不过吃饭时间需要压缩，最多挤出十五分钟堆雪人。"

儿子开心地握起拳头，摆了一个胜利的手势。

上官芸无意中看到座位上的老人轻轻地摇头并伴着一声低低的叹息……

小雪人堆好了，儿子还没来得及找到一双黑色的眼睛，上课时间就到了。儿子很不甘心，上官芸安慰儿子，让他先去上课，剩下的交给自己来想办法。

儿子有点不情愿地去上课了。她望着小雪人空洞的眼眶，觉得自己和小雪人一样茫然。手机响了，她一看是母亲的，赶紧接了，母亲惯用的带有命令式口吻的话在耳边响起："明天周末，把两个宝贝给我带过来！"上官芸还没来得及解释，电话已经挂了。

母亲当领导多年，退休后讲话风格不变，强势且自我，不容置疑和反驳。不过这几年孙辈们像树苗一般地迅速成长起来，经常搬出社会主义核心价值观中的"民主、自由、平等"和老太太对抗。老太太在孙辈们面前，如同老虎变成猫，柔软温和，但对自己的女儿依然权威不减，口吻依旧。

上官芸知道母亲生气了：同住一个小区，近在咫尺，却已经一个多月没时间和两个宝贝外孙在一起亲近亲近，能不生气吗？但有什么办法呢？孩子们没有周末，每天放学回家马不停蹄地做题、刷试卷，耽搁一会儿就要晚睡；晚睡的话，第二天早上孩子们就没精神，上课无法专心听讲，当天所学知识掌握不了，回家作业不会做，得重新学习，耽误时间，形成恶性循环。长此以往，学校知识都掌握不了，还如何择校？所以儿子每天学习像打仗一样，争分夺秒，不敢有丝毫懈怠。三年了，她谢绝了朋友邀请的聚会，推掉了单位组织的饭局，几乎停止了所有业余时间的娱乐和应酬，专心陪孩子读书，备战小升初。前段时间，上官芸月经来去极不正常，去看医生，医生说她太过焦虑，导致内分泌失调，经期紊乱，让她放松、多休息，并给她开了几盒药。她一看药品说明书，竟然是治疗抑郁症和更年期综合征的，禁不住悲从心中起，对着番大海大发脾气。作为外科一把刀的丈夫，面对妻子的无理取闹，启动"僵尸"模式，低头用手机斗着地主，装作没听到。

如果明天没有调课，孩子们可以睡个懒觉，起来去看外婆，吃外婆做的好吃的，然后从外婆家去培训机构上奥数和语文，合情合理。但情况有变，早上没时间，下午也没时间，上官芸准备用老办法：让女儿带些外婆喜欢的点心和蛋糕先去安抚一下。她正想着女儿，手机响了，女儿发来短信："妈，学校通知明天继续上课，不休周末。"

……

为了陪儿子备战小升初，上官芸托关系将按规定不具备住宿条件的女儿安排成了住校生。虽然女儿很开心能远离母亲的叨唠和管束，住进学校的六人宿舍，开启陌生而新奇的初中寄宿之旅，但上官芸内心是极其不舍且不安的。

女儿大儿子两岁，如果说儿子是个调皮捣蛋的混世小魔怪，那么十三岁的女儿就是降临人间的纯洁小天使。

上官芸对女儿学习管理特别严格，从幼儿园开始，考试有错别字，打手；计算有错误，打手；粗心漏题，打手；审题不清，打手；书写凌乱，打手；作业不保质保量，不按时完成，打手。总之，因为要求严格，女儿出色而优秀：钢琴十级，围棋四段，六年级在省女子业余围棋大赛中差点杀进前三，小小年纪让业内人士惊叹不已。那时还有小升初统考，女儿凭实力毫无悬念地考入目标中学。刚上初一又被省射击队复试后录取，上官芸牢记父亲诗书传家的教诲，没让女儿去。女儿不负期望，刻苦努力，年级前一百还不满足，说数学还有提高余地，缠着妈妈给她找了一位名师，进行一对一辅导，竟然使得数学成绩在最近的考试中，连连满分，总成绩冲入了年级前十。女儿小雅就是传说中别人家的孩子。

上官芸为了激励两个孩子，将他们从小到大所获的奖状贴在客厅的墙上，后来墙上贴不下了，就整理在一起，如今存了厚厚一沓。想到女儿，她有点欣慰，本想着赶回家，给一周只回来住一晚上的女儿准备顿丰盛的晚餐，好好补补身体，但女儿补课回不来，就不用太急了。看时间，下午两点多，依旧飞舞的雪花也许累了，没有了早上拥抱大地的热情和气势，懒懒地、软软地落在地上。她抬头看着近在眼前的城墙，被白雪装扮后，映衬着箭楼飞檐上垂下的红灯笼，一改往日的黯然和沉默，像怀抱琵琶、矗立在日月山最高处、频频回眸的王昭君，散发着别样的清丽和恬雅。

常常从城门出入，上官芸却从未在匆忙中驻足，看几眼这座中国现存规模最大、保存最完整，召唤着世界各地金发碧眼的外国友人和国内大江南北的同胞的古代城垣。她没时间感慨，打开手机随手拍了几张银装素裹的城墙，又以城墙为背景自拍了两张，看到照片中的自己眼角细纹纵横肆虐，很是嫌弃，打开美图，除了皱，瘦了脸，磨了皮，才满意地保存起来。上官芸又想起自己答应儿子要给雪人找眼睛，到哪里找呢？她看旁边有个垃圾桶，想看看有没有饮料瓶盖什么的。结果不但一无所获，还招来了路人异样的目光，也许有人想：打扮得还算体面的女人为何会沦落到大雪天翻垃圾桶、捡破烂的地步？

她也嫌脏，准备另想办法，突然灵机一动，从口袋摸出两枚硬币，填在了雪人的眼眶里，硬币在白雪的映衬下泛着金色和银色的光，没办法，她只有这两枚一元和五角的硬币，凑合着用吧。雪人似乎不开心，一大一小、一金一银的眼睛里流露出委屈和滑稽的神情，上官芸用手机拍了照，准备给儿子看。说话算数，是她对孩子们从小就灌输和要求的家风之一。

接孩子尚早，她被城墙的美感染，突然有种上城墙赏雪的冲动。手机响了，番大海说，东大街的妈下楼买菜时不小心摔了一跤，他有手术，走不开，让她去东大街看看什么情况，他一上手术台没法接电话，如果严重，就近送医院。

上官芸听说是东大街的妈，紧张的心稍微缓和了点，但也不敢大意，七十多岁的人最怕脑梗、摔跤、卧床不起。婆婆家在城墙脚下的东大街虾蟆陵。明清乃至民国时期，那里住的都是官宦大户。公公在1942年从河南逃荒出来，被他父亲用担子挑到永宁，在城墙附近出苦力、讨生活。新中国成立后，人民翻身做了主人，拆的拆，砸的砸，公公一家和其他五户人家作为翻身劳苦大众住进了几经易主的大宅院。后来公公被招工进入搪瓷厂并娶妻生子。20世纪90年代厂子倒闭，公婆二人同时下岗失业。夫妇俩虽然识字不多，但因受过苦，吃过睁眼瞎的亏，所以目标坚定，将两个女儿养大后嫁回河南老家，又勒紧裤腰带，硬生生将儿子培养成一个名牌医科大学的高才生。

上官芸从心底敬佩两个老人。幸亏东大街离北门不太远，坐公交很方便。她赶到婆婆家，谢天谢地，番大海一急，说错了。摔的是公公不是婆婆，公公说没事，但上官芸不敢大意，将行走自如的公公送到医院，看过医生，拍了片子，腿和脚都没问题，手腕却骨裂了。她拿着检查报告单，给番大海打电话，无人接听，估计还没下手术，公公不愿住院，她不敢做主，只好给番大海发信息问咋办。等了十分钟没有回复，老人不耐烦了，坚持要回家。她只好顺从了公公的意思，上了药，固定好手腕，打了绷带，取了内服外用的药，送公公回家。

为了安慰两个老人，她飞奔到超市买了些菜，清蒸了条鲈鱼，将排骨炖在了锅里。看时间该接儿子了，她解下围裙，准备去"状元及第"接儿子，婆婆这时被公公摔跤一惊一吓，血压升高，斜倚在沙发上说难受。她找出血压计一量，高压一百五十，赶紧问药在哪，找到药后伺候婆婆吃了，一看表，接儿子的时间已经过了。看着两个老人无助的样子，她不忍离去，儿子没有手机，想让儿子打车来爷爷家却无法联系。正在着急，手机响了，显示是陌生号码，她赶紧接了，儿子在电话里问她在哪里。上官芸急忙说："快打车来爷爷家，到了让司机打电话，妈妈出来接你付钱。"儿子不太高兴地答应了，她才放下心来，安慰了婆婆几句，重新系好围裙，下厨去做晚饭。

晚饭准备好，还没等到儿子电话，上官芸正犯嘀咕，门铃响了，番大海带着儿子走了进来。

她迎上去还没来得及问，番大海开口责备道："你也不给儿子身上带钱，要不是我正好在门口遇见司机吼娃，替娃解围，也不知道娃要尴尬成什么样子！"

上官芸一听忙问儿子怎么回事，儿子笑嘻嘻地说："我怕司机不拉，就没说自己没钱，到了爷爷家门口，才让司机打电话给你，叫你出来付车钱。司机叔叔就生气了，嫌我耽搁他时间，幸亏爸爸从天而降，回怼了司机。"她看儿子并没有表现出来受委屈的样子，便没理丈夫，招呼大家洗手吃饭。

番大海边吃边埋怨妻子排骨炖得不够烂，说老人牙齿不好，嚼不动。上官芸看公公婆婆的确没吃排骨，便盛了碗排骨汤给公公，说排骨炖的时间有点短，嚼不动就喝汤，汤里营养更丰富。

番大海又埋怨上官芸不该将老人带回家，年龄大了，应该住院观察几天，确认没有其他不适再回来。

上官芸忍不住反驳道："骨科医生说可以在家观察静养，何况是爸爸自己坚持要回家。"

番大海沉着脸怼道："你自己没脑子吗？"

正在啃排骨的儿子感到形势不妙，放下手中的骨头，看看正在给爷爷喂汤喝的奶奶，又看看眼里涌满泪水的妈妈，迟疑了一下，离开饭桌，从书包拿来一张卷子，举到上官芸面前，说："妈妈，这是今天的英语出门考，一百分！"

上官芸被儿子的高情商感动，强迫自己冷静下来，借盛饭躲到厨房抹去眼角的泪水。

带儿子回到家，已经九点半了，上官芸催儿子洗澡，儿子要求玩会儿手机。往常周日早上没课，孩子可以晚睡晚起一会儿，可这周特殊，周日早上八点有调换的奥数课，考虑到儿子也累了一整天，上官芸便软言软语讲明原因，劝儿子快洗澡睡觉。儿子不听，上官芸又讲了两遍道理，儿子振振有词地反驳妈妈说话不算数，说好每周末作业写完可以玩半小时游戏的，上官芸提高声音、加快语速又讲了一遍洗澡快睡的原因，儿子犟脾气一上来，非要玩游戏不可。上官芸怒了，将准备好的浴巾甩到了儿子身上，吼道："不行，不行，就是不行！"

儿子将甩在身上的浴巾扔回去，喊道："我就是要玩游戏，就要玩，你们大人说话从来就不算数！"

上官芸一巴掌扇了过去，儿子哭了，像只被激怒的小狮子，大声喊着："我就是要玩游戏，说好的一周就玩一次，为什么不可以？明明答应好的，你自己白纸黑字写的，你看！"他边喊边冲过去，一把撕下客厅墙上贴的"备战小升初学习计划"，指着最后一行备注"周末作业写完，可以玩半小时游戏"，小脸气得通红，胸脯一起一伏，像一只鼓着大眼睛的小青蛙。上官芸心疼孩子，也自觉理亏，强迫自己被无名之火烧得膨胀起来的心收敛冷却下来。是的，三年级时和儿子商量着制订的备战小升初学习计划，三年来几经斗争磨合，孩子为自己争取了"只要完成所有作业，周末就可以玩半小时游戏"的权益。

孩子没错，自己也没错，那是谁错了？这么大的孩子，怎么一点都不懂事呢？上官芸捡起地上浴巾，不打算让步，心里盘算着换种方式和儿子谈。手机急促地振动起来，她打开一看，置顶的"2018小升初集训群"连发三条消息："紧急通知：所有人，1月28日（周日）早七点半临时加课一次，请家长务必按时送孩子来校加课，收到请回复。不接受请假！旷课责任自负，急！急！急！"

上官芸一看，如接到上战场杀敌的军令，全身每根汗毛都竖了起来。她抬头看儿子站在原地，怒目而视，心里对自己说了三遍"大局为重"，又深呼吸数次，尽量让自己看起来温柔慈爱一些，对儿子说："好吧，是妈妈不对，不该动手打你，对不起。"

儿子头一歪，冷冷地问道："游戏呢？"

她让步道："今晚真的不能玩游戏了，现在都过十点了，洗完澡玩游戏的话，都快十一点了，你明早六点就要起床，妈妈怕你睡眠不足，何况刚又收到速成才的通知，明早有点考。"

儿子眼里闪烁着泪花，重复道："说好的游戏呢？"

上官芸本想转移话题，将玩游戏的事情淡化，没想到儿子和自己杠上了，只好说："游戏时间顺延，可以吗？明天真题试卷早点做完补上，可以吗？"

儿子如随时准备反击的小狗，满身竖起的毛瞬间耷拉下来，得寸进尺地说道："明天我要多玩十分钟，作为对你失信的惩罚！"

上官芸被儿子认真的样子逗笑了，摸摸儿子的脸蛋问："打疼了吗？"

儿子故作高冷地拽过浴巾，没说话，进浴室洗澡去了。

周日，雪更大，上官芸，地铁，交通，忙乱成一锅粥。

早上速成才的点考又黄了，家长被紧张的气氛、乱成一团的交通和一而再再而三的滑考折磨到崩溃。上官芸趁儿子在状元及第上课的时候，买了营养品和高钙奶粉从北大街走到东大街去看公婆。两个善良的老人体谅儿媳的不易，对儿媳一向很好。上官芸从内心感激老人对自己的理解和宽容，一进门放下东西就开始替公婆整理房间、打扫厨房，准备择菜做饭，婆婆拦住她，让她别耽误接孙子，说自己能做。上官芸也不做作，放下碗盆，赶往北大街去接儿子。初集训群已经炸锅了。

群里有几百条消息，大部分都是指责机构不靠谱的，最冷的天、最滑的路、最没诚意的待考，连着三个礼拜了，次次放鸽子，听说别的机构都考了十几次了，请速成才不要再挑战家长的耐心和底线了，这不但把家长当猴耍，还耽搁孩子的前程！奇怪的是机构群主一直沉默不语，不予回应。

上官芸觉得有些诡异反常，忍不住给教育系统的同学打电话，想探探关于小升初的最新消息。同学在电话里只说今年情况特殊，取消小升初统考后，关于如何摇号尚未出台相应政策，让上官芸调整好心态，及时关注教育局官网，该学就学，该玩就玩。上官芸听不出来什么干货，将电话挂了，又给速成才的校长打电话，校长轻描淡写地说备考很正常，既然把孩子送到机构，就要相信机构，又说不考总比假考有诚意吧！

上官芸觉得校长说得有理，便问为何不在群里解释一下，安抚一下家长情绪。

校长见怪不怪地说没必要。上官芸和校长有过几次交流，很佩服校长的办学魄力和对机构的管理能力。挂掉电话，她在群里发了一段话："机构冒着生命危险为孩子们争取点考机会，家长们冒着风雪严寒为孩子们打拼未来，谁都不想这样，大家都不容易，非常时期，彼此理解，齐心协力，共度寒冬！"

机构看有人替自己说话，变得强势起来，群主在群里突然发声："通知：特殊时期，特殊对待！不理解的家长请来校区前台办理退款手续！"

群里吵闹最厉害的几个家长瞬间仄了。

此刻，整个永宁市的小升初群体表面看着平静如水，实则波涛汹涌，暗流涌动。好的学校都想趁政策尚未出台，打个短、平、快，抢占好生源。而所有课外培训机构都想利用多年来经营起来的关系网，通过点考，将有实力和有梦想的孩子送入名校，树立形象，利人利己，将利益最大化。

看到机构态度强硬，群里有反应快的家长迅速改变口吻，有人回道："就是，速成才是数一数二的良心机构，好多机构把孩子们招呼在一起，随便发张卷子，就说是哪哪的点考，其实水分有多大只有他们自己清楚！"几秒钟后，附和的声音此起彼伏，很快，群里气氛恢复了往日的和谐融洽。

在关注群动态的同时，上官芸刷了一遍朋友圈，喝了几碗"心灵鸡汤"，给几个坚持做微商的朋友点了赞，看到艾商六点多发了两张照片，一张像是屏幕没擦干净，显示出黎明时分灰蒙蒙的雪景，一张是街灯迷离、乍醒还睡的西门十字路口。她还配了文字："此刻，除了我，还有谁在'十面霾伏'中寻找光明？"上官芸笑着回复道："所有小升初的孩子和家长这一刻都在你的眼前身后。"后缀一个加油的手势。发送出两秒，手机响了，她乐呵呵地接了说："你个妖孽，正给你点赞呢，电话就来了，在哪呢？"

艾商一如既往，唐老鸭般在电话里先笑了十秒，说："刚接了可乐，马上到西门，你是不是在北门接大河呢？等着，我来接你们。"上官芸还没来得及说话，艾商已经将电话挂了。

艾商是上官芸的闺密，大学同校不同系，上官芸学财会，艾商学的市场营销，是永宁市本地人。四岁时母亲病逝，艾商由在城郊做菜农的父亲一手带大，并供养她上大学。大一开学不到一个月就是国庆长假，考进省城财经大学的上官芸想趁机走一遍这个文化厚重、渊源久长的历史名城，在学校布告栏试探着贴了一张求陪逛历史古城的布告。她还没转身，布告就被一个圆脸、圆眼、翘臀的女孩揭下来拿到手里。那女孩边晃边爽朗地说："不用管我吃，反正我假期没事，闲着也是闲着，陪你几天无妨，提前声明：出行所有费用AA制，若要请客需征得对方同意。怎么样？"当年上官芸一下就被这个自带光环的率直女孩吸引，不由自主地点了点头，两个风华正茂的女子一见如故：一个清秀可人，一个珠圆玉润；一个开朗大方，一个文艺浪漫。

随后几天，两人手拉着手先逛了神往已久却没考上的交通大学，艾商又陪着上官芸去师范大学看老乡，没找到人，就逛了一遍师大校园。艾商是个永宁通，避开旅游大军的人流——去西仓赶集看花鸟鱼虫、仓鼠和乌龟；去土门吃玲玲家涮毛肚；去城墙根吃葫芦头；去钟楼地下通道听长发少年弹着吉他、唱着忧伤的歌谣；去路边矮小的不知名小店，吃正宗的凉皮、肉夹馍；去大雁塔听玄奘曾经翻译过的梵经；去丝路群雕聆听几千年前胡商将大汉的丝绸、茶叶、陶瓷运往西域时出城的驼铃声声。假期的最后一天，两人爬上城墙，租了自行车绕城一圈后，坐在城墙的垛口上，晃动着大长腿，一起看圆圆的夕阳缓缓从西边隐去，瑰丽的晚霞染红了半个天空，染红了两人的脸庞，给古城披上了一件七彩霞衣。上官芸觉得整个世界都被祥云笼罩着，她爱上了这座古城，决定留在这座美丽的城市！

"妈！"儿子的声音将上官芸从回忆中唤醒。

上官芸站起来对孩子笑笑，说："稍等一下，艾妈妈和可乐马上来。"

儿子一听可乐要来，抻直脖子，朝路上张望。

一辆大红色的轿车一个急刹，停在了路边，车窗摇下，可乐挥着小手喊："大河！大河！"

上官芸坐上车问艾商："你咋知道我们没开车？"

艾商得意地回道："就你那技术，下雨都开得战战兢兢的，更别说这么大的雪，这么滑的路，给你十个胆，你也不敢开出来，何况接送大河呢？"

上官芸哑然失笑，回道："知我者，艾商也！"

艾商说："咱家大闺女今天回家吗？接了一起吃饭。"

上官芸看了一下时间，说："她周末补课不休息，要不咱们去学校门口等，放学接出来一起吃饭，几天不见，我也想她了。"

艾商说"好"的同时，打开左转向灯，上官芸赶紧制止，艾商已经开进左转道。上官芸叹道："姐姐，前面有摄像头呢，没看到路上是实线吗？罚款别找我。"

艾商已经掉好头，一脚油门，超了一辆磨磨蹭蹭的比亚迪，说："放心姐姐，咱的马儿不在拍摄范围内！"

虽然上官芸比艾商大几天，但两人多年来不分大小，互称姐姐。

艾商边开车边说："快商量去哪家吃，早点统一思想。一会儿你在学校门口等大闺女，我带两个孩子去占座位，周末用餐高峰，好吃的地方人肯定不少。"

上官芸说："这么冷的天和火锅最配了。"

艾商说："我知道学校附近有家重庆人开的店，店面不大，但味道特正。我先带孩子们去占座，到了发定位给你，你导航过来就行。"

"好！"上官芸应了，两个孩子听说吃火锅，抗议起来，要求吃牛排、比萨，还有薯条和鸡米花。

上官芸看孩子们吵得不行，让步说："这样吧，你们先去火锅店占位子，附近如果有西餐厅，想吃西餐的吃西餐，想吃火锅的吃火锅。"两个孩子听了，才安静下来，在后面继续玩成语接龙。

上官芸手机响了，艾商问："番大海？"上官芸点点头说："他今天医院值班呢。"艾商哼哼两声，说："你以为你是他老婆吗？你自己睡，自己开车接送娃，自己做饭洗衣，自己给娃讲奥数，你以为你是女汉子？你这样子在我们村叫寡妇！"

上官芸听艾商这样口无遮拦地当着孩子们的面贬低番大海，怕她还要说出更难听的话来，瞪眼威胁道："过分了，再乱说我要翻脸了！"

艾商翻了个白眼，踩了刹车，靠边停下，说："翻脸就翻脸。下车，下车！"

上官芸掐了一把艾商，嗔怪道："小人！"

艾商夸张地哎哟哎哟叫道："姐姐，你真下手啊，你没看到学校门口了？谁小人啦？不下车，好，那我起步了！"

上官芸仔细往外看，真到闺女学校门口了，笑着说："姐错怪你了！"她拉开车门下车。

番大海电话又打来了，问上官芸在哪儿。

上官芸说要带孩子们和艾商、可乐一起吃饭，问他来不来，番大海一听有艾商，说不去，他去父母家。当初上官芸和番大海谈恋爱，艾商拼死反对，说番大海鼻子不是鼻子，嘴巴不是嘴巴，个子太矮，眼睛不大，眉毛不浓，反正一千一万个配不上芸，天下好男人多的是，干嘛非要看上歪瓜裂枣的番大海？她故意在两个人约会时当灯泡搅局。不过，缘分是一种说不清的东西，不管艾商如何挑拨，上官芸还是嫁给了番大海。多年来，番大海爱屋及乌，对艾商的过激言行表现得大度宽容，对直性子、暴脾气的艾商则避而远之。刚挂了电话就看到小雅从学校门口跑了过来，上官芸疼爱地将女儿拥进怀中，给了一个结结实实的拥抱，一边嘘寒问暖一边跟着导航去找火锅店。

几个孩子一见面，自是一番热闹，围着热气腾腾的火锅，早把牛排、比萨、薯条忘到九霄云外去了。

艾商问大河点考怎么样，上官芸叹气说已经被放了六次鸽子了，艾商便数落上官芸不听她的话，当初不和她一起给孩子报必成龙，说可乐在那已经考过十三次了，听培训老师说一类、二类学校排队到他们机构挑人呢。上官芸质疑地看了艾商一眼，艾商喝了一口酸梅汤，接着埋怨上官芸拜错了庙，说本市小升初家长谁不知道必成龙的校长和东大校长是亲兄弟，大家都懂得，就她扮清高，若耽误了大河，后悔都没地方哭呢！

上官芸怕孩子们听见，压低声音说："你别以讹传讹，东大校长有没有亲兄弟还不一定呢。你知道，以大河目前的水平，也就是争取上个二类好学校，尽量离姐姐近点，我好一起照顾。东大我们一是考不上，二是压根儿就没想上。"

艾商哼了一声，将涮好的羊肉放到上官芸的菜碟里，上官芸将涮好的羊肉夹到三个孩子的料碗里，艾商用纸巾捂着嘴要吐，上官芸笑道："太夸张了吧？一把年纪了，还好意思和孩子们争风吃醋。"

女儿虽然和弟弟妹妹玩得很开心，但一脸疲倦，没吃多少就说她不想吃了，要回学校上晚自习去，作业一大堆呢。上官芸怕女儿没吃饱，要了几样小吃打包，让女儿带回学校当夜宵。

艾商送上官芸娘儿俩回家路上说："我看大闺女瘦了许多，脸色也不太好，是不是学习压力太大了？你要多关心关心她。"

上官芸说："知道，她学习压力大，再加上现在小姑娘天天喊着减肥，不好好吃饭，把零食当饭，把饭当零食。你刚吃饭时说小雅瘦了，看她那高兴的样子，只有冲进年级前十时我才见过。唉，大河面临小升初搞得我焦头烂额，等小升初结束了，我就不让小雅住校了，在学校旁租个房子，好好照顾她一年，帮她打好基础，争取中考直升本部。"

艾商点头赞道："这才像个亲妈。"话落，她又开始反胃，要吐不吐的样子。

上官芸疑惑地看着艾商，艾商从后视镜看到两个孩子呼呼大睡，咽了一口唾沫，点头说："就是你想的那样，明天有时间陪我去一趟医院！"

艾 商

是的，艾商又怀孕了，虽然她是个单亲妈妈。

艾商大学毕业后，一直没有找到稳定的对象。直到有一天，她因机缘巧合，认识了一个卖电饼铛的南方老板，犹如郭襄在风陵渡遇见了杨过，负了青春，误了终生！

艾商陪南方老板调研了半个月的北方电饼铛市场，那时二十三岁的她迷上了四十七岁的成熟大叔，甜甜蜜蜜地和大叔谈起了恋爱。后来艾商瞒着父亲和老板领了结婚证。艾商说那是她人生中最幸福甜蜜的日子，她相信童话故事都是真的，她相信大叔就是她的十里桃花，与她是三生三世的缘分。然而，恰恰相反，童话故事都是骗人的，老板在南方农村的家里不仅妻贤子孝，小孙子都开始牙牙学语了。

纸包不住火，艾商知道后离开了大叔。

数月后，艾商生下了可乐。

艾商说，她要给自己的第一次深情留个纪念。

有什么办法呢？孽缘也是缘。

十多年来，艾商谈了无数次恋爱，有几次差点结婚，但都因为老天没有安排好，谈着谈着就崩了，走着走着就散了……可乐七岁时，艾商专程去八仙庵求了一次签。签上写着："欲洁何曾洁，云空未必空。可怜金玉质，终陷浊泥中。"艾商读着读着笑出声来，这不是《红楼梦》里妙玉的判词吗？拿去请庵里的道士解签，道士只说了句："命中无姻缘。"艾商追问是不是该出家当尼姑，那道士做高深状，捻须不语。

陪在身边的上官芸边拉着艾商往出走，边安慰艾商说："别信别信，这些地方都是骗人钱的。"

谁知这话被静室里的道士听见了，那道士将艾商解签的钱从门里扔了出来，尴尬得二人落荒而逃。

从此，艾商开始吃素。

上官芸笑话天不怕地不怕、敢作敢为的女汉子竟然被道士的一句话唬住，艾商却时而嘤嘤时而呜呜地哭了一天，说抽签那天，张卫国死了。张卫国就是那个南方老板，在轮椅上坐了七年，褥疮感染，听说死时下半身烂完了。

上官芸大骂道："活该，报应！自作孽，不可活！"

艾商哭得稀里哗啦，昏天暗地，说他是她唯一倾心相爱过的男人，她忘不了他，每次看到可乐，她就会想起她在最美的年华里爱得死去活来的那个人。

该劝的话上官芸都劝过了，该骂的话也都骂过了，可无论如何苦口婆心地劝慰，如何毫不留情地打击，都无法唤醒这个沉迷在往事中无法自拔的傻姑娘。

可不是吗？别人的青春里都是故事，艾商的青春里偏偏出了一场事故！

艾商不是放不下张卫国，她是放不下自己短暂的青春，不愿面对轰轰隆隆逼近的而立之年。

上官芸叹道："姑娘，你没有错，青春没有错，真爱没有错，错的是你在最美的年华里遇见了错的人。醒醒吧，再过两年就是而立之年了，你想折腾都没底气了。"

艾商正是这样想的，从小天不怕地不怕的她，面对即将远去的青春，面对眼角偷偷泛起的细纹，面对不再光洁无瑕的肌肤，面对身边越来越少的适婚男子，她焦虑不安；面对渐渐长大，缺少父爱，性格内向，寡言少语却成绩优秀的女儿，她焦虑不安；面对腹中的不速之客，她焦虑不安……

小鹿是艾商手下的业务员，毕业后几经碰壁，没找到合适工作。他来艾商公司应聘时，艾商看小鹿是自己同门师弟，留意了一下，见人长得帅气，言谈举止还算得体，口齿甚是伶俐，具备做销售的潜质，便留他下来带着跑了几天市场。她觉得小鹿是个可造之才，就将其从人力资源部要来做她这个市场总监的助理。过去是日久生情，如今是一日生情。上月末，艾商带小鹿参加完年终客户答谢会，小鹿开车将应酬后微醺的艾总监送回家，在地下车库，两人就在车里纠缠在了一起……

应该就是那次，当时醉醺醺的，哪里来得及采取措施，他们"一晌贪欢"，导致"珠胎暗结"。

艾商看着身边熟睡的女儿，突然有了一个大胆的想法：不管小鹿是不是愿意和她结婚，她都要把腹中的宝贝生下来，给胆小内向的可乐做个伴，等自己老了，两个有血缘关系的孩子也好互相有个照应。想到这里，她问小鹿："亲爱的，我想把孩子生下来，你觉得呢？"

手机那头的小鹿几乎没有迟疑，发了一个火热的吻的图片，又发了一个鼓掌的图片。

艾商被小鹿的单纯感动，她仿佛看到了当年遇到张卫国时的自己。

艾商发了一个拥抱的表情。

小鹿回应道："嫁给我吧，我会给你全世界！"

这是要闪婚吗？艾商突然警觉起来，这种男人艾商不是没遇到过，骗财骗色的多了去了。骗色也就认了，毕竟当时男欢女爱，你情我愿。但想骗财，哪里凉快哪里待着去！门都没有！

这年头，靠天靠地靠祖宗牌位，不如靠自己，只有自己最靠得住！

艾商家多年前属于城郊，她被城里人不屑地称为郊区菜农。如今，随着城市飞速发展，曾经的郊区菜农一夜之间成了城里人羡慕嫉妒的房哥房姐。曾经种着绿油油的蔬菜的土地上，盖起一幢幢整齐的高楼，偶尔有遗落的菜种，从水泥缝里不屈地拱出绿芽来，却被环卫工人毫不留情地连根拔起。在这个越来越大、越来越拥挤的城市必须有更多规矩来保障市容的美丽。艾商家里的两层砖瓦房和菜地，如今换成了靠工资养家糊口的城里人想都不敢想的数套商品房和一笔巨款。

小鹿等不到艾商的消息，打电话来了，用急切而清亮的声音问："亲爱的，你不愿意吗？我是真心的，咱们奉子成婚吧，我爱你，爱你爱得发狂，我愿意用一辈子去守护你和孩子，给你们世界上最好的一切。集美貌、智慧于一身的女神啊，我要用生命去供奉你，相信我，现在的我也许并不出色，但我年轻，只要努力，有的是机会，别犹豫，嫁给我吧，亲爱的！"艾商听着小鹿的甜言蜜语，有点眩晕，但久经考验的她在心理防线崩溃之前，想用自己独特的方法试试小鹿："亲爱的，我好感动，我答应你！"

"真的？好，好，好，太好了，咱们明天就去领证！"

"婚姻大事，你不通知一下父母吗？"艾商听小鹿说过，他出生在一个高知家庭，父母很在乎他选择的女朋友的学历和工作能力。

"不用，不用，咱们先把证领了，给他们一个惊喜！亲爱的，我恨不得此刻飞到你的身边，你等我，我现在就打车过来！"

艾商制止道："不要，可乐在家，已经睡了。"这么多年来，艾商不管如何放纵自己，但有一个原则，从不把男人带到可乐在的家里。

小鹿兴奋地回道："那咱们约宾馆。"

艾商知道亢奋的小鹿想做什么，但还是说："别，来日方长，等领了证，咱们就住一起。不过领证前，我想告诉你一件事，你能接受，我们就去领证，不能接受就算了，省得你领过证后悔。"

"不后悔，不后悔，天塌下来，我都不后悔，能娶到你是我几辈子修来的福分！"

艾商有点感动，突然不想试探小鹿，就这么糊里糊涂地嫁了算了，如今她还是不愿意面对现实。有多少婚姻不是自欺欺人地凑合？婚姻又不是做奥数题，一是一，二是二。年轻好胜的小鹿需要一个事业发展平台，奔四的她需要一个依靠，两人各取所需，搭伙过日子不是挺好的吗？

"小鹿，我名下有几套房产不用婚前财产公证，但有一些存款和贵重物品，领证前需要先申请一下婚前财产公证，不知道你能接受吗？"

小鹿沉默了……三十秒后，他怒道："艾商，你太过分了，你把我当什么人，这样防着我？难怪一大把年纪了还嫁不出去！"

艾商看着手机屏幕：一只摘掉狗绳的雪色萨摩耶犬在绿毯

似的草坪上撒欢。她对着手机屏保苦笑着叹道："有时自己活得真不如狗，比狗累不说，还没有狗真实、自由！"

单　位

　　和所有其他上班族一样，上官芸周一最忙，六点半做好早餐，谁起来早谁先吃。番大海医院有班车，吃过早餐，他自己去小区门口等。上官芸催着儿子吃过早餐，顾不上收拾，先开车送儿子上学，然后紧赶慢赶，八点二十九分二十九秒赶到单位打卡。打过卡，紧绷的神经才松弛下来，部门新来的路小丽已经把办公室打扫干净了，殷勤谦恭地问："总监，您是喝咖啡还是喝茶？我帮您准备。"

　　上官芸给了小丽一个真诚的微笑，说："不用，我自己来，你去忙吧，谢谢。"

　　路小丽知趣地退了出去。

　　上官芸在一个如清水衙门一般的单位上班。穷单位有穷单位的好，单位领导多年前将临街的一堵墙推翻，盖了门面房，让这个房檐低小的单位有了小金库，每月有福利，每季度有全勤奖，每年年末还有年终奖，工作清闲，福利齐全，比上不足，比下有余。上官芸年复一年、日复一日地在这个闹中取静、修建于20世纪五六十年代的二层小楼里，度过了近二十个春秋。

当年大学毕业的上官芸被分配到这里时，心里一千一万个不愿意，那时改革开放的浪潮席卷神州大地，政府刚提出大学生自主就业，就有成群结队的大学生张开渐丰的羽翼向东南方飞去。上官芸被分配到了市某建筑公司，去单位报到，差点被堆满楼道的破铜烂铁绊倒，拿着派遣证找领导，又差点被躺在藤椅上抽着烟、看不清尊容的准同事熏倒。那时父亲尚在，上官芸回家撒娇耍赖加威胁，说不换单位就随同学们"孔雀东南飞"。父亲最疼女儿，为了孩子，放弃了半辈子不求人的为人原则，托关系将宝贝女儿改派到了这个"清水衙门"。

在那个青春飞扬、风华正茂的年纪，每个小年轻的心都在远方。上官芸也一样，古城虽好，但上学时待了四年，视野拓宽，来自五湖四海的同学一聊，才知道自己如井底之蛙，才知道省城平均工资五百的时候，广东深圳的平均工资已经到两千五了。

世界那么大，谁不想去看看？上官芸身在曹营心在汉，在不甘心中上着班，总想着找机会能去南方看一看、闯一闯。

初到单位，扎着马尾、蹦蹦跳跳的上官芸跑腿打杂，没多少事。后来她当出纳，管保险柜，跑银行，利用空闲时间自学，考上会计师资格证后，坐办公室当会计管账。单位上上下下六十三人，平时来单位点卯上班的二十七人。工资全靠财政拨款，每年的预算申报已成定式。谁拿多少钱，秃子头上的虱子——明摆着。

《肖申克的救赎》中关于体制的思考是这样的：刚开始的时候你痛恨它，慢慢地，你习惯了生活其中，最终你会发现，你不得不依靠它生存，这就是体制化。

时间在流逝，少女已为人妇，曾经想飞向远方的翅膀不知何时悄悄脱落。为人妻、为人母的她倾心养育着一双儿女，庆幸自己有一份相对轻闲的工作。

2009年，中央下发了文件，专门整顿查处各单位的小金库。上官芸从市里学习文件回来后有点怕，将会议精神汇报给领导，领导态度明确地指示按文件要求办，坚决拥护中央的决定。然后，他问上官芸："咱这清水衙门，哪来的小金库？"

若是刚来单位的黄毛丫头，肯定会提醒领导，咱有啊，某某证券和某某中心的商铺，还有……

但那时上官芸的宝贝女儿小雅已经六岁了，她早已学会了如何在单位察言观色，领会领导意图。是啊，谁家还没三分自留地？领导就是领导，泰山压顶仍不动声色。

作为会计，上官芸努力将自己本职工作做好。

领导菜光荣看上官芸业务水平高，又善解人意，渐渐对她关照起来。后来领导凭着过人的眼光又为单位赚了一些外快，也给单位的同事们发放了一些红利……领导在这个清水衙门攒足了向上的力量，上调到市里去了。临走时，他对上官芸说："等我上去站稳，把你也调上去。"

上官芸心里想：我到哪还不是一样做会计，这里不是挺好的吗？一个月的工作，我几天就能搞定，其他时间还能顾家管娃。心里想着，她脸上却挂着微笑，祝领导仕途锦绣，步步高升。

新领导一上任，就任命上官芸为财务部部长。上官芸笑了，心想：还部长呢？一个会计，两个出纳，满打满算三个人，多大的官呢？没多久，上官芸顺利入党。

上官芸感觉一切如做梦般，回家跟番大海说，番大海帮她分析，说这是调到市上的老领导要培植提拔优秀下属呢。上官芸辩称老领导上调后从来没有联系过她。番大海调侃妻子不懂政治，上官芸不服气，反问："你懂？"

番大海业务水平精湛，能力非凡，为人坦诚耿直，备受老院长赏识。老院长退休后，番大海作为院长不二人选，做好了接班准备，谁知半路杀出个程咬金，药剂科主任被上级任命为新院长。医院一片哗然，番大海更是愕然，但也无可奈何。

此刻的上官芸坐在真皮转椅上，活动着肩膀和脖子，长期用电脑落下的颈椎病已经折磨她好几年了。住院理疗、牵引、按摩，什么招数都用过，时好时坏，无法治愈。

她站起来，拿着喷壶将阳台上的绿萝、文竹、君子兰喷了一遍，冲了杯咖啡，倚在窗前。花坛里有一棵手腕粗的绿梅，在寒冬腊月里，繁茂的花蕾如一颗颗饱满的玉珠，密密匝匝地挤在枝条上，傲雪凌霜，含苞待放。十年前，老领导不知道从哪里搞来一棵小绿梅，让门房老李栽植在花坛中。有一年，老领导看着光秃秃的院子里盛开的几朵绿梅，随口吟道："莫道春花乱人眼，唯有绿梅暗香来！"这让路过的上官芸吃惊不已，没想到一心经营仕途的领导还有这般风雅。

近年来，国家反腐倡廉。胆小谨慎的新领导私下让上官芸将小金库能内部消化的内部消化，实在无法消化的，在上级部门规定时间内，上缴国库，以绝后患。老领导走前已经将小金库打扫干净，只留下门面房租金给单位职工做福利和年终奖金。上官芸遵照新领导意思按以往分配原则做了个职工福利报表，请领导签过字，将小金库内部消化了。没了小金库，上官芸这个财务部部长更轻闲了。若早十年，她肯定会辞职跳槽。可现在，上有老要照顾，下有小要陪伴，她无论如何也舍不得这份轻松的工作了。

上官芸打开了办公桌上的电脑，点开一个财务报表的文件夹。九点钟，领导通知开会，周一是单位所有在职人员出勤最齐的一天，应该参会的人员全员参会，新领导表示很满意。十一点，会议结束。中午，儿子在小饭桌托管，番大海在医院有工作餐，女儿小雅住校，有学校饭堂。不用操心家人们的吃喝，她便在单位饭堂随便吃点，吃完抓紧时间在办公室的长沙发上午睡。这一个多小时的午睡对上官芸来说至关重要。若不养好精神，下班回家后哪有精力做饭、洗碗，给儿子讲奥数，盯着儿子改错题、背诗词、听写英语单词？哪有精力把儿子安顿睡后，洗丈夫和儿子的袜子和内裤？哪有精力擦桌椅板凳，拖地，打扫整理凌乱的家？

关了办公室的门，躺在沙发上的上官芸忍不住拿起手机刷了一通朋友圈，又在两个上千人的小升初群里爬楼找了一遍关于2018年小升初的最新消息。一般情况下，朋友圈上午比较安静：上班的都忙着开会，安排周计划，处理领导布置的紧急任务；不上班的送完孩子回家睡回笼觉，买菜做饭，顾不上发言聊天。到了下午，忙完了睡醒了，大群渐渐活跃起来，别小看这千人大群，简直人才济济，藏龙卧虎，各路神仙都有。上至国家战略，下到民间野史、营养搭配、奥数难点、中考动向，甚至如何参与高考自主招生，群里的人无所不知，张口就来。谁要有什么疑难杂症、艰难困苦，群里喊一嗓子，回复的比"度娘"还快还全面。两个群里都是面临小升初的家长，不同之处是一号群"牛蛙"（各方面都优秀的学生）、"学霸"家长偏多，二号群"学酥"（看起来的学霸）、"学灰"（成绩很一般）家长偏多。在小升初政策尚未公布前，一号群家长寄希望于延续往年的小升初统考，名校公开选拔，透明阳光，能者上，庸者下。而二号群家长则寄希望于传说中的摇号。大家一起摇，摇上谁是谁，把"学霸""牛蛙"送进清北不算本事，把"学酥""学灰"送进清北才算真能耐！有很多家长同时加入两个群，立场摇摆不定，有时候支持延续小升初统考，拼实力；有时候怂了，又想摇一摇，碰碰运气。这种家长带的孩子一般属于成绩中上的，拼实力上名校有点悬，靠运气去摇又心有不甘，上官芸就属于这种。不过两个群又有共同之处，就是小升初的任何风吹草动，家长都会在群里第一时间转发和共享。

不停乱蹦的消息看得上官芸眼晕，她想放下手机，却被几句话吸引："去年永宁市民办学校小升初招生政策发布时提到2018年将采取新的选拔方式，但一直未公布详细内容，马上到2018年了，一点动静都没有，不知道教育局一天到晚都忙啥呢！"

有人回了个捂着嘴笑的表情，又说："教育局局长的位子空了一年了，教育局能干啥？忙着选局长、定政策呢！"

有人发了个哭的表情，说："咱们这届孩子真可怜，都成小白鼠了。"

有人猜测着网传摇号的真假。

有人回复：如果摇号，那点考、校考还算不算数，有没有用？

有人问：如果摇号，奥数还上不上了？

几百条消息翻来覆去全围绕着"摇号"这个小道消息展开，上官芸困得不行，放下手机昏昏欲睡。她又想起儿子昨天因为突然通知点考，缺了一节奥数课，忘了向老师请假，想给老师打电话解释一下，却睡着了。

一觉醒来，时间到了下午快三点，她起来洗了把脸，在单位待到下班，就去接孩子了。

去接儿子时一路通畅，但回家时他们赶上了下班高峰，平时半个小时的路程，四十分钟过去了，他们还堵在二环上。艾商调侃："一行白鹭上青天，姐姐堵在路中间，千里江陵一日还，目前姐堵大二环。"还好，儿子在车上睡着了，好好睡一会儿，回家就有精神写作业、刷真题试卷了。

如往常一样，上官芸回家先给儿子准备点心、蛋糕、酸奶和水果，让孩子先垫一下肚子，好专心写作业，然后自己开始熬汤做饭。番大海若没有手术按时下班，差不多七点到家，若有手术，就没准儿了。做好饭，上官芸准备打电话问番大海到哪了，突然想起艾商的事，没接到她的电话，也不知道去没去医院，就给艾商打电话，电话无人接听。门锁转动，番大海回来了。

上官芸每天最紧张忙碌和精力最旺盛的时候就是晚饭后检查儿子作业、批改试卷、督促儿子改错的时候。小升初已经到了白热化阶段，点考、校考暗地里进行得如火如荼，她不敢有半点松懈。从三年级开始学奥数，不就是为了这一段时间的点考吗？对于就读普通公办小学、没有校考的儿子来说，每一次点考都显得弥足珍贵。每次听艾商说哪个名校又去可乐她们学校校考了，她羡慕的同时，就后悔当初幼升小时没有给儿子择校。上官芸很自责：当初为何意志不坚定，听信番大海的"小学让孩子好好玩"的歪理邪说，让孩子上了区域内的一所普通公办小学？唉，真是差之毫厘，谬以千里。当时若上个好学校，现在也不用如此茫然焦虑，孩子也不用花费这么多的时间和精力奔波于各个培训机构，刷真题，做试卷。自己也不用将成千上万的学费心甘情愿地交到培训机构，寻找内心的平衡和安全感了。

　　她比工作时还认真地检查着儿子做的真题试卷，当检查到行程题出现空白时，忍不住发起火来，对儿子吼道："这类题你做了多少遍了，还不会，要是点考时遇到，不会可怎么办？一题八分，八分呀，儿子，一分一操场，失去八分意味着什么你知道吗？"儿子委屈地看着火冒三丈的妈妈，闷着头不说话。她控制不了自己的情绪，呵斥道："读题，标出关键词。"儿子泪汪汪地读道："十一长假，弟弟和妈妈去外婆家，他们走了一小时后，哥哥发现带给外婆的礼品被忘在家里，便立刻带上礼品以每小时八千米的速度追。如果弟弟和妈妈每小时行三千米，他们到外婆家需要两小时，问：哥哥能在弟弟和妈妈到外婆家之前追上他们吗？"上官芸指着儿子画出来的关键词，说："你是怎么想的？既然画出了关键词，你先列一下它们的等量关系。"儿子咬着手中的笔，不吭气。她强迫自己压低声调，鼓励道："没关系，你怎么想的就怎么说，动动脑筋，动动手，这道题你肯定能做出来。"儿子抹了一把眼泪，看了妈妈一眼，说："我怎么想的怎么说，你不许生气！"上官芸点点头说："只要是你动脑筋想的，我不生气。"儿子指着题说："弟弟和妈妈都走了一小时了，还追啥？如果外婆家在外地，打电话给妈妈，让她到外婆家附近再买些礼物就可以了。如果在一个城市，找快递直接送到外婆家，比哥哥追着去送省钱，还省力呢！"上官芸听了好气又好笑，吼道："番大河，你成精了不成？"她顺手拿起一本书就往儿子头上扇，儿子抱头窜出房间，躲在玩手机的爸爸身后，调皮地看着妈妈。番大海头都没抬，怼道："不会就不会嘛，值得这么大呼小叫的吗？每天晚上检查作业都鸡飞狗跳的，那些奥数题，有的我都不会做，让这么大的孩子怎么做？"

番大海本硕连读，毕业于国内知名院校，一直不支持妻子拔苗助长式的育儿方式，更不支持逼儿子死磕奥数，但又说服不了"走火入魔"的妻子，所以平时对儿子的学习不管不问，由妻子全权负责。此刻，既然儿子躲在自己身后，他便替儿子辩了几句。

上官芸气不过番大海此刻的态度和立场，平时不管孩子也就罢了，关键时刻，竟然倒戈站在儿子一边，让自己在儿子面前颜面尽失。上官芸越想越气，抄起手中的试卷甩了过去，番大海头一偏从容躲过，继续低头玩手机。儿子看妈妈如母狮子一样真的怒了，捡起地上的试卷说："妈妈，你别生气了，这道题我突然会了。"

每次吼完儿子，上官芸就后悔，并暗暗发誓，再也不吼孩子了，可针扎谁身上谁疼。面对错题，面对粗心，何以解气？唯有大吼！

速成才的老师打电话来："家长，您好，番大河同学该续费了。针对我校在册学生，机构特别推出'一对一'优惠，一次报六十节课可享受七折优惠，名额有限，请您给孩子考虑一下。"上官芸回复了好，说周二送孩子上课时再说。放下电话，她和番大海商量要不要给孩子报一对一，番大海本来就不支持对培训机构的过度依赖，听说要报一对一，说了句"有病"，回房睡了。

上官芸心里合计了一下，一对一六十节课打七折，应该在两万左右，正好可以把寒假的时间利用上，查漏补缺。一想到又有两万多的支出，上官芸不免有点心疼：夫妻俩一个月才能收入多少啊？可她转念一想，上大课虽然费用低，但针对性不强，成绩提高太慢，关键时候还得开小灶。上官芸咬咬牙，决定给大河报一对一。

儿子听说又要报班，喊叫起来。上官芸了解自己的儿子，等儿子喊叫累了，给儿子讲讲道理，买一堆爱吃的零食，就会乖乖就范的。谁知道这次儿子铁了心，任凭妈妈如何威逼利诱，宁死不屈。番大海也在一边冷言冷语地支持儿子："算了，别逼了，逼过了后悔都来不及了。"

但上官芸铁了心，要在这最关键的一个月里陪儿子做最后的冲刺。去速成才报一对一时，老师又劝说不如给孩子再报个半日制，机构有生活老师照顾，午饭、安全都没问题。机构老师又说他们不是为了赚钱，番大河这么好的苗子，加把劲，上"五大名校"应该没问题，别在关键时候把娃耽搁了。上官芸心里有数，儿子虽然聪明，但学习的专注度不够，成绩并不出众，加把劲，够个二类差不多，上"五大名校"很难。就算脱几层皮，勉强混进"五大名校"，能不能跟得上也是个未知数。到时候，娃自卑家长受累，搞不好，像有的孩子自暴自弃，沉溺网络了，离家出走了，成了问题少年了，那就麻烦大了。心里有数归心里有数，可她经不起机构老师的循循善诱，尤其老师拿出孩子的八次模考卷，有根有据地分析一番，说孩子从开始的四十多名，已经到了如今的前十，说明孩子潜力很大，好好挖掘，肯定能被名校挑走的。

上官芸有点心动，老师最后的结束语最终打动了她："咱们家校同心，努力了，冲进"五大名校"，孩子前途一片光明，就算没冲进"五大名校"，进入二类，咱们也无怨无悔，别到时候只差几分，后悔莫及。"

好吧，上官芸准备再给儿子报个半日制。老师飞快地敲打着计算器，显示屏上跳出一串数字，上官芸看了一眼，心里飞快地想了一下工资卡上的余额，有点退缩，问老师："有没有优惠？"老师很严肃地说："到这个时候了，全市没有哪家机构有折扣的，要不您再考虑一下，是孩子的前途重要，还是钱重要？”

罢，罢，罢，二十四拜都拜了，不差这一哆嗦！

上官芸脱口而出：“当然孩子重要！不过我得回去再和孩子他爸商量商量。”

晚上，番大海回家特别晚，说一台手术做了五个小时，人都快累瘫了，连脚都不洗就躺在床上了。上官芸边热饭边说了报半日制补习班的事。

番大海不耐烦地说：“你想把孩子逼成啥样？你不累吗？他才十二岁，正是长身体的时候，劳逸结合才有利于孩子心智成长，拥有健康的体魄才最重要。要我说去学什么奥数，全都是培训机构的营销手段！知子莫如母，你冷静想想咱家大河平时考试成绩如何，他就不是刻苦勤奋、死学型的孩子，你为什么不能给孩子一个准确现实的定位？培训机构之所以能铺天盖地进行商业运作，产生高收益，就是抓住了家长死都不愿意承认和面对自己孩子终将平庸的现实！”

上官芸被番大海迎面泼了一盆冷水，心里虽然觉得他说得不无道理，但嘴上却不愿让步，怼道：“终将平庸是懒人的借口！越努力越幸运，越努力越强大，只有你这种自甘堕落、不思进取的失败者才终将平庸！”

夫妻吵架时往往会因失去理智，而引爆平时绕行的雷区。自新院长上任后，番大海因被压制一直心中不爽。打人不打脸，揭人不揭短。番大海被妻子打到七寸，像只被激怒的熊，从床上一跃而起，瞪着发红的眼睛，发出了低沉悲愤的吼声，准备扑过去把妻子吃掉。

上官芸从来没看到过儒雅的丈夫如此暴怒，有点后悔方才情绪过激，不管不顾，击中丈夫死穴，一时愣在床边。

儿子不知何时站在卧室门口，突然扑过来护在妈妈前面，对着发怒的爸爸喊道："熊爸，你不许吃我妈妈！"

熊爸是儿子对番大海的昵称，儿子通常撒娇卖萌、有求于父亲时才会使用。此刻，儿子紧张的表情和舍身护母的举动，还有这句稚嫩却凛然的话语，让剑拔弩张、一触即发的紧张局面，瞬间缓和。

上官芸意识到自己过了，柔软了下来，拍拍儿子说："没事，熊爸就是做做样子，吓唬吓唬熊妈而已。"

儿子不太相信，看着熊爸渐渐松弛下来的拳头和变得温和起来的表情，懂事地对上官芸说："妈妈，我都听到了，报上吧，反正我们班下午不是写作业就是看电视，也不上课，吵得很。"

番大海见状，口吻也缓和起来，说："儿子没意见，你想报就报上，不要把娃累着就行。另外你问问学校老师，每天下午请假不去学校，批准不？"

上官芸看丈夫恢复了正常，哼了一声说："肯定会批准的。"心里想："都怪幼升小时我说给儿子择校，你非说'没必要，童年就是要玩，民办学校让孩子一年级就学奥数，纯粹是摧残祖国的花骨朵，让大河就在片区内的公办学校好好享受童年的快乐，等小升初的时候再说'。大河三年级起在外面报奥数班紧赶慢赶，明显不如人家早就开始学的孩子，转眼就到了小升初阶段。你偷的懒老天爷都给你记着呢，人家早学的孩子跟着大班走就可以了，我们输在起跑线上，如何追得上？报一对一、半日制，都是为了追赶曾经落下的路程。"上官芸也不想将刚熄灭的战火再次点燃，心里虽然想着，但忍着没有说，拉着儿子去房间做真题试卷。

番大海提醒得对，上官芸先打电话问了问儿子的好朋友青山的妈妈。青山妈是一个工程师，因两个孩子是好朋友，六年下来，两个好朋友的妈妈不知不觉也成了好朋友。青山妈一听上官芸说想给孩子报半日制，双手赞成，顺便在电话里发泄了一番对学校的不满，两人约好一起去向老师请假。

东方二小

东方二小的校长刚从区教育局开会回来，正往办公室走。门卫追上来送上一封特快专递，快递上没有寄信人地址，却清楚地打印着"东方二小校长亲启"的字样。

校长边走边撕开，里面是一张薄薄的A4纸，上面用黑粗体打印着《致东方二小校长的公开信》：

尊敬的×××校长：

您好！我们是贵校六年级十班的学生家长，您应该知道，六年级十班的学习环境和氛围这两年混乱不堪。学校虽有关注，但并未采取强硬措施进行整改。这学期以来，上课纪律嘈杂，学生思想浮躁，某些学生思想品德低劣，甚至出现课堂上和老师对骂的可怕场面，真是令人难以置信。试想如此班风学风，让同班有心向学、志存高远的孩子如何树立正确的人生观和价值观？如何成为合格且优秀的共产主义接班人？如何实现百年复兴的伟大中国梦？

现就十班的混乱局面，我们学生家长联名提出以下要求和建议：

一、请校领导派专人整顿十班纪律。

二、更换十班不作为的班主任，即语文老师查平。

三、若学校无法满足以上两点，我们为了不耽误孩子学业，只好组团去外面的培训机构上全日制，届时请学校负担费用。

尊敬的校长，学校的每一个孩子都是一个家庭的未来和希望，误人子弟，古今中外皆以为耻！幸好我们处在一个蓬勃发展的好时代，网络发达，民主自由，有很多种解决问题的方式。若您迫于压力，无法满足家长们的合理要求，我们将会求助媒体，相信总有解决问题的渠道和方法，我们做的一切都是为了孩子。

我们一直想不明白，为什么有的老师为了孩子们的健康成长和学习进步，呕心沥血，任劳任怨；而有的老师却尸位素餐，碌碌无为！我们更想不明白：当初为何求爷爷告奶奶地将孩子送进东方二小这所学校？

恳请校长救救孩子们！

救救孩子们！

六年级十班全体家长

校长一口气看完信，仿佛看见一群愤怒却克制的家长站在眼前，欲怒不敢、欲骂却求的复杂表情。

他拿着信，朝六年级十班走去，此刻学校在上下午第二节课。冬日的阳光看似明媚却没有温度，冷冷地照耀着安静整洁的校园。校长站在十班门外，并未发现异常，未听到嘈杂嬉闹之声，心想，现在部分家长对孩子、对学校、对老师的要求太高，稍不如意，投诉、发匿名信、静坐、堵校门，变着法儿折腾学校。不管怎样，都是为了孩子，学校大多表示理解，但也不能草木皆兵，夸大其词，无中生有。校长边想边轻轻推开了教室后门，看到学生三三两两地聚在一起，走进去一看：五个男生低头挤在一起，捧着一个超大尺寸的平板正在聚精会神地玩"王者荣耀"；不远处几个女孩子安安静静地看书，走过去一看，却都是学校一而再、再而三强调不要看的玄幻小说；还有几个孩子聚在一起，互相抄作业。

校长想，全校周一下午都是两节班会课，就问老师去哪儿了。一个男生说，查老师说去办公室批改作业了，让他们自习。

校长又问其他同学呢，学生说其他同学请假了，每天下午都不来。

校长意识到了问题的严重性，表情凝重起来。回到办公室，他让人把十班班主任查平叫来，去的人回来说查平去医院了。

校长揉揉太阳穴，想让自己冷静下来，靠在转椅上闭目整理思路。

十班从一年级到三年级不管是学习还是纪律，一直是其他班级学习的榜样。班主任查平是市级优秀教师、区优秀班主任，在学校一直任语文教研组组长，是个非常得力、优秀的骨干老师。带到四年级时因其女儿高考，精力不如从前，大家都能理解。女儿高考结束，查平回到岗位不久，在参加学校例行体检时，竟查出了恶疾。还好发现及时，手术后，查平病休半年。回到学校，她变了个人似的，以前爱学生如子的女汉子被一场疾病打败，开始调整工作节奏，改变教学方法，一切以身体健康为第一任务。说她不敬业吧，她没给学生少上一节课，不批评吧，听很多家长反映她上课几乎不讲什么，作业只布置预习和课外阅读。十班的语文成绩因为老师的懈怠整体下滑。因家长不停地反映，学校考虑到查平的身体原因，专门为其配了副班主任，协助管理日常工作，但收效甚微。是啊，"兵熊熊一个，将熊熊一窝"，一个部队或者团体主帅都没有精气神，还指望能带出什么样的好兵呢？

校长瞟了一眼摊在办公桌上的信，"我们会求助媒体"几个字分外刺眼。随着网络媒体的迅速发展，芝麻大点的事一旦被网民盯上，经媒体报道会发酵放大到地球人都知道。到时候，别说上级问责，民众的唾沫星子都能把整个学校淹没了。

开会，开会，马上开会！

　　会上，校长先让教务主任把信念了一遍，让大家谈谈看法。参会人员看着校长阴云密布的脸，面面相觑。教务主任打破僵局，安慰校长说，十班的问题没有信中写的那么严重，十班很多孩子很优秀，而且查平带病坚持工作，是全校老师学习的榜样。若是为了孩子尚能理解，若是另有企图，查老师岂不成了冤大头？

　　大家听教务主任这样说，也都张口替查平打抱不平起来，抱怨现在家长难缠，老师难做。现在孩子打不得，骂不得，罚不得，老师甚至一句重话都不敢说，怕一不留心，个性点的孩子离家出走，想不开的孩子做出极端的事来。想好好培养孩子的家长嫌学校布置作业太少，老师讲得不深；不抓孩子学习、顾不上管孩子的家长嫌孩子的书包太重，作业还要家长检查签字。

　　校长听大家都在发牢骚，不耐烦地摆摆手说："废话少说，咱们学校连续十五年综合量化考评一等。年底第十六次考评马上就要出结果了，学校不想在这节骨眼上出乱子，六年级面临毕业和小升初，学生普遍浮躁，家长普遍焦虑。家长焦虑是社会问题，我们无法解决。咱们学校能做到的就是管好学生，让学生们平平安安地毕业。所以如何让家长正确、冷静地面对十班现状，拿出重视家长意见的态度，让大事化小、小事化了，才是各位发言重点。"

　　校长停下来，等着大家发言，大家却都沉默起来。

校长知道大家在等她的决定，不想浪费时间，喝了口水说："首先稳住家长，今天教务处章主任入驻十班，全天跟班，在班级群每隔一小时和家长互动一次，多发些正能量的教育资讯，多发一些孩子们上课认真听讲、下课活泼可爱的照片，要让家长看到学校对十班的重视和全力解决问题的诚意。

"其次，信息处密切关注网络动向，若有影响学校声誉的帖子或言论，第一时间上报并拿出处理方案。

"另外，查平为学校做出过重大贡献，为学校获得过荣誉，学校不会忘记。考虑到查老师的实际情况，教务处安排调整一下，让查平带副课。十班语文另安排老师顶上。"

散会后，查平含泪追到校长办公室，说她舍不得带了六年的学生，能不能让她坚持把孩子带到毕业，把孩子们送走。

校长看查平态度很诚恳，便安慰道："你放心，你的情况学校都清楚，不管你带不带主课，学校都会想办法在你退休前把职称评定之事解决的。"

了解查平的人都知道，她之所以术后重新回到学校，坚持继续给十班做班主任、带语文课，是想在病退前把职称问题解决了。别小看高一级职称，因名额有限，竞争激烈，学校内部设限，带班班主任及主课的教师评定资格优先。查平若能争取到，病退后一个月能多领千把块钱呢！

查平追到校长办公室的时候想着豁出去了，就是死缠烂打，厚着脸皮也要达到目的再病退。听到校长这么直奔主题地

给了自己承诺，突然感动起来，感谢校长的同时眼泪汹涌而
出。她感谢死神放过了她，她觉得自己对学校问心无愧。现在
她只想平和地等到职称，提前病退，从容地退出让自己既热爱
又不舍的教育行业，保养好身体，过好余生。

查平刚走，教务主任进来说安排小孙去带十班，小孙死也
不去，还说十班纪律太差，学生太猖狂，上次小孙替查平带了
一节语文课，差点被学生气死。

校长找小孙谈话，小孙哭着说十班有两个男生上课自己
玩游戏不说，还嘴里骂脏话，影响别的孩子听课，她批评了几
句，一个男生竟然站起来嫌她多管闲事，说她有病。

校长看着委屈地哭个不停的小孙，本想训几句，但又心
软，摆摆手让她回办公室去。又叫来教务主任，训道："就不
能给十班派个严厉一点、镇得住的人吗？十来岁的娃娃翻天了
不成？课堂上骂老师，传出去，谁脸上能挂得住？"

教务主任回道："您知道，学校老师都各司其职，有的
还在超负荷承担教学任务。如果派编制内的老师到十班去，怕
精力有限，忙不过来，耽误了学生课程，外聘的本来压得担子
就重……"

校长不想听下属诉苦，摆摆手说："不要找借口，找不
到合适的人，你就自己顶上去。你以前也带语文课，有教学经
验，先把这学期扛下来，下学期再说。"

教务主任眼巴巴地望着校长，欲言又止。校长想了想说：

"这样吧，谁打的糨糊谁吃，你只负责上课，其他批改作业、做课件的工作都让查平去做。寒假外聘计划多加一个名额，下学期有了新人就把你们换下来。"

查平正暗自高兴自己无事一身轻时，听到又要回去带十班，心冰凉冰凉的。但听说主任负责带课，她只负责批改作业时，心又渐渐温热起来。课件拷贝一份过来就行了，检查作业更容易了，经历过生死的她对自己身体很看重，对错有家长呢。至于最费神的作文，她也有自己的应对方式：先让家长点评，再让孩子自己点评，最后让同桌互评，自己总把关，看书写是否工整认真，就可以用红笔批上"优"和"良"了。

校长希望两个班主任能改变十班乱象，却没想到，教务主任本身事多，带课只是客串，想着查平打的糨糊，查平要负责到底。查平想着天塌下来有主任撑着呢，自己混一天是一天。两个人相互指望，结果一个也靠不住。十班更乱了，这可苦了十班想学习、想考个好中学的孩子……

鸡飞狗跳

眼看12月中旬了，关于2018年永宁市民办学校小升初的政策还是没有任何动静，一些培训机构趁机制造焦虑，并开设各种既能迎合家长需求、缓解家长焦虑，又能创造出巨大经济收益的班型课次。班型有每天孩子放学后去上的周内提高班，有一对一的会员随到随上班，有超级尖子双师班，还有一对三的小私塾定制班。

随着暗地里某些学校在培训机构的点考越来越频繁，机构又推出了半日制和全日制火箭提速班。甚至有机构夸下海口，只要家长交钱在他那里上课，保证孩子能进入理想学校，当然，费用不菲。总之，只有你想不到的，没有他们办不到的。家长调侃道："到处都是坑，坑坑不一样。"

上官芸决定报半日制，约好时间和青山妈一起去学校给孩子请假。

找查平，查平让找教务主任；找教务主任，教务主任说查平熟悉班上情况，让找查平。青山妈是个暴脾气，将假条往查平办公桌上一拍，撂了句："爱批不批。反正我家青山月底前下午不来学校上课。"扭身走了。青山妈在工程单位上班，脾气像单位的推土机，轰轰隆隆的。

查平怀疑给校长写信的人里有青山妈，故意不批，却告诉上官芸将假条改一下，不要说在外面上半日制，就说孩子有病，每天下午需要请假去医院治疗。另外查平还让她加一句"学生离校期间，人身安全由家长全权负责"。

上官芸心里嘟囔了一句："你才有病！"她将有病改成了矫正牙齿，也替青山将假条改了，又按查平要求补上了安全由家长负责的话。

大河、青山的另一个好朋友阳光听说他们下午不来，要去上半日制，回去给妈妈说要和好朋友们去外面上半日制。

本来大河对上半日制不太积极，一看几个好朋友要结伴而行，高兴地跳了起来。三个妈妈建了个群，阳光妈妈是全职太太，心细有时间，将各个机构的半日制师资口碑还有收费标准综合比较一番，建议给孩子们选择必成龙，上官芸和青山妈举手通过。三人商量好轮流接送孩子，若有特殊情况，及时在群里通知，其他人补上。

上官芸在单位上班时，将一个走势不佳的股票抛售出去，给大河在网上报了名。

他们正等着半日制开课呢，外面却传来必成龙因组织点考被举报的消息，网上有图有真相的消息飞速传播，给正在焦急等待小升初新政的家长头顶扔了个炸弹。本来家长们已如烤炉上被烤得焦煳的羊肉串，如今头顶爆开的炸弹夹杂着孜然粉和辣椒面，扑向煎熬的肉串，发出吱吱的爆响并冒出呛人的白烟。必成龙这么大的机构都因举报被查，那家长们拼了命地带着孩子在各个机构补奥数还有没有意义？难道政府真的要下决心整顿永宁市近乎疯狂的小升初择校热吗？

虚惊一场

大家猜测着，茫然着，在政策未公布之前，谁也不敢停下冲向前方的脚步！

家长们依旧在烤炉上痛苦地煎熬着。孩子们依旧在三九寒冬为了自己的梦想或者父母的梦想冒着风雪严寒奔波着，单调而紧张地重复着上课、做题，做题、上课。小升初二号群有暴脾气的家长叫骂着：吊死鬼找绳，真有那么难吗？一号群相对克制，但也不停地发着"头疼医脚，脚疼医手"的冷幽默段子，排解着心中的焦虑。

周末晚上十一点了，尚未接到机构通知点考的信息，上官芸以为因必成龙被查，疯狂的点考会有所收敛，没想到凌晨十二点零五分，已经睡迷糊的芸被枕边的手机震醒。

速成才又连发三条消息：急！急！急！通知：所有人，明早加课，机会难得，家长务必将孩子在七点半前送到学校。务必！务必！务必！

上官芸揉揉眼睛，一下清醒过来，又将通知仔细看了一遍，感觉这次通知虽然简短，但分量明显加重。难道这就是所谓越危险的时候越安全？小升初将培训机构锤炼成了能掐会算的神仙，将家长打造成了能上天入地的孙悟空。她心跳加速，翻来覆去地睡不踏实，好不容易睡着，醒来一看，七点零三了，昨晚因紧张竟然忘了定闹钟。她穿衣而起，以迅雷不及掩耳之势跑进儿子房间，使劲摇着睡得正香的儿子，喊道："宝贝，快起床，快，再晚就来不及了！速成才通知点考，这次百分之百是真的。"儿子半张着红润的小嘴哼哼了两声，继续呼呼地睡，她嘴里重复着"快快快"，手里拿起儿子的毛衣就往他头上套，儿子如一只冬眠的小熊，大睡不醒。她急了，一把掀开被子，在儿子屁股上扇了两巴掌，吼道："知不知道轻重？火烧眉毛了还睡，再磨叽黄花菜都凉了！"

儿子在睡梦中被突如其来的巴掌激怒，一骨碌爬起来，手里提着每晚陪他睡觉的北极熊，身子光溜溜的，喊道："我就是要睡觉，他们都是骗人的，每次都骗人去又不考，我就不去，我困，我要睡觉，我想睡觉！"

上官芸一把夺过儿子手中的北极熊，狠狠地摔到地上，恨铁不成钢地吼道："睡，睡，睡，兵临城下了还睡，养兵千日，用兵一时，你知道错过一次点考意味着什么？意味着这几年来所有的付出都被清空！你知不知道，今年形势这么紧张，抓住一次点考多么不易？如果因贪睡而错过，不能进入一所好的中学，意味着你的人生轨迹将会改变，你会被流放到社会底层！到时候，你整日为生计奔忙，为困苦挣扎，不但活得没有尊严，而且你没有选择的余地，更别提什么梦想和未来！在这个风云变幻的时代，唯有靠知识、靠实力才能把握命运、改变命运。我和你父亲做到了，你为什么这么懒惰，这么不努力，这么不懂事？"

儿子听到妈妈斥责他懒惰，不努力、不懂事，瞬间炸毛了。他飞速跳下床，从地上捡起四脚朝天的北极熊，又飞快地冲到窗户前，推开玻璃窗，将北极熊从窗户扔了下去，自己朝窗口攀爬上去……

"番大河！"上官芸被突如其来的一幕吓坏了，尖叫起来，想扑上去拽住儿子，却眼前一黑，晕倒在了地上。

等上官芸醒来，发现自己躺在卧室的大床上。她起身去找儿子，儿子不在家，番大海也不知道去哪了，家里静得只听见客厅挂钟的声音。她摸索着找到手机，刚想给丈夫打电话，就听到门响了，只见丈夫手里提着一堆塑料袋，儿子手里捧着一个椭圆形的玻璃鱼缸，几条颜色鲜艳的小金鱼在里面游弋嬉闹。两人一前一后地走了进来。

看到儿子躲闪自己的目光，上官芸已无心再去纠缠早上差点出大事的起因，孩子平安就好！

全身酸软的上官芸不管平时对丈夫如何不满，在此刻，看着因突发情况向单位请假的丈夫正在厨房忙碌的身影，心底涌起几丝暖意。

吃过饭，番大海主动请缨送儿子去上奥数，让上官芸在家好好休息。临走时，他用很久未有的温柔对妻子说："你太焦虑了，亟须放松一下，琴弦绷得太紧都会断，何况人呢？上次带你去看专家，我没告诉你，专家说你有几项指标已达到抑郁症标准。我刚出去给你买了药，坚持按时服用一个疗程，缓解一下紧张情绪吧。这次算是幸运的，孩子被我及时拉住，下次呢？万一我不在呢？"后怕让上官芸全身的毛孔瞬间扩张，她感觉到冷汗嗖嗖地从每个毛孔中钻了出来，眼泪骨碌碌地从眼角滑落。她觉得好累，她需要大睡一场。

她服过药，关了手机，拉上窗帘，也许是药物的作用，两年来，她第一次在周末的大白天睡得昏天黑地、无梦无惊。

睡眠是医治劳累、缓解紧张情绪的最好良药。次日十点，睡了半天一夜的上官芸满血复活。枕边有番大海的留言条：孩子我负责，你自由活动一天，别忘了按时吃药。

上官芸伸伸懒腰，打开手机，半躺在被窝里刷了一遍朋友圈，看有几个未接来电，一一回了过去，有两个卖商铺的、四个培训机构的。她一直想不通这些人都是从哪里得来的她的手机号。速成才的电话她没回，因为不知道如何解释未按时参加点考的事情。

上官芸又和艾商视频通话。艾商问上官芸在哪呢，说自己难受，求安慰，求抱抱，约上官芸去美容院做水疗、去影城看电影、去德福巷喝酒。

上官芸裹着被子说："不去，不去，不去！大冷天的，去哪儿都不如赖在热被窝里舒服。"

艾商却在视频里坏坏地笑，挤眉弄眼地说："咋了？昨晚演春晚了？"艾商笑话上官芸和番大海的夫妻生活：刚结婚时是新闻联播，一天一次不够，还有重播；慢慢变成了星光大道，一周一播，后来就成周赛、季赛了，现在成春晚了。上官芸没心情和艾商开玩笑，把昨天发生的事情从头到尾给艾商讲了一遍。艾商夸张地在手机里先骂上官芸精神病，若把大河逼跳楼了，咋给人家爷爷奶奶交代；又把番大海赞了几句，夸他关键时刻像个爷们，最后又替上官芸打抱不平几句，吃力不讨好，说上官芸这么辛苦还不是为了孩子的未来打拼，如今中考录取比例越来越低，谁都不想落在底层，活在尘埃里。古人说"少壮不努力，老大徒伤悲"呢，逼娃努力有什么错？不逼娃努力的妈才不是好妈！上官芸为拥有这么一个掏心掏肺的好朋友而感动，眼泪簌簌地往下落。

艾商在手机里哀怨地说："本来是求你安慰呢，却开始安慰你了。"两人在视频里对笑起来，突然有来电，上官芸看是老妈的，给艾商说了声挂掉视频通话，赶紧给老妈回了过去。

老妈在电话里命令道："到我这里来！现在，立刻，马上！"

母　亲

　　上官芸尽量把自己收拾得精干利落一点，提了一篮同事下乡扶贫时从帮扶的贫困户家里"高价"买回来的土鸡蛋出了门。作为老一辈无产阶级革命家的父亲和母亲，对上官芸从小要求严格，从未利用手中的权力给自己的女儿谋过私利。上官芸当年因初中贪玩未考上高中，被当校长的父亲铁面无私地送到初三复读，第二年才以优异的成绩光明正大地走进了高中的大门。此事让父亲在当地教育界落下"两袖清风"的美誉，并使他掌舵的学校风清气正，学风浓厚。最让父亲自豪且骄傲的是，在他的带领下，在优秀教职工团队的辛勤努力下，一所名不见经传的末流公办学校如一匹逆袭的黑马，冲进了市前三，为国内各大名校送去了一个又一个市高考状元。父亲以学校为荣，因为学校实现了他的教育梦想；学校以父亲为荣，因为父亲带领全体师生改写了校史，并让许多家境贫困的孩子通过刻苦勤奋的学习，改变了自己和家庭的命运。

那时的学校多好：虽然操场没有铺塑胶跑道，跑早操的时候尘土飞扬；虽然教室只有黑板、粉笔，老师上完课满身粉笔末；虽然桌椅板凳陈旧粗糙，但老师们忘我地工作，学生们拼命地学习。学校无偿给学生整理、印制散发着油墨香味的复习资料和试卷。老师们不用疲于奔命，应付职称评定，不用为参加教师资格考评而忧心分神。学生们周内在学校好好学习，周末在大自然里肆意奔跑撒欢。那时春秋两季不但有"友谊第一，比赛第二"的运动会，学校还会组织学生唱着《让我们荡起双桨》去郊外春游秋游……日子过得简单快乐，朝气蓬勃。

上官芸站在父亲的遗像前，燃了三炷紫檀香，插在了小香炉里，拜了拜，心里默默地问："爸爸，现在的教育究竟怎么了？"

母亲让上官芸把冰箱里冷冻的、从农场买来的土鸡红烧了，说自己要吃，然后拿来笔记本让上官芸看。

上官芸对母亲一向顺从，在厨房烧上鸡，翻开笔记本，母亲遒劲有力的钢笔字跃然眼前：2017年年终，永安市教育局办公室发布《关于通报2017年永安市中小学规范汉字书写大赛结果的通知》。

母亲在下面认认真真地抄写了一堆获奖单位和个人名单。

母亲的这手好字为她自己的仕途助力不少。虽然已过从心之年，母亲却依旧喜欢写字，而且字形、字体风采依旧，甚至比当年更加从容有力。

　　上官芸装作认真地看着，等着母亲训话。

　　母亲端起玻璃瓶，那是一个用过的橙汁饮料瓶，洗干净后被母亲当作茶杯。母亲喝了一口菊花茶，不紧不慢地说："我仔细看了一遍获奖学校和学生名单，没有小雅和大河，你负责孩子的教育，为何不重视孩子们的汉字书写？前一段，中央电视台综合频道播出的《汉字听写大会》，我不是让你和孩子们看吗？广电部精心制作这档节目是有深意的，就是要提倡规范汉字的书写，将几千年的中国古典文化继承和发扬光大。你知道写一手漂亮规范的汉字对一个人有多重要吗？字是人的门面，远的不说，就说我吧，当年政府招干，我一个农村姑娘，凭啥能在几百人中脱颖而出？还不是因为我个人简历上的字写得漂亮、有棱角，吸引了招干人员的目光，选送到上面，被领导一眼相中。你天天抓不住重点，带着孩子上这个班那个班，搞得自己累、孩子烦，没有任何实际意义。你还不如周末把孩子送到我这儿来，我来负责引导他们练字。"母亲停顿了一下，看女儿心不在焉地敷衍着自己，责备道："你看你，四十多岁的人了，一点出息都没有，你天天围着孩子、家庭转，把自己搞得一点事业心都没了，和家庭主妇有什么两样？我和你父亲当年白培养你上了四年大学。我像你这么大，早就干到地市级了。"

　　上官芸低着头，默默地听着母亲的数落，内心充满了委屈，不知该如何辩解。她也不知道，大家都拼命地将自己的希望和梦想寄托在自己孩子身上是为了什么。在这个光速发展的大时代，充满了挑战和机会的同时也危机四伏，稍微松懈，稍微停歇，就有可能被淘汰出局。谁都不想被时代抛弃，谁都怕在不可预知的未来被压在金字塔的底层。

母亲下厨给孩子们用农家菜籽油炸了金灿灿的油饼。上官芸提着油饼心情沉重地回到家里。儿子正趴在自己的书桌上做试卷，女儿蜷缩在自己的床上睡得正香，丈夫赖在沙发上斗地主，洗衣机嗡嗡地转动着。

番大海使眼色让妻子看餐桌，上官芸说已经陪母亲吃过饭了。番大海还是不停地递眼色，她意会了，走过去看餐桌上放着一张浅蓝色的便笺，上面工工整整地写着：

　　妈妈，对不起，昨天早上是我错了。第一，我不该因想睡懒觉而耽搁了点考。第二，我不该爬窗户吓虎（唬）你。我保证以后珍惜自己的生命，不拿自己的生命开玩笑。但你也要保证以后不摔我的北极熊。

　　　　　　　　　　　　　　　　　　　　　儿子番大河

上官芸看着看着，泪眼婆娑，孩子长大了，也懂事了。她拿着便笺走到儿子身边，哽咽着说："妈妈也向你道歉，不该骂你懒惰、不努力，其实你已经很努力了。还有，我不该摔你最爱的毛绒玩具，妈妈这就去超市给你买一个更大、更漂亮的北极熊。还有'吓虎'的'虎'是错别字，你改正后记住，不敢考试的时候写错了。"

儿子没有抬头，边做题边回道："不用，爸爸已经带我把北极熊找回来了，它现在正在洗衣机里洗澡呢！"说完，儿子在草稿纸上写了三遍"吓唬"二字。

上官芸弯腰抱了抱儿子，发自内心地说："妈妈爱你，感谢上苍赐予我这么懂事的孩子！"

儿子却从母亲的怀里挣扎出来，说："你去歇歇，我还要写试卷呢。别忘了九点叫醒姐姐，她睡前再三嘱咐我，让我九点叫醒她，说要复习，下周月考呢！"

上官芸拍拍儿子的肩，应了，又去给女儿披了披被角。正沉浸在母慈子孝的美好气氛中，艾商打来电话埋怨她为啥带孩子们去玩真人反恐精英却不叫上可乐，可乐知道后现在还闹呢。

什么"真人反恐精英"？上官芸将疑惑的目光投向了番大海，正在忙着斗地主的番大海假装没听见。上官芸在电话里哼哼哈哈地应付完艾商，问番大海究竟是怎么回事。

番大海看瞒不住了，理直气壮地说："我是带两个孩子去玩了，旷了一天补习课怎么了？周末本来就是孩子们玩耍放松的时间，非要搞得全民上奥数，你以为将孩子所有空闲的时间塞满，就能学好奥数？一张一弛才是学习之道，科学研究表明，学奥数需要天赋，这种天赋不是每个孩子都具备的。爱因斯坦都说了，天才需要百分之一的灵感加百分之九十九的汗水，其中百分之一的灵感是最重要的，甚至比那百分之九十九的汗水都重要！这里的灵感也就是孩子所拥有的天赋，你承不承认儿子没有这方面的天赋？"

上官芸怒辩道："古人还说'只要功夫深，铁杵磨成针'呢！你说学奥数的孩子成千上万，有多少是有数学天赋的，不照样通过报班刷题，冲进'五大名校'了吗？关键时刻，你不但不和我同心协力，共战小升初，反倒背地里釜底抽薪，你居心何在？我说呢，太阳突然从西边出来了，美其名曰让我在家歇着，原来'黄鼠狼给鸡拜年——没安好心'啊！"

每次吵架番大海都觉得自己占理，可他从来没有吵赢过妻子。这次也一样，他本来觉得带孩子们出去玩没有错，经妻子这么一反驳，马上理屈词穷，接不上话茬，只好摇摇头，抱着手机继续斗地主了。

上官芸知道番大海放大声音，继续斗地主，是为了表达对自己的不满，气得冲过去想将他手中的手机抢过来摔到地上，女儿小雅却被吵醒了，制止父母："据说夫妻经常吵架会有两种结局，一种是双方越吵越亲近了，一种是双方越吵越遥远了，不知道你们属于哪种。如果是前者，请不要影响我睡觉，不要影响大河刷题；如果是后者，请明天去民政局办理离婚手续，不要折磨你们自己，给我们幼小的心灵留下阴影，让我们长大后对婚姻家庭产生排斥和恐惧。"

上官芸和番大海被刚过十三岁的女儿教育得目瞪口呆。

两人停止了扭作一团的争抢，如犯了错的孩子，偷偷对视一眼，在女儿不满的注视下，一前一后溜进了卧室。

番大海扑在床上，得意地说："怎么样？我女儿不但长得像我，说话口吻和表情也像我，最重要的是逻辑清晰、思维敏捷，最像我了。"上官芸看到丈夫像个孩童一样高兴地在床上滚来滚去，暂时忘了刚才的争斗，也笑了。她嘴上却不甘示弱，说："再像你，还不是我生的。"

丈夫却笑嘻嘻地将妻子拉到床上，一本正经地说："你能，来，咱再生一个。"两人都有点那个意思，芸却怕孩子们都没睡，听到什么，便推开番大海说："晚上吧，等宝贝们都睡了再说。"说完，她起来理理头发，出了卧室。

大河看妈妈出来了，赶紧把借同学的试卷答案藏了起来，装作认真思考的样子。小雅却趴在书桌上睡着了。上官芸看时间快九点了，叫女儿醒来快点复习，女儿成绩好又要强，掉出年级前五就寝食难安，上个月考了年级第六，难过了好几天，这个月暗暗发力，要去争第一。上官芸看着女儿因拼命学习而疲惫不堪的样子，再想想老开小差、非要人盯着才肯学习的儿子，不知该喜还是该忧，去厨房给孩子们热了油饼和牛奶，又做了一盘水果沙拉，放在餐桌上，叫孩子们吃夜宵。

小雅说减肥不想吃，番大海和儿子美滋滋地吃了，吃完去洗澡。上官芸把水果沙拉端给宝贝女儿，看到女儿又趴在书桌上睡着了，想叫醒，被洗完澡出来的番大海制止了。番大海小心翼翼地将女儿抱到了床上，安顿睡好，朝妻子眨眨眼睛，悄悄说："让大河赶紧睡。"

上官芸知道丈夫想干啥，边给洗完澡的儿子擦头发，边问儿子卷子写完了没。儿子说写完了。上官芸不想让丈夫在卧室久等，便偷懒没说检查改错的事，催儿子整理书包，赶紧睡觉，周一容易堵车，要比平时早起二十分钟。儿子高兴地应了，飞快地整理着书包，心想：早点上床可以偷看一会儿《赵云传奇》呢。上官芸却瞥见一本熟悉的资料被儿子塞进了书包，不假思索地伸手掏了出来，竟然是试卷的解析答案，她的脸色"唰"一下就变了。

儿子一看形势不妙，忙辩解道："不是咱家的，是我借同学的！"番大海等不及，从卧室出来催妻子，看到妻子山雨欲来的脸，怕迁怒自己，帮着教训儿子道："这完全是你的不对！会就做，不会就学。抄答案是掩耳盗铃的行为，骗得了自己，还能骗得了你妈的火眼金睛？你还不赶紧承认错误？"他边说边给儿子使眼色。

儿子反应快，心领神会，忙说："妈妈，你别生气，我错了，以后再也不敢了，我保证！"

上官芸气得扯开解析参考答案，三下五除二，将书撕成碎片，边撕边威胁道："再敢有下次，看我怎么收拾你！"

上官芸回到卧室，裹紧被子，一个人生闷气。满怀期待的丈夫面对妻子冷冷的后背，动作半天，得不到一丝回应，没了耐心也没了兴致。两个人生着不同的气，在城市的水泥森林里，呼吸着受污染的空气，做着不同的梦，睡着了……

危机四伏

一个家庭就是一部《西游记》，不同的家庭会遇到大大小小的不同的困难，如同取经路上的重重劫难，但是就是因为我们要解决一个又一个困难，打败一个个"妖魔鬼怪"，我们的生活才变得跌宕起伏，多姿多彩。

对比《西游记》里的人物，有人将每个家庭代表着未来和希望的孩子比作唐僧：在"取经"的过程中一路受着保护。但是这个唐僧有时还不分是非好坏，一不小心就会被妖怪骗了，以为身边人会害他。非要见识到社会险恶，他才知道最亲的还是自家人，还是要靠自家人来救，直到修成正果。

妈妈被比作神通广大、会七十二变、有火眼金睛的孙悟空：一路坎坷，不计较个人得失，有危险自觉冲在最前面，却常常费力不讨好。不光是唐僧，有时候就连猪八戒、沙僧也不理解悟空为什么受了委屈却依旧要负责解决困难，斩妖除魔。

也就高高在上的神佛才看得清，知道悟空的不容易。

爸爸被比作什么？当然是看起来没什么用、光知道吃的猪八戒：虽然在天宫是天蓬元帅，但在现实中却是有能力不愿意担事，提起给娃辅导作业，就启动"僵尸"模式，还时不时得防着，怕一不小心被女妖精勾引了去！

长辈就像是沙僧，肩挑行囊，默默付出，不求回报，只期望孩子取得真经，健康快乐地成长。

传道授业解惑的老师就像任劳任怨的白龙马，马蹄稳健，一路把唐僧送到了西天，不求成佛成仙，但求无愧于心。

半日制开始第一天，三个孩子中午放学坐地铁去必成龙，到必成龙附近吃点东西去上课。阳光妈妈心细也有时间，嫌孩子们在外面吃不卫生，提前把饭菜做好，按时按点把温热的饭菜送到机构，看着三个孩子吃午饭。这样当然好，可上官芸和青山妈心里过意不去，给她发红包，阳光妈坚决不收。轮到上官芸接送孩子们了，她去向领导请假，领导不准，说现在体制整改，上面成立巡视督察组，随时有可能来单位暗访；何况作为新党员，上官芸更应该以共产党员的标准，严格地要求自己，起带头模范作用。

上官芸知道新领导严格谨慎，便让番大海搞了个病假条，按程序递交上去。领导看手续齐全，便批了假。

半日制补习进行顺利，因为几个好朋友在一起学习，孩子们兴致也高，成绩竟然都有所提升，妈妈们都在群里为自己的明智决定而欣喜。上官芸接到一则短信通知：恭喜番大河同学入围2017第十届爱丽舍英语竞赛全国总决赛，请尽快联系当地组委会完成报名。后缀是"第七届英语竞赛组委会"。

若不是收到短信，上官芸都忘了这回事。当时听阳光妈说这个英语竞赛如果能获金奖，小升初就会被名校特招。一听关系到小升初，她二话没说，在网上交钱报名。芸抱着有枣没枣打两杆子再说的想法给大河报名参加了初赛，没想到大河竟然在几万孩子中脱颖而出，冲进了总决赛。她有点小骄傲，在大会组委会官网上查到永宁市组委会的电话号码打了过去。

会务组回复会统一组织入围决赛的孩子2月7日到10日去北京参加总决赛，来回四天，费用3980元，若去，请于12月25日前登记缴费报名。

上官芸放下电话，心里盘算了一番，只有三天时间决定去不去。去吧，参赛期间万一错过点考机会呢？不去吧，万一获了金奖能走一条捷径呢？可没获奖呢？岂不是点考也错过了，特招也没戏了？

上官芸拿起电话，想向番大海讨个主意，电话接通，却传来一个女孩清亮的声音："师母好，主任上手术呢，一时半会儿出不来，他让我帮他拿着电话，说有什么重要事情电话里解释一下。您有什么急事吗？要不要我帮忙？"

上官芸凭着女人的直觉，马上对电话里的女孩警惕起来，客气地回道："谢谢你，没什么大事，再说我们家的事情，怎么好意思让你一个外人帮忙。"说完，她装作很随意地问道："你是小婉吗？虽然没见过面，但你们主任经常在我面前夸你呢！"

女孩在电话里支吾了一下，声音明显没有刚才清亮了，解释道："我是医学院的实习生，来科室时间不长，看到主任手机来电显示，才叫您师母的。"上官芸"哦"了一声，将电话挂了，心里想："小样，姐啥样的妖精没见过，师母、师母叫得挺甜，还不知道安的什么心呢！"

上官芸给艾商打电话，问："可乐接到通知了吗？她去不去？"艾商说："接到了，不去不去，四天3980元，足够去趟韩国打玻尿酸了。可乐进入了决赛，我觉得就算得个金奖也没多大意思。"

上官芸呵呵道："你家可乐是'学霸'，你才有底气说这些硬话，谁让我家大河不争气，老是处在中不溜上不去下不来。我不想办法把他举高些，难道眼睁睁看着他被可乐甩得越来越远？到时候你个势利小人还肯让可乐嫁给大河？"

艾商在电话里笑个不停，说："什么你家我家？可乐和大河的娃娃亲咱俩可是怀孕的时候就定好的，一百年不许变！我是这样想的，咱们不能一棵树上吊死，可乐内向不擅表达，但爱做题，成绩好，给咱们主攻学习；大河呢，脑子活，反应快，能说会来事，成绩差点没关系，咱另辟蹊径，培养他的经商能力。你是搞财务的，多引导他对金融的兴趣，培养他的理财能力，将来长大，一个上名校给咱长脸，一个给咱当金融大鳄赚钱。"

上官芸听艾商又开始满嘴跑火车，打断她："难怪说你们做营销的把梳子都能卖给和尚，真能忽悠！大河快要下课了，我不听你吹了。"准备挂电话，上官芸突然想起上次艾商说陪她去医院的事，就问："你去医院了吗？啥情况？我一直忙也没顾上问你。"

艾商难过地说："没保住。"

上官芸听后有些心疼，但也没多问，只责备道："也不知道心疼自己，又不是小姑娘了。对了，我这有些上好的阿胶，给你分些，你有空熬着吃，好好补补，你明天在公司吗？本宫明天送完大河给你送过去。"

艾商说："阿胶好是好，但熬起来太麻烦，我懒得熬，你自己留着慢慢补吧。我买了燕窝，可以直接喝。"说完她就要挂电话。

上官芸追问道："孩子没了，他爹呢？"

艾商不耐烦地说："死了！"便把电话挂了。

上官芸知道那个小鹿肯定逃之夭夭了。不过，她一点也不担心艾商。艾商对待感情的原则是爱时深情地爱，散时决绝地散，不纠结对错，不念过去，不畏将来。她是一个内心强大的女人，永远都是昂首挺胸，踏歌而行。她相信每一天的太阳都是新的，这段感情结束，意味着一段新的感情即将开始。花开堪折直须折，莫待无花空折枝。"姑娘，你这初开的一树繁花，全让番大海那厮折走了，你亏不亏啊？"上官芸想起了艾商调侃她的话，笑了。

上官芸接了三个孩子，正在开车，电话响了。大河一看说是爸爸的，接起对爸爸说："我妈开车呢，有事吗？"番大海说："那就专心开车，回家再说。"

三个孩子在车上玩飞花令，笑声弥漫在车内，上官芸被朗朗童声逗笑了。

上官芸回家看到番大海，忘了问大河要不要去北京参加总决赛的事，系好围裙，边做饭边问："你们科室又来实习生了？"

番大海躺在沙发上玩着手机"嗯"了一声。

上官芸问："几个呀？"

番大海抬头看了上官芸一眼，懒洋洋地说："别拐弯抹角，说重点。"

上官芸看番大海一副人正不怕影子斜的样子，调整了一下战略，不再迂回，单刀直入道："今天给你打电话，一个小姑娘帮你接的，我觉得她怪怪的。"

番大海听了，低头继续玩手机，嘴里吐出几个字："世上本无忧，庸人自扰之！"

上官芸有点不甘心，又有点不好意思，觉得无缘无故怀疑丈夫有点不厚道，便说："你先去盯着大河，一眼没看住，他就去玩了。"说到大河想起爱丽舍总决赛的事情，上官芸征求番大海意见。番大海摇头说："你能不能不要考虑任何事情都局限在小升初的怪圈里？事情很简单，孩子通过自己的能力冲进总决赛，当然应该鼓励孩子去北京，不管能否获奖，对孩子都是一种肯定和锻炼，获不获奖和能不能帮助择校都可以忽略不计！"

当局者迷，旁观者清。上官芸觉得不管多大的事情，番大海总能用犀利的目光透过表象看到本质，犹如一个病人躺在手术台上，他还没有动刀，已经对身体构造了如指掌。这种能力散发出来的光芒遮盖了番大海回家后油瓶倒了都不扶的懒惰和不懂浪漫、情商太低的缺点，让上官芸容忍至今。

儿子一听说要去北京参加总决赛，兴奋又紧张，让妈妈给他买一本英语真题试卷，他要多练练，争取到北京去拿个大奖回来。他又问青山、阳光、可乐去不去。上官芸说可乐不去，艾商妈妈嫌费用太高。大河不高兴，将打开的英语书合上，说自己也不去了，万一没获奖，白花钱。

上官芸心里想，小家伙还知道给家里省钱，真是长大了。

番大海鼓励儿子说："你只管去，尽力考就行了，钱的事有爸爸呢。小小年纪，把钱看得这么重，长大能有多大出息？"

上官芸白了丈夫一眼，心想："男人和女人对孩子的关注点就是不同，我正为孩子小小年纪就懂得节约高兴呢，你却说孩子为家里省钱，长大没出息。"上官芸也不知道谁对谁错，家里真不是个说理的地方，便说："吃饭，吃饭，吃完饭继续写作业！"

吃完饭，上官芸翻出一床蚕丝被，让番大海给小雅送去，她觉得这几天太冷了，怕小雅盖一床被子晚上睡着冷。番大海说宿舍有暖气呢，一床厚被子足够了，没必要再送。上官芸嫌番大海懒，说："你不知道女孩子不能冻着吗？万一冻感冒了，流鼻涕，打喷嚏，吃药打针，你不心疼？"番大海疼爱女儿，听上官芸这样一说，赶紧换了鞋，拿了车钥匙，抱着被子走了。

陌生来电

上官芸收拾完厨房，像往常一样坐在沙发上看书翻杂志，陪着儿子写作业，手机振动起来。她看是陌生号码，怕和点考有关就接了，却是老领导。老领导让上官芸马上到皇家园林酒店18369号房。她还来不及反应，来电已经挂了。大河停下手中的笔，抻长脖子问谁的电话。

上官芸定定神，解释说："领导让妈妈去单位加班呢。"她又补充道："你别怕，我给爸爸打电话让他快点回来陪你。"大河巴不得一个人在家呢，想玩就玩，想看电视就看电视，催妈妈说："我都是小伙子了，有啥害怕的？放心吧，您赶紧去！试卷我让爸爸批改，有错题的话，我自己抄自己改。"

上官芸亲了儿子一口说："你真棒！"她简单收拾了一下，拿了包，匆匆出了门，走在路上，却犹豫起来，老领导让一个曾经的女下属晚上去一家五星级的酒店，还清清楚楚报了房号，让缓过神来的她警觉起来。老领导对上官芸一向关照赏识、信任且重用，但从未有过非分之举，也没有过暧昧行为。突如其来的电话让她摸不着头脑，她不敢告诉丈夫，怕丈夫会胡思乱想，便偷偷地给艾商发微信。

艾商秒回："去呀，不去怎么知道他葫芦里卖的什么药？他要有不轨之举，你不愿意就大喊大叫，鱼死网破。别怕，我陪你去，我在酒店大堂等你，万一势头不对，你打电话或发短信，我提着刀上来英雄救美！"

上官芸笑了，说："多谢女侠为我两肋插刀，刀就算了，你那里不是有防狼喷剂嘛，带一瓶给我。"艾商却说没了。

上官芸收起手机，边走边看着两边的街景。大街小巷灯火璀璨，道路两旁的路灯全换成了节能美观的中国结。此刻，红艳艳的中国结在夜色中散发着喜庆柔美的光，两边的树木缠满了绕树灯，灿若繁星。在国家、省委、省政府的鼎力支持和市政府的努力下，永宁市从上到下齐心协力，投巨资打造着国际化大都市的形象。寒冬腊月的冰雪给了城市管理部门无穷的想象力，点缀在各大景点的仿真红梅花在白雪的衬映下以假乱真，冷艳绽放。人行天桥上垂满了真真假假的绿藤，挤着一丛丛一簇簇的羽衣甘蓝和四季海棠。大型商场前摆满了盛开着粉色樱花的仿真树，主题为"十里桃花·三生三世"。暮色降临，华灯初上，整个古城流光溢彩、火树银花，高楼大厦鳞次栉比，文物古迹金碧辉煌，让人恍若回到盛唐。新的一年即将到来，人们凭空生出更多的希望和期待，莫名地兴奋和豁达起来。

上官芸不知道自己为什么在去酒店的路上会有这样的情绪，但她忐忑不安的心稍微平静了一点。

艾商正坐在酒店大堂的真皮沙发上对着手机涂口红，看到上官芸进来了，远远地眨着眼睛，嘟着嘴，隔空向她亲了一下，摇了摇手中的手机。上官芸勉强笑了一下，点头表示懂得，走进电梯，对着电梯的镜子将乳白色真丝衬衫最上面的扣子扣上。上官芸有点后悔衬衫配了咖色的一步裙，应该配条裤子才对。正想着，十八楼到了。她整了整深咖色的羊绒大衣，走出电梯，按楼层指示找到了房间。站在18369号门口，她攥紧手机平复了一下心情，摁响门铃的时候，想退缩，门却开了。老领导像往日一样，白衬衫加黑裤子，亲切随和地摆了一下手，让上官芸进来。

上官芸掩起门跟了进去，领导已经坐在了沙发上，开口道："这么晚了叫你来，有两件事。"看上官芸远远地站着，他笑着说："去把门关上，不停的提示音影响我们谈话。"上官芸不得不去把门关上。

领导指着面前的沙发说："怕什么？我又不是老虎，过来坐下，十分钟后我还有个会，咱们是老熟人，长话短说，不要见外。"

18369号房间是豪华商务套间，上官芸瞥见宽阔的实木办公桌上堆满了文件和资料，看来是领导临时办公的地方，她恭敬地侧身半坐下来，静等指示。

领导说："听说你最近请假忙孩子小升初的事，孩子上学有什么困难你就说，我想办法帮你，你就不要再为孩子上学的事分心影响工作了。"

上官芸以前也曾想过找人帮忙，但从小受父母教诲，总想让娃凭实力去拼，拼不上了再说。没到最后时刻，她不愿向人张口求助。此刻领导主动雪中送炭，让她有点受宠若惊，忙欠欠身说："感谢领导关心，我想先让孩子努力努力，凭实力拼一拼，实在不行了，再劳烦您帮忙。"

领导将茶几上的果盘推到上官芸面前说："不是什么大事，打个电话就可以了。你吃水果。"

上官芸微笑着说了声"谢谢"，很有分寸地用牙签轻轻扎了一颗红提子放进嘴里。

领导点了根烟，吸了两口，说："你现在已经正式入党了，本来计划年前将你调上来，继续做我的财务部部长，但现在调动流程很严格，你继续在基层锻炼，等一切合规了，再说。"

上官芸表示感激和理解，知道领导要说重点了。

领导起身进入套间卧室，在里面叫上官芸进去。本来已经启动工作模式的她不由自主地紧张起来，犹豫着要不要给艾商发信息，领导又走了出来说："你在单位跟了我这么多年，我对你人品和能力非常欣赏，也非常信任，你进去把里面那两个水果箱提出来吧。"

上官芸疑惑地走进卧室，看到电视桌上摆着两个绿色的印着金色杧果的水果箱。她提起来觉得好重：今天为了两箱水果，搞得神神秘秘的，有必要吗？

领导示意她打开。

上官芸顺从地打开，呆住了。

两个水果箱里都整整齐齐地码着一摞摞的百元大钞。

"资金运作这一块你有头脑和手段，把这些尽快合理化，当然能让其产生更大的收益最好。"领导边说边将箱子扣好，"从酒店后门出去有司机等你，此事对其他任何人都不要提起，我要用的时候会联系你。"

上官芸不知道自己是怎样将两个沉甸甸的水果箱搬回家的，她很佩服自己的镇定。回家路上，她给艾商发微信说虚惊一场，警报解除。她还说领导只是召她去问了问单位上的事，已经让司机送她回家了，自己自作多情，让艾商赶紧回家。艾商发了几张捧腹大笑的图片，没了下文。

回到家，番大海去给小雅送被子已经回来了，上官芸将两个水果箱锁进储藏室最角落的保险柜里，用一些杂物遮挡严实，又故意将储藏室搞得乱七八糟，让人望而却步，然后关好储藏室的门去洗澡。上官芸趁着洗澡，将思绪理清楚，让自己的心情尽量平复下来。然后她像往常一样，检查了儿子的作业，批改了试卷，洗了贴身衣物，整理了沙发，给儿子掖好被角，拖了地，检查好窗户和门锁。上床躺下后，上官芸听着丈夫数年如一日的呼噜声，在黑夜里透过窗帘缝隙看到路边排列有序的红彤彤的中国结。此刻，她感觉自己好像呼吸着汽车尾气，在重度霾笼罩的城市中，不敢挣扎，不敢喘息。她想起了王菲唱的《棋子》，打开手机，设置成了单曲循环模式，王菲天籁般的声音从夜空中远远飘来。她从来没有如此认真地听过这首歌。经典就是经典，无论时光如何流转，岁月如何变迁，永不褪色，永远流传。她从心底佩服词作者，她感到潘丽玉走进了她的心里，看到了她心里所有的纠结、不安、不甘和不敢，王菲在杨明煌的伴奏下高冷地唱着：

想走出你控制的领域

却走进你安排的战局

我没有坚强的防备

也没有后路可以退

想逃离你布下的陷阱

却陷入了另一个困境

我没有决定输赢的勇气

也没有逃脱的幸运

我像是一颗棋

进退任由你决定

我不是你眼中唯一将领

却是不起眼的小兵

我像是一颗棋子

来去全不由自己

举手无悔你从不曾犹豫

我却受控在你手里

想走出你控制的领域

却走进你安排的战局

我没有坚强的防备

也没有后路可以退

……

我像是一颗棋子

来去全不由自己

举手无悔你从不曾犹豫

我却受控在你手里

我却受控在你手里

我却受控在你手里

素质报告册

　　日子一天天从人们匆匆的脚步中流过，孩子们没有真正的周末，他们能脱口而出"草色遥看近却无"，却不知道大自然中的小草有没有发芽；他们能熟练地默写出毛泽东的"千里冰封，万里雪飘"，却没有机会跨过冰河，爬上高山，欣赏山河的莽莽滔滔；他们能用死记硬背的蝴蝶定理飞快地算出几何图形的面积，却不知道如何一刀下去将一块手撕面包不偏不倚地分给三个人。度日如年的家长们不敢因为眼前一墨黑就放慢向前奔跑的脚步，秋季班结课，寒假班续报，不敢迟疑，大家都想弯道超车，做最后一搏，培训机构急家长所急，想家长所想，推出寒假全日制超车班，为应对名校的选拔，给孩子们加大知识难度和深度，提前渗透着初中的方程和有理数、绝对值。家长们毫无怨言地大把大把地刷卡缴费，花钱买着内心的安宁和踏实。

　　12月20日，状元及第通知12月24日晚七点半进行第十次模拟考试。上官芸不敢懈怠，瞅着领导不在，四点半就拎着包从单位溜了出来。她开车刚上二环，阴沉了一天的天空突然飘起了雪花，开始像米粒般大小的苔花，密密地敲打着车窗；渐渐变成白牡丹的花瓣，舞动着扑向大地。她开了雨刷器，小心翼翼地龟速移动到儿子校门口，将车停到路边，等着大河出来。老师在群里通知，因期末考试，所以推迟放学，请家长五点半接孩子。上官芸看时间差不多了，直勾勾地盯着校门，不见儿子出来。六点半了，还是不见儿子出来，群里问老师，没人回答，上官芸以为前面出来的孩子多，自己看花眼，没盯住，打班主任电话，手机关机。群里都是家长焦急的询问，没有一个老师回复。上官芸一边被交警催着快走，一边焦急地等着孩子，六点五十了，终于看到大河他们班的孩子零零散散地走了出来，上官芸本来计划带儿子在外面吃过饭再去考试，一看时间来不及了，只好对拉开车门的儿子满怀歉意地说："宝贝，时间来不及了，你去旁边超市买面包和酸奶，先垫一下，等考完试，妈带你去吃好的。"

　　儿子乐呵呵地转身去超市买面包，上官芸的电话又响了，对方说是状元及第的，说因不可抗拒的原因，考试取消，若再有安排，会另行通知。上官芸不相信，对方说因时间紧迫，电话通知家长的同时，手机软件上也同步发了通知，可以查看，又语气极其诚恳地请求谅解，说还要抓紧时间通知其他家长，将电话挂了。上官芸想了想，给阳光妈妈打电话确认了消息准确无误后，对这个上市的教培机构的服务顿生好感。忙完这一遍，她才想起问买面包回来的儿子，为什么他们班出来得这么晚。儿子兴奋地给妈妈手舞足蹈地比画着说："我都快写作文了，查老师跑进教室说给我们发错考试卷子了，把开始发下来的收走，重新发了一份卷子让大家做，所以我们考完的时间就晚了，出来自然就晚了。"孩子很少看到一本正经的查老师惊慌失措的样子，所以觉得考试发生的小插曲很好玩。上官芸听着孩子眉飞色舞的叙述，觉得可笑又可气，期末考试是多么大的事情，老师竟然都能将考卷发错，简直让人无语了……

　　天没塌下来，日子还要继续，班还是要上的，小升初还是要面对的。

　　转眼就到了元旦，半日制补习即将结束。民办学校小升初政策依然没有任何动静。但摇号不是空穴来风，小道消息传得有鼻子有眼，说教育局已经着手制定摇号比例，具体摇号份额占多少，还在调查论证中。政策不明朗，让家长和各个培训机构都想抓住最后的机会再拼一把。密集的点考铺天盖地，真假难辨。家长们在最冷的三九寒天，半哄半拖地将尚在梦中的孩子从热乎乎的被窝里叫出来，在黎明前最黑暗的时刻，奔赴每一处点考的战场。

　　元旦假期在孩子们继续补课、刷题、做试卷中一晃而过，大家都满怀希冀地跨入新的一年，想在小升初择校的家长和孩子们依旧在茫然中前行，在心怀希望中艰难跋涉。

网传专家为面临小升初的孩子的父母列了个书单。第一阶段：《亲密育儿百科》《孩子你慢慢来》《让孩子做主》《牵一只蜗牛去散步》；第二阶段：《莫生气》《老子》《论持久战》；第三阶段：《心脏病等预防与防治》《高血压降压宝典》《强迫症的自我恢复》；第四阶段：《佛经》《活着》。

上官芸以前总是忘吃药，但现在为了活着，她给办公室、包里、家里随手可及的地方都准备着治疗抑郁、缓解更年期综合征的药品，不管药是否有效，但至少服用后能让她乱哄哄的脑袋安静下来，能让她晚上睡个安稳觉，不再失眠到天亮。1月18日午后，上官芸像往常一样躺在办公室沙发上，眯着眼睛想睡会儿，却被手机的振动吵到，打开一看，"永宁市某中学校长被举报乱搞男女关系、养鸽子、搞一言堂、行贿受贿"的新闻弹了出来。上官芸仔细看了两遍，心想："对呀，我为什么不把那两箱钱送到纪检委去呢？至少能证明自己的清白。"她转念又想："这样算不算背信弃义，太不厚道？何况领导答应过会为儿子的择校提供帮助。往更深层考虑，领导经营仕途多年，根深叶茂，万一举报不成，落个卖主保身的骂名不说，引火烧身，累及家人，如何收场？"

上官芸经过这么多天的仔细分析和思考，知道领导的高明之处就在于将那两箱钱交给自己的时候，什么都算进去了。他了解这个专业能力超强的女下属的软肋和秉性，他很自负地知道，上官芸会无条件地和他站在同一个战壕里，为他做好后勤保障供给。

上官芸不想为这些钱的事情劳神费心，吃了药，强迫自己睡会儿。可不知道为什么，也许身体产生了耐药性，多吃了一片药，上官芸还是睡不着。她又拿起手机，刷群消息，群里也在讨论关于某中学校长被举报之事，不过大家关注点不在当事人身上，而在于苦大仇深地声讨某中学。还说，谁敢把孩子送进这样的虎口狼窝去！说着说着将话题转到学习风气浓、班小、老师负责任、孩子出成绩的好学校上去了。家长们情绪本就焦躁不安，看到这样的新闻，又看到群里的各种议论，更坚定了给孩子选择一个好学校的决心。有理性的家长发了"不能因为一颗老鼠屎，就将所有公办一棍子打死。我娃就在公办学校上学，老师非常负责，学校风气也很好"的消息。消息发出不到十秒，便被群嘲的消息湮没得无影无踪了。

上官芸不想看着这个群对公办学校的无底线诋毁，对某中学泄愤式的嘲笑和辱骂。她突然想到了一句话"新闻的本质不是揭示真相，而是混淆视听"，便摇摇头，打开了二号群。

同样的内容在二号群出现，上官芸知道至少有一半家长像自己一样在两个群里来回窜。不同之处是二号群里有了新内容，关于小学生素质报告册对今年小升初还有没有用的讨论，有人问如何才能搞到。上官芸奇怪地问了一句要素质报告册干什么用，马上有人回复，按往年小升初统考经验，如果孩子想报考心仪学校，必须把素质报告册交上去，然后网上填报小升初统考考试志愿，填写目标学校，这样小升初统考成绩出来后，如果遇到考分相同的孩子，学校会参考素质报告册上的小学三年级到六年级的考评等级择优录取。所以聪明的家长会多备几本：一来孩子报名时可以多报几个学校；二来万一孩子素质报告册上有B，可以替换掉。听说"五大名校"看到一个B要扣零点五分呢，按一分挤掉一操场算，零点五分要挤掉半操场，半操场要多少人呢！上官芸经群友一点拨，一下清醒过来，快速回忆了一下儿子的素质报告册，除过一年级时美术有个B，其他的目前都是A或A+。她还有点不放心，在群里问了一下一年级美术有个B影响不影响。有人秒回，虽说只看三年级以上的，但为了以防万一，最好多备一两本，心里踏实点。目前政策不明，家长们也不知道重要不重要，但为了万无一失，准备了总比没准备强吧？

上官芸赶紧问哪里可以买到。群友纷纷回复，有人说有的培训机构两百可以买到；有人说某宝五十可以买到，但做的太假，容易被识破；还有人说以前在学校可以买到，但2015年后换新版了，需要小升初的这一批用的是老版的，学校不容易找到了。上官芸发了个尴尬的表情。看到有人私信她，那人说给孩子多准备了一本，两百同城包邮要不要。上官芸想花钱买个心安，就给了地址，先转了一百，说收到后再付一百，对方答应了。

同城快递简直神速，上官芸刚收拾整理好办公桌，准备出去买菜，快递就到了。她签收后打开一看，暗红色的封面和儿子的那本一模一样，便准备给对方把余款付了，却发现自己被对方拉入黑名单了，正奇怪呢，阳光妈妈打电话来问大河的素质报告册拿回家了吗。

上官芸知道今天是期末考试后返校领素质报告册的日子，早上她把大河送到学校后，自己被单位的事绊住了，打电话让母亲去学校接十点半就离校的孩子，没顾上问孩子的期末考试成绩。

阳光妈妈在电话里怒气冲冲地说："学校明明知道很多孩子要择校，却给娃素质报告册上填这么多B，真是气死人了。"她停下来喘口气问："你家大河怎么样？我听阳光说也有好几个呢！"上官芸有点蒙，安慰阳光妈妈几句就急忙给母亲打电话，说了半天母亲还不知道什么是素质报告册。上官芸说让大河接电话，大河在电话里支支吾吾地说有六个B。上官芸一听就恼了，把电话挂了。她既奇怪为啥孩子有那么多B，又庆幸自己有先见之明，刚买了一本备用的素质报告册。上官芸打通了儿子班主任查平的电话，问情况，查平轻描淡写地说自己不知道，是教务主任负责填写的。上官芸又打电话问教务主任，主任一头雾水，说是查平负责的。上官芸无力也无心追究责任，只问教务主任怎么办。教务主任说不要急，她想好办法会在班级群里通知。

上官芸放下电话特别生气，不是因为大河的六个B生气，而是因为不负责的老师。为人师表是什么意思？师表：榜样，表率。为人师表指在人品学问方面做别人学习的榜样。上官芸一向尊重老师，尊重那些人品学问值得人尊重的老师，但从内心鄙视木刀杀娃的老师。她打开班级群，已经有暴脾气的家长用粗体的红色字发送："逆天的八个B，我娃从三年级在外面报班学习，三年来花费十多万，想通过努力考上好的中学，这八个B是想把孩子置于死地吗？请问老师是通过什么样的方式评定孩子遵纪守法是B，社会公德是B，综合实战是B，刻苦勤奋是B……别的我不敢多说，但娃每天晚上学习，做真题试卷到十二点多，三年来，寒来暑往，风雨无阻，从未请过假，发着高烧还去参加考试，不算刻苦勤奋吗？这么小的孩子犯过什么错？怎么不遵纪守法了？社会公德是什么？自己都搞不清楚凭什么给孩子B？关键时刻，不为孩子们小升初使劲也就罢了，竟然使绊子，别把家长逼急了，逼急了，我们为了孩子什么事情都做得出来！"

上官芸看是大河班上学习最好的家长发的消息，心想："他家孩子是区三好学生呢，都八个B，那其他孩子可想而知。"她目测了一下，班级群因孩子得B而发牢骚的家长占了一大半，究竟是谁如此不负责任，让家长们暴跳如雷？

虽说查平有资历还为学校争过荣誉。但这场乌龙来得的确不是时候，谁都知道面临小升初的学生家长如同装满炸药的火箭筒，极易被点燃，所以查老师就成了目标，被轰炸发泄。惹谁不好，非要惹心急上火的家长！

查平一听惹事了，捂着胸口只说心跳加速，要请假休息。谁敢不准，她心脏上搭了五个支架呢。查平回家路上想自己也不想这样，往年素质报告册都是叫班上几个优秀的孩子在自己的授意下填写的，从来没有出过错。可这次因为几个孩子考完试都在外面上全日制，备战小升初，没时间来学校帮忙，正好外聘的刚毕业的小杨在办公室，她便交给了小杨。新人爱表现，为了显示自己认真负责，便一个孩子一个孩子地按学校考核标准，认真考虑该填A还是填B，熬了个通宵，才将六十六个孩子的素质报告册填完交给查平。查平想着这么简单的事情应该没问题，也没翻看，就直接发给了学生，就惹出这么一摊事来。面对班级群中怒气冲冲的家长，查平只好假装看不见。教务主任弄清了事情的来龙去脉，掂量了一番轻重，让小杨背了这口黑锅，并用辞退小杨的严肃处理结果来平息家长们的怨气。小杨眼泪汪汪地离开学校时，还想不通：自己是按照每个孩子的素质报告考试成绩，实事求是地填写素质报告册的，为何错了？

事已至此，教务主任让教务处想办法补救：如何补救？五六十本老版素质报告册到哪里去找？信息处的小黄是个"九○后"，出主意说某宝上有，团购还能优惠，被教务主任训了一番，说学校作假成何体统。其实是教务主任怕人多嘴杂，万一被举报或传到网上，那就越描越黑了。有人说让家长想办法，只要有新的，自己填好，只管拿学校盖章就可以了。教务主任觉得可行，就在群里安抚家长，说今年小升初政策尚未公布，素质报告册有没有用尚未确定，请家长们少安毋躁，针对本班部分报告册中出现的问题，请要修改的家长下午三点带上册子来学校教务处统一解决。

家长们看到群通知，有的家长提出自己上班走不开怎么办。

教务主任回复道："下班后也可以，我下午忙完就在教务处等大家，多晚都等。"

上官芸得先把大河接回家再去学校，一看时间有点晚，便想把快递来的册子填好，拿去学校盖章。她把册子从包里拿出来翻了一下，蒙了，里面有一面是空白的，什么都没印上。上官芸顿时明白为何收到快递准备给对方打余款时自己被拉入黑名单了，原来是上当了……现在的骗子简直无孔不入，上官芸懊悔的同时安慰自己：一百块钱就当是交学费了。艾商打电话来问大河期末成绩怎么样。上官芸正生气自己轻信了骗子，没好气地回道："能咋样？很稳定地保持在中不溜，上不去，也下不来。他们学校又不排名，只知道个大概。"她又将素质报告册的事情诉说了一番，艾商听完，一如既往地责备上官芸当初没给大河择校，上官芸附和着说自己肠子都悔青了，一定要亡羊补牢，中学给大河择校。

艾商在电话里阴阳怪气地笑道："择啥校呀？受那罪干

啥？虽说条条道路通罗马，可有些人就生在罗马，让你们老局长到时候打个招呼，谁敢不收？听说人家最近在'罗马'很活跃呢！"

艾商不愧是上官芸的闺密，哪壶不开提哪壶。上官芸最不愿意想起的就是老领导，那两箱钱如华山河道里的巨石，时时刻刻压在她心上，无法移开还要努力呼吸。她深深吸了口气，又吐了出来，换了话题："可乐肯定又是第一！"艾商却紧追不舍。

艾商说那晚她在酒店大堂等到晚上十点，没见上官芸下来，就懂了。虽然接到上官芸说回家的电话，但谁信啊？艾商很确信地认为自己的闺密被潜规则了，认为上官芸是个死脑筋，只知道沉浸在悲痛中，就不知道化悲痛为力量，替自己要些补偿。艾商怕上官芸想不开，约她晚上去酒吧放松放松，上官芸应了。

老兵酒吧

城市的水泥森林因"养分"充足，面积成倍扩大并向周边无限蔓延。

太平盛世，供人消遣娱乐的场所迅速以各种形式诞生。酒吧越来越多，说明城市发展越来越快，人们愿意在休闲娱乐里投入更多的时间和金钱。但这也说明，越来越多的人用夜夜笙歌、千金买醉来排解内心的寂寞、消除竞争的压力，以及缓解对未来的茫然和恐惧。

上官芸爽快地答应艾商去酒吧是因为她的确需要拥有一点属于自己的时间和空间，透透气，解解压。在这个上有老、下有小的尴尬年龄，她觉得自己像个有求必应的观音菩萨，谁都需要她的关怀呵护，谁都需要她的付出和解救：公公去医院复查需要她陪，母亲想吃红烧肉需要她去炖，儿女的家长会需要她去开，番大海的衣服需要她洗，全家的日常生活需要她操心，单位的账需要她做，儿子不会的奥数题需要她解析，女儿落在家里的书需要她去送……她有时候恨不得自己长出三头六臂。艾商老笑话她把自己搞得那么累，是全家的老妈子！

艾商总是能将可以用美好浪漫的字眼形容的人和事，剥得一丝不挂，呈现在上官芸眼前，让上官芸既抵触又不得不服气。本来嘛，说白了，保姆老妈子和贤妻良母之间不就差了一条围裙吗？艾商常说："姑娘，那不是珍珠翡翠白玉羹，而是白菜帮子、菠菜叶、馊豆腐加剩米饭熬的一锅大杂烩。"

上官芸给母亲打电话说晚上不接大河了，让母亲去接，放假有三天自由时间，让大河好好享受；又给番大海打电话，说自己要和艾商逛街，晚上不回家做饭，小雅学校还没有放假，周末才回家。番大海说他正好替科室的小马值夜班，也回不了家，让上官芸慢慢逛。

上官芸在德福巷停车的时候看到了艾商的红色马自达，知道她早到了。

让上官芸不自在的是艾商又带来了一个胖乎乎的男人，艾商介绍说是某文化传播公司的乐总，和她在公司谈完业务，一块过来坐坐。

三个人上了酒吧二楼，在一个爬满绿色藤蔓、盛开着一串串紫罗兰的临街玻璃露台上坐下。上官芸不喜欢艾商对男性的快餐式消费观念，所以对艾商身边走马灯似的男性朋友不太上心。她转动着高脚杯中的红酒，将脸侧向街口，看远处的夜景。

艾商并不在意上官芸的感受，和乐总谈笑风生，频频举杯。两人借着酒兴眉目传情。上官芸觉得自己有些多余，想回去。那乐总是情场老手，觉得火候差不多了，便先说要走。艾商意会，说下楼送送，一送就不见了人影。说好的放松呢？说好的解压呢？上官芸拿起手机，给艾商发了一句"重色轻友"，后缀了一个呕吐鄙视的表情，又放下手机，坐在露台用涂鸦成迷彩色的废弃轮胎做的秋千上，懒懒地浅酌独饮……

小巷幽静而内敛，远处的南大街上人声鼎沸，霓虹斑斓，车水马龙。天上一弯新月朦朦胧胧，星星被城市的亮化工程夺去了光芒，若有若无。

这样的夜色，很好！露台虽然用玻璃封起来，装了中央空调，还放了个用军用脸盆做成的炭盆，盆里通过电子风控的假火焰熊熊燃烧着，但在最寒冷的天气里坐久了，上官芸还是感觉到了冷意。她将沙发上一个炸药包造型的靠垫抱在怀里，蜷缩在软绵绵的秋千上，电话响了，又是一个培训机构的，说有点考机会，可以搭考，问家长要不要报名。上官芸问如何收费，对方很诚恳地回复官方定价一类三百元、二类两百元。她说知道了，考虑一下再说。挂掉电话，上官芸感叹道：世间所有事情都有两面性，事物的发展变化是矛盾运动造成的，矛盾是指事物自身所包含的既相互排斥又相互依赖，既对立又统一的关系。马克思主义理论认为任何事物都是作为矛盾统一体而存在的，矛盾是事物发展的源泉和动力。简言之，矛盾就是对立统一。越来越智能的手机、电脑等电子产品，方便了人们的日常生活，但也剥夺了人类仰望星空、自由思考的时间。同理，永宁市的小升初教育政策让很多孩子如愿以偿地凭实力进入目标学校，但也让很多利益链成熟疯狂起来。剧场效应让学校、家庭、孩子越站越高，谁都不敢坐下来。所有乱象使制度和人性对立起来，而孜孜不倦地追逐名利的目标是一致的。

上官芸之所以选择来德福巷，最大原因是这条曾经名震古城的酒吧街在一个个后起之秀的挤对下日渐萧条冷清，而正是这种美人迟暮的感觉让她倍感怜惜和同情。

西大街的Miami、普罗旺斯，曲江的新乐汇、兰桂坊，高新的悦城，艾商都带她去过。但不知道为什么，她还是偏爱这条不深的小巷——没有歌手献唱，没有播放，没有推销酒的服务员——是个静谧、柔软、慵懒的地方。这个地方如同陪伴上官芸多年的老友，温暖、亲切，让人踏实，每次来它都会对上官芸张开怀抱，不问东西，全部包容。她和番大海第一次约会就在这里，可笑的是，番大海和自己都是第一次来酒吧，不知道点什么。上官芸说要喝酸奶，酒吧没有，番大海就跑到很远的小店买了两杯红星牌的酸奶，两人傻傻地、局促地坐着喝完，一分钱没花，最后上官芸被番大海拉着手逃也似的跑了。想到这里，她笑了。那是番大海第一次拉自己的手呢。岁月真是不饶人啊，一晃多少年过去了。

酒吧的音响很好，萨克斯吹的《回家》不知何时换成了王菲的《匆匆那年》。

上官芸回味着红酒的醇甜，听着喜欢的歌，如一朵雪莲花，在夜色中渐渐舒展放松、昏昏欲睡。朦胧中，她感觉身体暖和起来，身边有人影晃动，她懒懒地睁开眼睛，忽然看到一个悄悄离去的熟悉背影。

上官芸下意识地叫了一声"老山"，声音很小，但老山听见了，回头对她笑笑，她从墨绿色的毯子里抽出一只手，朝老山扬了扬，老山转身走了过来。

上官芸说："陪我喝点吧！"

老山像往常一样，面无表情地点点头，坐在了艾商和乐总坐过的军绿色沙发上，叫人给他送来了白兰地和冰块。他用小镊子夹起一块冰投进了晶莹剔透的白兰地里，琥珀色的液体被冰块激醒，打了一个寒战，微微泛起了酒花并冒起了一串急促的气泡，让庄重而冷艳的烈酒变得灵动轻佻起来，但很快，又恢复了最初的内敛低调。

老山，不知其真姓名。自从与上官芸认识，她就听所有人都叫他老山。听说他是一名退伍军人，参加过对越自卫反击战。听说他十八岁时在前线两次负伤，光荣退役。作为那个时代最可爱的人，老山被组织上照顾，安排在一家国企保卫科工作了十多年。后国企改制，老山买断工龄离开企业，在亲戚战友的资助下接手了德福巷的这个酒吧，不温不火地经营至今。

上官芸一直很好奇，听人说老山有二等残疾证，但看老山不聋不哑，不瞎不瘸，也没有缺胳膊少腿，究竟残疾在哪呢？有问题，她一般习惯自己寻找答案，不喜欢求助外人，所以这个问题只要一和老山喝酒就会浮现在脑海，她在心里偷偷研究，从未对老山提起。

老山轻轻晃动着酒杯，看冰块渐渐消融，一仰头，将杯中酒一饮而尽。第一次见老山这样喝酒的人一般都会被惊到，但上官芸早已习惯如此烈性的酒配如此烈性的人，微微一笑，举杯喝了一大口红酒。

上官芸很佩服这个有血气、有担当却沉默不语的硬汉。或许只有参加过战争，经历过生死考验，目睹战友倒在自己脚下的人才会懂得生命的真谛，才会珍惜阳光雨露、万事万物。熟悉老山的人都知道老山这么多年来，一直替死去的战友赡养着农村的父母，照顾着年龄参差不齐的兄弟姐妹。他不争不怨，从不因自己是战斗英雄却未受到特殊关照而抱怨，也不因自己的低学历而自卑，坚韧冷毅地凭着自己的能力赚着该赚的钱，帮着该帮的人。他唯一的缺点是作为生意人，脸上很少有生意人应该有的笑容，给人的第一印象太过冰冷。

老山看着眼前这个雅致的女人像一只慵懒的猫，蜷卧在吊椅里，盖了毯子后，保养良好的细腻肌肤泛起了几分红晕，心里不觉一动。老山听艾商说上官芸的财务运作能力很强，上官芸是一个拥有高智商的女能人。他想起了十几年前第一次见到上官芸的模样，那时的她羞涩且拘谨，和男友进了酒吧，没任何消费，喝了一瓶外带的酸奶，笑声如春天里的风铃，最后她和男友逃也似的跑出了酒吧。后来，她嫁人了，和老公吵架后来过；后来，她怀孕了，和艾商来过；后来，她有宝宝了，很少再来。这三年，她几乎没再来过。

老山看着她心不在焉地摇着高脚杯中的红酒，秀眉紧蹙，眼眸温柔，想猜出她在想什么，却怎么也猜不出来。老山有点不甘心，这么多年来，他见过那么多女人，却一直没有想着去读懂哪个女人。但此刻，他莫名其妙地被眼前这个认识多年的女人吸引，突然有了想读懂她的冲动。

"你在想什么？"老山脱口而出的问话，打破了沉寂的对饮。

上官芸笑了笑反问："你在想什么？"

老山面无表情地沉默着，心里说：想你。

上官芸接着说："本来想得很多，喝着酒，听着歌，慢慢地，什么都不想了，经你这么一问，又有许多烦心事涌上心头。"

老山看到上官芸有点自责的神态，心像被针扎了一下，低下头，继续给自己加酒、加冰。他想起自己第一次负伤后，在野战医院疗伤的日子，他想起了那个有过同样神态的小护士。他们在野战医院的后山上，在密不透风的丛林里，在一片半张床大小的芭蕉叶上，完成了生命中真正的成人礼，那时小护士也是用同样迷离娇嗔的神态怨他傻乎乎地横冲直撞。那时，受伤的他在治疗时经常号啕大哭，所有人都觉得他不够坚强，只有他自己知道眼泪为何而流。他以为伤好后重返战场的自己会牺牲，然而，他没有，小护士却在一次抢救伤员时被流弹击中，先走一步。

后来，他二次负伤，直接撤到了后方医院。复员后，他在北五县一个偏僻穷困的小山村里，找到了小护士的家，全名白小花的小护士在家里排行老大，因水土问题，父亲有大骨节病，走路一摇一晃，坚强的母亲生了七个儿女，养活了四个。老山看着家徒四壁、穿得破破烂烂的三个孩子，泣不成声，跪在白小花的父母面前叫了"爸妈"，义不容辞地担起养家糊口的重任。

战争教给了他很多，让他知道了生命的脆弱和宝贵。白小花的母亲告诉他，为了当兵，女儿的年纪多报了一岁，实际上才十七岁啊，好不容易养大送去当兵，怎么说没就没了，一大家子靠谁去呀？小花在最美的十七岁花季里，还没来得及盛开，就"零落成泥碾作尘"了，边关清冷，香魂伶仃。当个人命运无法在时代中改变时，要尽量把它变得丰盈和精彩吧。这是他对战争的领悟。他娶妻生子，孝敬父母，认真负责地养家糊口。但自从回归单身后，老山总在一个人时感到孤独。同时，他也忘不了认识多年的上官芸。他按铃叫了杯西柚汁，他很自信，认为女人都喜欢，又捧出一束从巷口的花店预订的白玫瑰。上官芸看了一眼老山捧着的说是送给自己的白玫瑰，笑了，说："我记得张爱玲曾说过，也许每个男人都有过这样两个女人，至少两个。娶了红玫瑰，久而久之，红的变成了墙上的一抹蚊子血，白的还是床前明月光；娶了白玫瑰，白的便是衣服上粘的一粒饭，红的却是心口上的一颗朱砂痣。"芸抿了一口酒，调皮地对老山眨了眨眼说："你这一套对我没用，第一，我不喜欢玫瑰。第二，我们不是一类人。"

上官芸直白的拒绝激起了老山的斗志，老山心里想："我是没多少文化，和你不是一类人，但孙悟空最后不还是降了白骨精吗？我就不信追不到你！"

上官芸看出了老山的心思，说："城市快节奏的生活压力和竞争压力的确让人焦虑窒息，但排解压力的方式有很多种，你为何偏偏选择这种最让世人所不齿的方式呢？"

老山不承认自己追女人是为了排解心理压力。

上官芸又说老山就算不是为了排解压力也是为了刷存在感，就像朋友圈天天发自拍照的小伙伴求赞、求抱抱、求安慰一样，其实是缺乏自信的表现。

老山听了，愣愣地看着上官芸，尴尬地将花束放到了茶几上，心想："这个女人内心究竟有多强大？别的女人看到这捧白玫瑰，立马就会变得柔软起来，她是绝缘材料构成的吗？"

上官芸风轻云淡地笑了笑，伸过酒杯，和老山的酒杯轻轻碰了一下，笑着说："不过要谢谢你的西柚汁，如果是鲜果压榨的，我会更喜欢。"

老山听了，立刻叫人来，吩咐送杯鲜榨的纯西柚汁。

上官芸问老山北塬山村的情况怎么样，老山说还好，弟弟妹妹家都搬进了镇上统一盖的新房，只有两个老人不愿离开旧居，还守在山上，又问上官芸怎么知道的。

上官芸耸耸肩说："你的故事人尽皆知，只要来过这里的人，谁不知道啊。"

老山挠挠头，闷了一大口白兰地。

上官芸看见他挠头时露出了白晃晃的发根，忍不住问他是哪一年的。

老山闷闷地摇摇头，没看上官芸，说："女人不都喜欢鲜花吗？你不喜欢鲜花，喜欢什么？"

上官芸觉得老山很可笑：明明自己已经将话题转移，为何他依旧揪住不放？难道依然贼心不死？做财务的人喜欢将账算得清清楚楚、明明白白。上官芸准备开诚布公地说出自己喜欢什么，让老山死心。

"钱，我从小就喜欢钱，喜欢把一毛钱变成两毛，两毛变成一块的感觉。上初中时，班上有同学在暑假勤工俭学，要去卖冰棍，批发冰棍的不赊账，同学家里困难，凑不出批发冰棍的钱，我将自己攒的十块钱给他，条件是他赚的钱我们平分。一个暑假下来，我本金加分红变成了二十四块。"上官芸很开心地讲着她人生第一次投资成功的经历，神采飞扬地对老山说，"所以，我喜欢钱，最开心的是让钱引钱，钱赚钱，钱生钱。"

老山并不吃惊，面无表情地说："你是另类女人，拼智商我拼不过你，但我会用最单纯原始的方法打动你。"

上官芸觉得好笑，说："我是有夫之妇，你追我，有资格吗？可能吗？"

老山一脸认真地说："不破坏你的家庭，做朋友可以吗？知心朋友的那种。"

上官芸不想对牛弹琴，说了句："不与夏虫语冰！"她收拾好东西，走到吧台买过单，出了酒吧。深冬的夜风凛冽且清冷，上官芸因喝了酒不敢开车，准备走到巷口打车，却有一辆金黄色的法拉利轰隆隆地停在了身边，只见一个面色白净的帅哥放下车窗，说："姐姐，上车！"上官芸莫名其妙地看了一眼，继续往前走，不知道何时跟出来的老山冷不丁地在身后说："放心，我给你叫的嘟嘟专车，有备案的。"

上官芸摇摇头，心里"喊"了一声说："至于吗？巷口有出租，何况嘟嘟我自己会叫？"她边说边继续往前走，老山拦着她说："何必呢？人家娃也不容易，和他爸打赌，自己跑嘟嘟，如果能养活自己一年，他爸就让他参与公司管理。"

车里的帅哥可怜巴巴地点头说："姐姐，你就上来吧，当扶贫了。"

上官芸又好笑又好奇，自嘲道："这个世界太玄幻了，好吧，我承认贫穷限制了我的想象力。"看老山是认真的，她就绕到车后拍了牌照，上了车，对帅哥说："我把你车牌发给朋友，让她也扶扶贫。"

帅哥回头对后座的上官芸很真诚地说了声"谢谢美女姐姐"，踩了一脚油门，问："姐姐喜欢什么音乐？"

上官芸觉得这个富二代说话姐长姐短的，很有亲和力，便懒懒地说放点轻音乐吧。

很快，零噪音的车内浮动起舒伯特的小夜曲……

凌晨两点，这个既保守又开放、既古老厚重又现代自由、既让人安居乐业又让人焦虑不安的城市，有多少人累着并知足且幸福着；有多少人不安现状，为了更锦绣的未来，拼搏着，透支着……

过年前后

  不管阴霾还是雨雪冰霜，不管你看见还是没看见，太阳从不偷懒，每天都会按时从东方升起，从西边落下。生活也是，不管你愿意不愿意，每天都要延续习惯成自然的生活节奏。

  2月8日，网上传着永宁市将借鉴其他城市办学思路，禁止楼盘和中小学合作，推进"名校＋"的办学方案。有一篇名为《2018年永宁市小升初必将摇号，民办初中报名及派位系统正在招标》的文章引起家长们的关注，几小时内，阅读量上万。但很快又被关于摇号系统招标因不符合招标公告的文件要求而废标的新闻所覆盖。2月13日，政府官网公开《永宁市民办中学报名管理系统竞争性磋商公告》。事关摇号能否实施，每一个公告的发布都让关注小升初的家长心脏跳动加速。楼上的靴子迟迟不能落地，让家长们夜里辗转反侧，白天如坐针毡。

  上官芸去市场买菜，想买几根玉米煮着吃，问："玉米咋卖？"

老板娘边用喷壶给黄瓜、西红柿喷水，边说："三块一根。"

上官芸说："便宜点，十块三根行不行？"

老板娘莫名其妙地白了上官芸一眼说："三块一根。"

上官芸埋头挑着玉米重复道："便宜点嘛，三根十块好啦。"

老板娘看着这个神情恍惚的女人，无奈地笑了……

大河去北京参加总决赛的四天里，上官芸抓紧时间将单位的年度报表、年终奖报表做好，按党委书记要求，给党组织写了上万字的年终思想汇报。她还每晚给女儿做些可口的饭菜，送到学校加餐；把母亲公公婆婆的被褥洗的洗，晒的晒，叫保洁对两家房子进行了年前大扫除；给两个孩子买了过年的新衣服，每天晚上通过微信将大河带去写的真题试卷批改好，将错题用语音回复纠正。她又将番大海的西装、领带从衣柜里拿出来，熨烫好，让他年终总结会的时候穿得正式帅气一些，白衬衫领子有点泛黄，幸亏她准备得早，已经又买了一件新的。趁家里没人，她又将储藏室整理打扫了一遍，拉出藏在保险柜深处的水果箱，打开看看，一切如旧，又将箱盖封起来，推进柜子锁好。她很想通过特殊渠道，让这些钱生出更多的钱，但想了又想，还是告诫自己，如果没有能力把控事态的发展，不如以静制动，静观其变。因为很多时候，危机四伏，动就是错！在这宝贵的四天时间里，上官芸参加了同学聚会、科室聚餐、年终系统单位财务技能大比拼，得了个一等奖证书，奖品是一床鸭绒被和一套床上四件套。

艾商打电话问她要不要LV的春季新款包，艾商要让朋友海外代购回来，作为送给自己的新年礼物。

上官芸忙说不要，说自己哪有那么多闲钱扎那个洋势，新闻上说好多海外代购都是莆田造的，很多名人都提国产包呢！

艾商跟她斗嘴："关键你不是名人呀，你如果是名人，提个蛇皮袋子都是潮流！"

上官芸说："还真是，我看时尚大牌里，LV真有一款蛇皮袋子样的包，价格不菲呢！要不咱俩明天去康复路买两个去。"说着两人哈哈大笑。艾商又问："给自己买过年衣服了吗？"上官芸说："一把年纪了，买啥过年衣服呢？柜子里的衣服多得快溢出来了。"

艾商忙制止："女人要爱自己，做家务和上班已经很辛苦了，物质上力所能及地取悦自己，也是好事嘛！"

"好吧，艾商，你赢了……"

两人逛了一下午，艾商替上官芸挑了一件黑色金丝绒的大摆礼服裙，给自己买了一件宝姿的大衣，又按各自尺寸买了性感的内衣。艾商说逛街没买鞋等于没逛街，她给自己挑了一双桃红色的两寸高的细高跟鞋，又怂恿上官芸也来一双。上官芸摇头说："我已经很久不穿跟那么高的鞋子了，穿不了。何况桃红色太刺眼太妖艳，支部书记看到肯定要摇头的。还有我妈，看到也会批评的。"艾商笑话上官芸："多大的人了，买双鞋还怕东怕西的？喜欢就买，哪有那么多清规戒律？桃红色不行就选大红色，大红色多喜气，年会的时候，配着黑色礼服，既时尚又优雅，我保证你把那些小姑娘都比到沟里去！"

冲动是魔鬼，女人购物都容易冲动。上官芸买了一双大红色、两寸高的细高跟鞋，年会时穿了一次，再也没穿过：漂亮是漂亮，脚疼得受不了啊！

拿了银奖的大河凌晨两点到家，第二天和所有孩子一样奔赴各处参加点考。坊间流传，按往年套路，"五大名校"会在年前通过密集的点考、校考圈定自己想要的学生。盯着名校的家长如热锅上的蚂蚁，通过各种渠道和关系为择校做准备，不让孩子漏掉任何一次机会。据说，有个孩子一天之内在南郊参加了五场不同机构的点考。这样的传说更坚定了家长和孩子们"宁可假考十场，不能错过一场真考"的信念，他们满怀希望地奔波在赶考的路上。

眼看年关临近，单位忙着做年终总结，商场忙着做年终促销冲业绩，家里忙着备年货、大扫除，辞旧迎新。对有考生的家庭来说，过年已经显得不再重要。番大海说春节长假科室组织去泰国旅游，可以带家属，但家属费用自理。他和上官芸商量干脆过年带上老人和孩子们去泰国普吉岛玩上几天，平时忙得顾不上老小，趁出游，一大家子可以好好在一起热闹热闹。上官芸态度坚定地说不行，一寸光阴一寸金，小升初冲刺阶段分秒必争，大河寒假要加大刷题力度和强度，争取弯道超车，不能因游玩分心松劲。番大海又提出带老人和孩子们去河南农村老家放放鞭炮，惹惹猫，逗逗狗，去祠堂祭祭祖，呼吸呼吸新鲜空气，过个热热闹闹的原生态中国年，也被妻子迅速否定。理由是农村没暖气，孩子们不习惯会冻感冒，感冒就要吃药、打针、休息，休息就会耽搁做真题试卷，不做真题试卷就很难考上"五大名校"。番大海不高兴了，问那年咋过。

上官芸说："白天大河刷真题试卷，除夕晚上带老人和孩子们在外面吃顿团圆饭。"番大海问："这就行了？"上官芸反问："你还要咋样？"

番大海被问住了：城市里过年不就是逛、吃吗？老人们嫌能逛的地方人挤人、人看人，不安全，不去逛，可不就剩下吃了吗？可如今人的活动量小，胃口也小，能吃多少呢？番大海不甘心，说："好不容易过年，医院能休几天安稳假，孩子们也能趁着过年歇一歇，玩一玩。父母们一年到头就盼着过年这几天能和儿女们团团圆圆，说说笑笑。干脆，不走远了，回东大街住几天，陪陪两位老人。"

上官芸白了番大海一眼说："那谁陪我妈呢？"

番大海说："接一块吧，老人们在一起还能说说话。"

上官芸说："东大街能住得下这么多人吗？"

番大海想了想说："是住不下，晚上咱俩送妈回来，让两个孩子住在爷爷家就可以了。"

上官芸说："大河的真题试卷啥时候做？谁批改？"

番大海被问得不耐烦，说："那你和大河晚上回小区陪妈，我和小雅住东大街，陪我爸妈。"

上官芸笑了，说："这不是又绕回来了吗？还不如除夕晚上一起吃顿饭呢。"

番大海无奈地摇摇头，说："干脆我带小雅去泰国玩，你们随意吧。"

上官芸拍手说："这样最好，我陪大河在家里安安静静地再复习巩固一下学过的奥数、奥语、英语单词。培训班老师说了，放假期间学校最有可能出来点考。因为教育局放假了，就算有人举报，大过年的也没人管，还说这就是当年我军打游击时用的'敌进我退，敌驻我扰，敌疲我打，敌退我追'的战术。"番大海本来拉着的脸被老婆说的话逗笑了，接道："还敌驻我扰呢，傻夫人，哪个部门春节假期不留值班人员？你中毒了，还中毒不浅！"

艾商发微信说已经定好了去新西兰的往返机票，准备过年带可乐去新西兰玩，可乐老师私下说，可乐因在系统内联考成绩优秀，被中学内定直升，让家长放心。艾商说完，怕上官芸为大河的择校更加闹心，便安慰上官芸说："没事，条条道路通罗马，实在不行，花钱让孩子上个好点的私立学校！"

上官芸忧心忡忡地说："如果能考上好学校最好呀。"

艾商提到钱，上官芸的心咯噔一下，如被扔到蹦床上的皮球，咚咚咚地跳个不停。上次老领导交给她的那两箱钱立马如魔鬼般面目狰狞地跳了出来，不怀好意地对着她冷笑……

生活，目前只剩下眼前的苟且，哪还有什么诗和远方？

上官芸因大河面临小升初，如春蚕一般吐丝给自己做了个茧，在单位、学校、家、培训机构交织的茧里来回奔波，深陷其中，无法自拔。

大河如被驯服的小动物，没有自由，不能反抗，顺从地、机械地做着试卷，刷着真题。

过年期间，时刻待命的她并未接到点考通知，过完年继续上奥数，参加了两次点考，一次是状元及第补的未能进行的第十次模拟考试，一次是速成才通知早上五点进行的不知哪个学校的考试。上官芸感到了孩子的疲惫，两个孩子除过大年初一睡了个懒觉，其他时间，一刻都没有放松，闺女学习本来就刻苦，期末考试年级第二，得到了学校最高奖学金，受到鼓励的闺女计划趁寒假弯道超车，在开学收心考中成为第一！上官芸又自豪又心疼，怕闺女累着，天天变着法地准备营养丰富的饭菜给她吃，一有空将开心果、山核桃、巴旦木剥好盛进盘子，送到两个孩子书桌前，催宝贝们多吃点补脑。

母亲等不到大年初二上官芸带着孩子们过去拜年，带着一大堆吃的用备用钥匙开门进来。

母亲进门先将芸劈头盖脸地批评了一顿，说把好好的家搞得像个补习班，四处都是补习资料真题试卷，又用一贯的口吻当着两个孩子的面教训女儿说："中国特色社会主义事业总体布局是'五位一体'，战略布局是'四个全面'，强调坚定道路自信、理论自信、制度自信、文化自信，你有没有好好学习领会精神？文化自信是什么意思？你给我说说。"

大河看到外婆像妈妈平时训他一样训着自己的女儿，捂着嘴偷笑。

番大海大年初一和科室同事去泰国玩了，想带闺女，闺女嫌累，说要学习，不去。

此刻，上官芸多想番大海在旁边替她解围。

然而，闺女房门紧闭，大河调皮地学着猫头鹰的样子，鼓着圆溜溜的眼睛，像摆钟一样左右转动，等着妈妈回答问题。

女儿若想哄母亲开心，总是有办法的。上官芸迅速调整状态，满脸堆笑，撒娇耍赖地把母亲哄着坐到沙发上，又殷勤地洗水果、沏茶，先把自己从被动局面中解脱出来，然后以攻为守，略带责备地问母亲："为什么不穿过年送您的大红色羊绒衫？那件羊绒衫穿着不但暖和轻巧还显年轻，妈妈皮肤本来就白，红毛衣将妈妈的好皮肤一下就衬出来，让妈妈看起来既精神又年轻，婆婆说您穿着那件羊绒衫看起来比她至少小十岁呢！"其实上官芸的母亲比婆婆大两岁。哪个母亲能抵挡住儿女的甜言蜜语？母亲严肃的脸绷不住了，口气柔软起来，推开黏住自己的女儿说："少拿糖衣炮弹轰炸我，你正面回答我的问题。"

上官芸乘胜追击，说："那件羊绒衫花了三千八呢，你要不喜欢可千万不敢送人。"

母亲挑起眉毛问："不是说三百八吗，怎么成三千八了？快去退了！我这件五十块钱的毛衣穿了七年了，照样暖和，近四千一件的毛衣，你可真舍得，好好的江山生生被你们这代人给败了！你明天就去退，我穿三千八的毛衣心烧得慌！"

上官芸看话题已经成功地转移了，便笑着说："逗您呢，是三百八十，我一个月工资才多少钱，买件三千八的羊毛衫，还过不过日子了？放心吧，您从小就教育我要勤俭节约，我时刻牢记呢！"

母亲悻悻地摇摇头，将站在旁边等着看热闹的外孙拉到怀里，问："宝贝，想吃啥？外婆回去给你们做！"大河任凭老人摩挲，说要吃洋芋擦擦、豆角麦饭、煎汤面，还有腊肠焖饭。母亲听了，脸上笑开了花，起身说："年前，老家政府办专门派人春节慰问离退休老干部，送了好多家乡的腊肠和腊肉，外婆马上回去准备。"临出门，她命令女儿立刻将家里收拾整齐，快点带孩子们过来。

送走母亲后，上官芸催大河赶紧做试卷，自己将家整理了一遍。不知道为什么，在所有母亲眼里，孩子的家永远都是脏乱的。

上官芸准备给闺女也整理整理房间，敲门进去，看闺女趴在书桌上似睡非睡的样子，忙上前摸摸额头、摸摸手心，问："小雅，哪不舒服，刚起来，怎么又困了？"

闺女一手撑着头，一手翻着书，说："我总觉得困，睡不够，肚子疼。"

"肚子疼？"上官芸用手按按女儿的肚子问，"肚脐眼上面疼还是下面疼？是不是好朋友来了？"

女儿摇头说："不是，说不清哪里疼，反正这一片都疼。"女儿在自己肚子上画了一个大大的圈。番大海没在家，上官芸不敢自己乱用药，就说带医院检查。女儿觉得麻烦，不愿意去。上官芸哄着说就在门口医院查一下，不麻烦，检查完刚好去看外婆，女儿不情愿地答应了。

过年期间，医院人很少，虽然没排队，但上官芸带着小雅挂号、抽血、验尿、做彩超，医生排除了其他可能，诊断结果为急性肠炎，开了三百来块钱的药……两个小时就过去了。母亲已经第五次打电话催了。上官芸谢过医生，取了药，问了服用方法。戴眼镜的医生很耐心地在每盒药上标注了服用次数和药量，然后很随意地说他看尿检里面的蛋白有加号，让给孩子注意一下饮食，有时间给孩子查一下肾。

上官芸没太在意，以为可能是这几天频繁吃海鲜，体内蛋白吸收量大，导致尿蛋白含量升高。

母亲又来电话催了，上官芸赶紧带着孩子们去超市给母亲买了一堆吃的，去给母亲拜年。哥哥和洋嫂子在西雅图有科研项目，无法回国过年。但作为土生土长的中国人，谁不是在中国人最看重也最隆重的春节怀念故土，倍加思亲呢？

母亲正和哥哥视频，上官芸带着孩子们热热闹闹地进了门。

两个小家伙很自觉地问了外婆过年好，又给视频里的舅舅拜年问好，然后将准备去厨房忙活的外婆按在沙发上，跪在地上给外婆叩头拜年，嘴里整整齐齐地说着路上商量好的祝词。老人乐得合不拢嘴，起身将两个宝贝拉起来，从口袋掏出两个大大的红包，一人发了一个，说："乖乖，外婆祝你们在新的一年里，爱学习，爱锻炼，爱国家，更上一层楼！"

上官芸也要跪下给母亲拜年，母亲拦住了，说："免了，平时多听听我的话就算孝顺我了。"

上官芸给摆满鲜果的父亲遗像上香，带着孩子们跪下叩了三个头，心里默默地说："爸爸，您在那边还好吧？您要保佑母亲身体健康，要保佑儿孙们平安顺利，最重要的是您要保佑孩子们学业有成啊！"

跪拜更有仪式感。从上官芸小时候记事起，晚辈就是跪着磕头给长辈们拜年的。她清楚地记得慈祥刚强的老祖母在世时，每年过年，父辈们都会带领着子侄、孙子、重孙，从大年初二到初五，按族谱排行，在村里挨家挨户地给长辈拜年。老祖母如菩萨一般乐呵呵地坐在热乎乎的土炕上，拜年的晚辈从炕前一溜一溜地跪满了脚底，跪满了土院，一直延伸到稍门外，最后面跪着一串串流着鼻涕、嬉笑打闹的曾孙、玄孙。

上官芸的家族从农村走进县城，从县城走进城市，历经三代。很多老祖宗留下来的风俗习惯如同被城市慢慢侵蚀改造的城郊土地，随着一座座水泥筑成的高楼大厦消失，与人们渐行渐远，变成民俗介绍里枯燥冰冷的文字。

上官芸听见大河在问什么是生物科学，知道儿子又在和舅舅视频，便起身走了过去。舅舅在视频里很认真地向外甥解释着："生物科学里包括很多学科，舅舅主要研究的是遗传学，遗传学是自然科学领域中主要探究生物遗传和变异规律的科学。"上官芸凑上去笑道："哥，你能不能深入浅出地给娃讲啊，又不是做学术报告，那么专业，娃能听懂吗？"

舅舅在视频里耸耸肩，大河却说："I see，please go on！"（我明白，继续！）舅舅竖起大拇指赞了自己的外甥，夹杂着英文耐心地讲解着脱氧核糖核酸。

知识改变命运。

哥哥在父亲的高标准、严要求下长大，第一年高考，成绩不理想，复读一年后，以市理科状元的成绩考入北京名校，为学校和作为校长的父亲争光，同时成为一家人的骄傲。大四时出国留学，因学业突出，品德优秀，哥哥毕业后被导师推荐留在华盛顿大学任助教。其间认识了金发碧眼的美国女孩Amy，后结婚生子，定居西雅图。混血的侄子David比小雅大三岁，金色的鬈发、黑色的眼睛，一口流利的美式英语，完全西化的生活方式。母亲对孙子既疼爱又抵触，嫌儿子没有将博大精深的中国古典文化传承给孙子。父亲病危时，哥哥带着洋媳妇Amy

和儿子David回国，陪伴父亲走完了生命最后时刻。后来哥哥只身一人回国探亲，给母亲在上官芸住的小区买了一套两室一厅的房子，将退休的母亲接到省城居住，方便上官芸照顾。五年前，哥哥因公回国，返程时顺道将母亲接到西雅图生活了半年。母亲不习惯，吵着闹着要回来，说美国千好万好，也不如中国的一碗油泼面好，电视看不懂，语言不通，出门半天不见一个人，公园里连个一起做老年操的人都找不到，逼着儿子将自己送上了回国的国际航班。母亲每次向亲朋好友讲完她的美国之旅，最后都不忘加上一句："下了飞机，踏在自己国家的土地上，整个人一下都变得展拓了。""展拓"是老家方言，豁达、开阔的意思。上官芸很佩服母亲用方言把当时的心情表达得恰到好处。

总有人会因为改革而受益，前提是你必须要有奋斗目标，且为之全力以赴，不懈努力。

1949年到1966年，中国建立起初具规模的学前教育、大中小学教育及成人教育系统，实行了全日制、函授制等教育形式。可千万不要小瞧新中国在一穷二白的情况下，这十七年的教育成果，在这样艰苦的条件下，国家培养了一批批优秀卓越的堪称中华民族脊梁的国之栋梁。党的十一届三中全会后，中国的教育事业加快了改革和发展的步伐，20世纪80年代，先后颁布实施了六部教育法律，以及十六项教育行政法规和两百多套教育行政规章制度。由此建立起了教育法律法规体系的基本框架。

20世纪90年代，国家在制定改革与发展全局战略时，将科技与教育放在了优先发展的位置，"科教兴国"成为中国的基本国策，教育承担着提高国民素质、培养具有创新精神和创造能力的人才的重要任务。1999年6月，政府做出了《关于深化教育改革全面推进素质教育的决定》，提出：全面推进素质教育，培养适应21世纪现代化建设需要的社会主义新人；深化教育改革，为实施素质教育创造条件；优化结构，建设全面推进素质教育的高质量的教师队伍；加强领导，全党、全社会共同努力开创素质教育的新局面。

进入21世纪，我国逐步形成有中国特色的终身教育体系，不断完善以学历教育为主的学校教育系统，健全以职业资格教育为主的行业与企业教育系统，设置以文化生活教育为主的社会教育系统。全国各个地区和行业逐渐形成了职前与职后不同教育培训系统相互沟通、正规教育与非正规教育并举、学历教育与非学历教育和多样化培训并重的终身教育网络，为不同年龄和职业的受教育者提供开放的、多样化的、社会化的受教育机会。

……

可为什么学习越来越累了？

上官芸很想问问将一生献给教育事业的父亲，他肯定会耐心且深入地为女儿答疑解惑。想到父亲，她在帮着母亲准备晚餐时变得心不在焉，吃饭时看到母亲特意给上座空位上摆放的碗筷，忍不住潸然泪下……

饭后，上官芸提醒小雅别忘了吃药，母亲说初五前都不许给孩子吃药，并责备上官芸不该大年初二带孩子去医院，不吉利。上官芸知道老家的风俗，正月里忌讳吃药打针上医院。小雅本来就不想吃药，看有外婆撑腰，说肚子不疼了不用吃药了，偎在沙发里看电视。

晚上回到家，小雅说累，洗过澡，早早睡了。上官芸给大河批过试卷，像往常一样将错题抄在错题本上，给大河先分析了一遍出错原因，又引导提示了正确思路，让大河重新做了一遍，看儿子都做对了，才让儿子洗澡上床，看会儿课外书睡觉。上官芸自己如往常一样，收拾好屋子，打扫完卫生，检查了门窗，上床刷朋友圈。上官芸看艾商发了许多新西兰的海景和可乐蹦蹦跳跳的照片，还有她衣裙飘飘、面朝大海的臭美摆拍，毫不犹豫地评论"羡慕妒忌恨"，并加上三个"羡慕"的表情。很少发朋友圈的番大海也发了海浪、沙滩、游船、比基尼美女的照片，看来泰国之旅很开心。上官芸邀请番大海视频聊天，不应，想着是不是酒店没无线网，打电话也无人接听，估计玩累睡死了，就放下手机，准备睡。她突然想到过年给亲朋好友、领导同事都发过祝福和问候，独独没给老领导发。于是，她就翻到老领导的微信，想发几句新年祝福语，想来想去，不知道该发什么好。自从上次见面，三个月过去了，老领导从来没有联系过她，是为了避嫌还是有其他原因，上官芸捉摸不透。她一直没想好怎么处理那笔钱，总觉得这些钱不能动。她一直默默地关注着老领导的动态，知道他从区里调到市里后因未如愿担任正职，行事很是低调内敛。以她的了解，她不相信雄心勃勃的老领导会甘居人下。腊月二十九下午，她听同事说老领导活动频繁，估计过完年就能升了。想到这里，她决定不发祝福短信了，省得老领导以为她听到了风声在献殷勤。她退出微信，在黑暗中对着手机又想到了让她头疼的那两个水果箱。

度假风波

大年初三开始，上官芸让女儿去陪外婆，在外婆家吃饭，复习功课。上官芸开始陪儿子补课，趁儿子上课期间，抽空给几个重要领导和长辈拜了年。

初六凌晨两点，番大海旅游归来：给妻子在泰国免税店带了化妆品，给两个孩子每人带了一只斯沃琪的腕表，给几位老人买了燕窝，给朋友和同事带了很多泰国的榴莲酥、杧果干。一进家门，他一股脑地将包扔在茶几上，让上官芸整理，抱怨着出去玩比站手术台还累人，还不如约发小打麻将呢。没孩子前，番大海很喜欢打麻将，常常通宵达旦地泡在棋牌室，上官芸有几次都发怒了，他才有所收敛。后来工作上的事情越来越多，孩子们慢慢长大，番大海已经很少进棋牌室了。上官芸将早就准备好的浴巾递给丈夫，让他声音小点，别吵醒孩子，快去洗澡。她开始整理番大海带回来的脏衣服，准备塞进洗衣机。她像往常一样掏衣服口袋，掏着掏着，竟从印着椰子树的沙滩裤口袋掏出一个印着花花绿绿的泰文的小盒子。上官芸不认识泰文，但从外观和配图上立刻明白了其用途。正好番大海哼着小曲从浴室出来，暴怒的妻子不知如何是好，使出吃奶的劲，将小盒子朝丈夫脸上砸过去。番大海没看清是什么，本能地闪了一下，一脸茫然地看着炸毛的老婆，问："谁拔了你的龙须？大河又没做奥数，还有什么事能让你如此暴跳如雷？"上官芸看着番大海一副无辜的样子，眼泪哗一下涌了出来，指着地上的小盒子，嘴唇直打哆嗦，怒道："你给个合理解释！"没等番大海开口，她低声咆哮道："番大海，我警告你，请你想好再说，这关系到你的个人形象和整个家庭的幸福！"

番大海弯腰捡起了小盒子，看了看，笑了。他坏坏地说："避孕套啊，这是前天晚上看完泰国的真人秀，导游带大家去酒吧一条街时给团里十八岁以上男士发的，我专门装进裤兜，想着咱们没用过泰国的，带回来试试。"

上官芸看着丈夫嬉皮笑脸的样子，气得头顶冒烟，将刚捡起来的脏衣服劈头盖脸地扔向番大海，骂道："试你个大头鬼啊，你当我是三岁小孩！从此以后，你敢碰我一下试试，我嫌你脏！"

番大海扒拉着缠在身上的脏衣服，辩道："真的，真的，我骗你就不是人，不信你问我们科室的小侯、小马。"

上官芸狠狠地瞪了丈夫一眼，抹着眼泪，拿起手机找到小侯的号码打了过去，已关机，又找到小马的号码，打了过去，无人接听。她气得将手机甩在沙发上，抱着双膝，窝在沙发上哭。

番大海一副没做亏心事、不怕鬼敲门的样子，走过去摇着老婆说："半夜三更的，别哭了，真没啥事，我发誓！"上官芸拾起手边的一本小升初指南甩到番大海脸上，骂道："滚一边去，哄鬼去吧，不要脸的东西，谁信你谁就是瓜子！"

番大海给哭哭啼啼的老婆一边递着纸巾一边打着哈欠，耐着性子哄着："好了，好了，不闹了，小心把孩子吵醒了，走走走，回房睡去。顺便给你讲讲那个真人秀，太刺激、太劲爆了，看得人血脉偾张。"

上官芸一脚将番大海踢了个屁股蹲儿，从沙发上蹦起来，恶狠狠地说："受不了你就干不要脸的事？以后不许你睡家里的任何一张床，我嫌你脏！"

初七还要上班，上官芸气鼓鼓地睡了半宿，早上起来眼睛肿了，看到还在沙发上呼呼大睡的丈夫又生起气来。上官芸单位考勤制度越来越严格了，她不想请假，也不想这么狼狈地去上班。看时间尚早，她给孩子们准备好早餐，敷了眼膜和面膜，回到床上又眯了一会儿。八点二十四分，把两个孩子送到培训班的上官芸，假装神清气爽地赶到单位打了卡。以前单位打卡就是签个到，有的同事常常可以在晚到的情况下请同事代签。新领导上任后,搞了个人脸识别打卡机,想作弊都不行,让懒散惯了的同事很不习惯。有人私下问上官芸换个人脸识别打卡机多少钱,是不是领导捞油水了。上官芸笑笑,说自己对领导的事从来都是不打听、不议论、不传播的。

上官芸打开电脑,习惯性地浇了花,又冲了杯咖啡。电话响了,看是小侯的,她关了办公室的门,接了。小侯在电话里指天发誓,说自己可以证明主任的清白,说辞和番大海的解释一模一样,还说小马也可以做证。正说着小马电话打进来了,上官芸接了。小马说昨晚太累了,手机振动没听到,未能及时接听嫂子电话,并一再检讨说因自己未接电话,导致了主任家庭危机,罪大恶极,下班后要负荆请罪,去家里任凭嫂子处置,并在电话里深刻诚恳地检讨了二十多分钟。上官芸不想为难小马,说:"算了,算了,过去的事就让它过去吧,你可千万别来家,我晚上可没时间招待你,儿子晚上还要做真题卷呢。"

挂掉电话,上官芸正想是不是自己太多疑了,路小丽敲门说领导让通知开会呢。

午饭后刚眯一会儿,艾商来电话说她们回来了,给上官芸和孩子们带了礼物,要约着吃饭。上官芸说单位管得严,早上晨会领导专门强调了纪律,不敢提前溜。艾商点子多,说就约到她们单位旁边的真丽人会所,做个水疗,保养保养身体。领导要找就说在旁边超市买点女性卫生用品,两分钟就能赶回去。

上官芸无心工作，但也不想骗领导，便请了假出去。她和
艾商做水疗时忍不住将前一天晚上发生的事说了，正在推玫瑰
精油的艾商忘了自己没穿衣服，气得大叫一声，从美容床上坐
了起来，赤裸裸地冲着上官芸说："你个大傻瓜，番大海把你
卖了，你还帮他数钱呢！他们明显是串通好的。别说小侯、小
马昨晚没接电话，就算接了，也和刚才说的一样！"艾商又气
冲冲地躺下，对着装饰过的天花板叨叨："普吉岛酒吧一条街
是什么地方你不知道？那里号称是男人的天堂，凡是去过泰国
的男人，哪个不想去那里风流快活？你家番大海既不是圣人，
又没有生理缺陷，都人赃俱获了还巧舌如簧，真可笑，也就你
信他，打死我，我都不信。难道他是柳下惠，能坐怀不乱？离
婚，离婚，离了找个更好的！"

上官芸嫌有外人在场，不想家丑外扬，便闷闷不乐地说自
己困了，要睡会儿，不理替自己抱打不平的艾商。

晚上接了两个孩子回家，番大海破天荒地早早回家，做了
一桌子菜，殷勤地给老婆孩子夹菜盛汤。上官芸本来有点信丈
夫的解释了，下午经艾商一说，又有点不信了。突然看丈夫这
么卖力地表现，很不习惯，又想起了艾商的话，她便觉得番大
海所做的一切都是心虚的表现，顿时心塞起来，扔下手中的筷
子，冷着脸，扭身回房躺床上去了。

夫妻之间的大忌就是懒得沟通，互相猜疑，尤其在发生争
吵后或者有了隔阂时。

　　两个孩子不知道父母之间发生了什么。儿子看妈妈没有催自己写试卷，吃完饭玩起了魔方；女儿贴心，端着海带排骨汤送到床前，问妈妈哪里不舒服，说爸爸熬的汤可好喝了，喝点可以治百病呢。上官芸不想让孩子们因父母不和产生心理阴影，勉强起来喝了一口，说头晕，睡一会儿就好了。

　　冷战从正月初七开始，无论番大海如何辩解、如何求饶，上官芸一点都没有休战的意思。她和艾商一致认定，世上没有不偷腥的猫，"男人靠得住，母猪能上树"。番大海肯定在泰国做了对不起她的事。他若不从实招来，她绝不原谅他！若顽抗到底，就离婚！谁离了谁还不活了，反正这个丈夫也形同虚设。她每天晚上不再和两个孩子等他回家一起吃晚饭，也不打电话、发微信，睡前还将卧室门反锁了。前几天，番大海还没意识到问题的严重性，死皮赖脸地想哄哄、忍忍，低低头化解矛盾，解释误会。没想到这次上官芸像变了一个人，将家庭矛盾上升为敌我矛盾，就像美国铁了心要打伊拉克，伊拉克怎么证明自己没有生化武器都没有用。番大海睡了几夜沙发，想着：惹不起还躲不起了？待在医院值夜班，晚上不回家了。

　　年后，依然没有关于小升初的消息，培训机构也没有通知点考。大河做真题试卷时遇到经济问题总是重复同样的错误，番大海逃避问题、打死都不招的态度，单位疯传要轮流下乡驻村进行一对一、点对点扶贫的消息，让上官芸更加烦躁不安。

　　番大海发微信说正月十五带老人和孩子们中午一起吃饭，

晚上去大唐不夜城赏月观灯。上官芸没理，心想：正月十六
开学第一天，看完灯展都几点了，孩子们还要早睡早起呢，
猪脑子，光想着玩，是不是去泰国玩上瘾了？一想到泰国，
上官芸又想到那盒花花绿绿的避孕套，不由得脑袋嗡嗡地闷响
起来……

小雅打电话来，说让妈妈去医院找爸爸。

上官芸说知道了，心里想：让孩子来拉拢自己，套近乎，
其他事情可以，但这次关系到"主权"完整，使啥招都没用！

她上班继续学习十九大报告，下午党委书记组织党员以
"一个支部一面旗，一个党员一盏灯"为主题，开展批评和自
我批评。上官芸中场休息时在网上订了团圆饭。五点下班，她
快速接了大河和母亲赶到东大街离婆婆家不到二百米的安安饭
庄，故意没联系番大海。她想番大海肯定已经带着小雅陪着父
母，坐在包间点餐了。

然而，包间只坐着公婆，她并没有看到丈夫和女儿。婆婆
说番大海打电话说有个急诊手术，来不及送小雅过来，和小雅
在医院食堂凑合吃了。上官芸心里骂着潘大海"你有种！"，
脸上却笑盈盈地催菜，照顾老人们吃好喝好。正月十五过了，
年就算过完了，上官芸以茶代酒，祝老人们健康长寿，祝大河
小升初能顺利进入理想中学。母亲听到"小升初"三个字，放
下手中的筷子，从购物袋里掏出她的笔记本，当着亲家的面对
女儿说："你别再逼大河学奥数了，你看看，前天教育部发布

了关于中小学招生入学'十项严禁'的规定，专门整顿不合理的教育乱象，取缔用奥数掐尖的非正规培训机构。你认真学习一下'十项严禁'的内容，及时调整大河的学习方向，不要再盲目跟风。"

在母亲眼里，孩子就是孩子，不管上官芸多大了，不管在什么场合、什么人面前，她都可以理直气壮地教育芸。幸好上官芸的公婆宽容和善，一边笑着给孙子夹丸子，一边劝亲家母喝点莲子银耳汤，清心下火。

回到家，安顿儿子睡了，上官芸翻开母亲做得认真漂亮的笔记，仔细读了起来。

"十项严禁"是为深入贯彻落实党的十九大和中央经济工作会议精神，进一步解决招生入学工作中的热点、难点问题，努力让每个孩子都能享有公平而有质量的教育，确保2018年治理义务教育阶段"择校热"工作取得决定性成效，普通高中招生入学秩序更加规范，全面做好2018年普通中小学招生入学工作而由教育部提出的要求。

教育部办公厅2018年2月23日发布《教育部办公厅关于做好2018年普通中小学招生入学工作的通知》：

严禁无计划、超计划组织招生；

严禁自行组织或与社会培训机构联合组织以选拔生源为目的的各类考试，或采用社会培训机构自行组织的各类考试结果；

严禁提前组织招生，变相"掐尖"选生源；

严禁公办学校与民办学校混合招生、混合编班；

严禁以高额物质奖励、虚假宣传等不正当手段招揽生源；

严禁任何学校收取或变相收取与入学挂钩的"捐资助学款"；

严禁义务教育阶段学校以各类竞赛证书、学科竞赛成绩或考级证明等作为招生依据；

严禁义务教育阶段学校设立任何名义的重点班、快慢班；

严禁初高中学校对学生进行中高考成绩排名、宣传中高考状元和升学率；

严禁出现人籍分离、空挂学籍、学籍造假等现象，不得为违规跨区域招收的学生和违规转学学生办理学籍转接。

其实，两天前，"十项严禁"一出台就引起了单位同事和小升初群里的热议。政策是好政策，但能不能落实，大家都在观望。大家都在质疑：凭"十条严禁"，就真的能斩断多年来教育系统形成的提前组织招生、变相掐尖挑选生源的利益链，就能改变学校超计划招生的现状，就能彻底纠正打着民办的旗号，侵占着公办的资源公民混办的乱象，就真能杜绝学校设立重点班、快慢班的传统？上官芸正想得入神，手机振动起来。

番大海的电话，她按了拒绝。番大海又打了过来，她又拒接。上官芸心想：都几点了还不把小雅送回来，给小雅专门打包回来的枣沫糊和葫芦鸡都凉了？明天孩子还要上学呢。番大海发微信过来：大河睡了吗？我直接把小雅送到学校了，你不用担心，早点休息！

上官芸对着微信哼了一声，说："做贼心虚，在这么多年丧偶式育儿中，你啥时候关心孩子了？整天只知道病人、医院、手术台。哦，对了，去了趟泰国，添了个新毛病！"她想到这里，气又来了，关掉手机，埋头睡了。

小雅历劫

次日，上官芸将儿子送到学校，心里嘀咕着番大海急急忙忙将小雅送到学校去，没给孩子带洗漱用品，早上也不知道小雅拿什么刷牙呢。去单位打过卡，上官交代小丽说："你试着把月报表做一下，领导问就说我去银行了，不问就别吭气。"机灵的小丽比画了"OK"的手势，笑着小声说："懂得！"

上官芸将给女儿准备好的零食和日用品送到宿舍，宿管阿姨却说番小雅的父亲昨天下午打电话给孩子请病假了。

病假？她以为自己听错了，问："什么病假？您是不是听错了？怎么可能呢？我家小雅没生病呀！"

宿管阿姨很肯定地说："没错，是病假，说先请半个月，病假条昨天已经发给班主任了。"

上官芸如被雷电击中一般，呆住了，脑子一片空白，手里提的两个大塑料袋不知何时掉在了地上，里面的东西凌乱地撒了一地。她扶着墙，哆哆嗦嗦地从包里摸出手机，给番大海打了过去，听到番大海沉稳的声音，乱蹦的心才稍微好了点。番大海没等妻子询问，说："别担心，问题不大，具体情况见面再说，开车别分神，注意安全。我发医院位置，你导航过来。"

"小雅，我的小雅，我引以为荣的宝贝，市级三好学生、校优秀班干部、钢琴十级、省女子围棋大赛季军、校运动会上跳高金牌得主，平时很少感冒的小雅怎么可能生病呢？"上官芸脑子乱成一团，绿灯亮了也没看到，后车使劲按喇叭催，她傻了似的停在斑马线上一动不动。

她不停地安慰自己：肯定是医院搞错了，要不就是番大海为了和好，故意演的戏。但她又想：不能啊，无论如何也不该用孩子的健康来开玩笑吧！一名皮肤黝黑的交警敲着车窗，不知道这个泪流满面的女人经历了什么，没有要驾照，摆手催她快走。导航重复着前方路口右转，她生生没听见，给了一脚油，直直朝前开去。

上官芸从来没有见过抱头坐在检查室门口的番大海如此沮丧过，她不敢说话。她已经从丈夫的细微变化中捕捉到了事态的真实性和严重性。但她依然心存幻想，希望只是误诊或是一场误会。她坐在了丈夫身边，从他手中抽过了检查报告。

"急性肾炎"几个字如烙铁般灼伤了她的双眼，她飞速地用手机搜了这几个字，将所有症状飞速浏览了一遍，冷笑几声说："怎么可能呢？小雅活蹦乱跳的，网上说的症状，小雅一个也没有，绝对是搞错了。我不信，我不信，我要带小雅去大医院检查！"说完，她将化验单揉成一团，扔在地上，用脚踢得远远的。

番大海揽住妻子，声音沙哑地说："冷静点，事已如此，勇敢面对，放心，天塌下来有我呢！"

上官芸靠着丈夫，泪如泉涌，不甘心地说："要不再换家医院检查一下，万一误诊呢？"

番大海用手背替妻子抹着眼泪："昨天在我们医院查的结果和这边结果一样。你去洗手间洗把脸，别让小雅一会儿出来看到。我给她说是小问题，但不能大意，需要住院治疗，治好就没事了，就和感冒发烧一样。我们需要保持一致，你也要这样说，千万不能让孩子有心理负担。"

上官芸抹着眼泪应了。

小雅长这么大，第一次到大医院进行这么多的检查，新奇而胆怯，从CT室出来看到了父母，粉粉嫩嫩的脸上洋溢着好奇的微笑，调皮地吐了一下舌头，对妈妈说："这个检查就像好莱坞的科幻片，把我装进了太空舱，然后嗡嗡嗡地响了半天，最后又把我送了出来，躺在太空舱里时我快要紧张死了，感觉自己像被外星人绑架了，没想到医院有这么多有意思的仪器。"说完她又歪着脑袋问："老爸，你们单位也有这些吗？怎么从来没带我去玩玩？"

番大海笑着说："有是有，但这里是省城最先进的。"

小雅挽着父母说："检查完了吗？开学第一天，我这个班长还有许多事要帮老师安排呢，你们快送我回学校吧，下午还有班会呢！"

番大海尽量让自己显得自然些，对女儿说："宝贝，咱们暂时不能去学校，还有一些检查。另外，爸爸必须告诉你，你目前的身体状况需要住院治疗一段时间，治好以后才可以返校，我已经替你给学校请过假了。"

小雅有点不太懂地看看爸爸，又看看妈妈。上官芸将女儿揽了过来，拍了拍女儿笔直的后背，柔声说："不用担心，宝贝，小问题，但如果不及时治疗就会拖成大问题，所以我们还是听医生的话，乖乖住院才好。你记不记得你们班有个同学患结肠炎，住院手术后，现在一点事都没了。对了，还有一个孩子扁桃体老发炎，也是住院做手术后好的。"

小雅从妈妈身边挣扎出来问爸爸："我也要做手术吗？爸爸，我不想做手术，手术疼不疼？我害怕。"

番大海安慰女儿："暂时不用手术，咱们尽量保守治疗。"

单纯的孩子被医院的各种检查折腾了半天，有些疲惫，回到病房，躺在病床上输着液，嚷嚷着："我没病，我没病，我要回学校，我要回学校……"不一会儿睡着了……

上官芸守在女儿身边，打开手机偷偷百度以前听说过但并不了解的肾病。

不了解还好，一了解，她听到了自己心碎的声音。她强忍着心痛，给熟睡的女儿掖好被角，走出病房，瘫软地靠在走廊的墙角，不知如何是好……

"怎么会这样？分明是豆蔻娉婷的初春，是最好的年华，为何有雪霜从天而降？分明正是朝阳初升的明媚清晨，为何有暴风骤雨袭来？若是老天爷要惩罚什么，那么，请将灾难降临在我的头上吧，我愿意祭献出自己的生命，求老天放过我的孩子，赐予她一生的安康和幸福。"

她很后悔这两年将主要精力都放在了儿子备战小升初上，对女儿的关心少了很多。她很后悔为了挤出更多时间监管儿子，同意了女儿住校的要求。她很后悔没能给女儿做可口营养的饭菜，呵护她健康成长。她觉得女儿生病都是因为自己没有尽到一个好母亲的责任和义务，她内心充满了自责和悔恨。面对疾病，一向自信的她第一次觉得自己渺小无助，她看到步伐还算沉稳的丈夫提着保温盒向自己走来，眼泪又簌簌地落了下来。番大海揽住妻子说："大河在家里做卷子，我给你们熬了萝卜鲫鱼汤，你也累了一天，别想太多，早点休息，明天科主任来查房，具体治疗方案我会和他商讨确定的。"

上官芸抽泣着说："要换肾吗？换我的，我们是母女，肯定没有排异。"

番大海被妻子的无私母爱感动，同时有点恼怒，替妻子抹着眼泪说："胡说八道，什么换肾？什么排异？别自己吓自己，没那么严重，别怕，一切有我呢！"

上官芸虽然被丈夫训斥，但知道情况并没有自己想象得那么严重，心情稍微好了点。不知为什么，她突然觉得平时打嗝放屁、不洗脚就上床、懒遍天下无敌手的丈夫此刻像一座大山，有他在身边，自己有了无穷的底气和依靠。她接过热汤，让丈夫回家陪儿子，她在病房陪女儿。

夜里，上官芸几次被自己的噩梦吓醒。脑子里不时浮现出的"透析""尿毒"几个字眼，让她惊悚战栗。她想不通：为什么一向身体健康的女儿会得这种病？她记不清问过医生多少遍，医生解释说原因不明，有的是因为遗传，有的是因为免疫力下降，有的是因为劳累，还有的是因为感染、代谢或者肿瘤。孩子做遍各种检查，依然无法找到病因。上官芸将婆家和娘家的所有近亲在黑夜里梳理了一遍，没想到谁有肾病；又将小雅成长过程中仅有的几次感冒发烧回忆了一遍，并无其他感染或是免疫力下降症状。上官芸实在弄不清问题究竟出在哪里，她想问番大海，看手机都凌晨三点多了，便强迫自己静下来，睡一会儿。好不容易有点睡意，同病房有人起来上厕所，她便一点睡意都没有了，眼睁睁看着窗外由黑变灰再变白，天亮了。她起来胡乱洗漱了，看小雅一个姿势蜷缩着侧躺了一夜，突然有点怕，凑近孩子的脸，顺了顺垂在孩子耳边的头发，感觉到孩子均匀的呼吸才放下心来。

女本柔弱，为母则刚。当灾难无法躲避时，上官芸只能勇敢面对，倾尽全力，想办法将伤害降到最低、最小吧。

番大海送儿子到校后匆匆赶到医院，正赶上主任带了一群医生和实习生查房。主任看过孩子后，提出进一步做肾穿刺来评估病情，确定治疗方案，番大海不同意。

刚刚睡醒的小雅被围在自己病床边的一大群穿着白大褂的医生吓到了，呆呆地坐在病床上，一动不动。等医生走了，她突然"哇"地一声哭了，问道："妈妈，我是不是快要死了？"

上官芸赶紧将女儿护在怀里，轻轻拍着、哄着说："没事，没事，这是例行查房，你爸爸作为科室主任，每次查房也是这样的。"

女儿清澈的眼睛里噙满泪水，仰头看着妈妈说："刚听医生说我是肾炎，是吗？我还要做肾穿刺。肾炎是什么病？肾穿刺又是什么？妈妈，你快说，我想知道。"

上官芸不知道该如何给女儿解释清楚，才能让女儿不害怕、不多想。

她躲开女儿的眼睛，心虚地说："不是什么大问题，目前只是检查出尿蛋白有加号，其他都很正常。肾穿刺我也不太懂，等爸爸回来，你问爸爸吧，他是医生，知道得多，能解释清楚。"

女儿显然不满意妈妈的回复，上官芸勉强挤出一点笑容，说："我去找爸爸，让他来给你讲。"

逃出病房，上官芸看到番大海在医生办公室和主任激烈地辩论着什么，忙走了过去，听到丈夫情绪激动地说："她还是个孩子，从目前的检查报告来看，完全可以排除其他可能，所以我不同意做肾穿刺！"

坐在转椅上的主任很冷静地对番大海说："你也是医生，此刻，你应该从医生的角度来考虑肾穿刺的必要性，不做肾穿刺，我们如何分型？如何确定治疗方案？如何对症下药？"

番大海语气坚定地说："从理论上讲，你讲得都对，但我就是不同意。"

主任冷冷地看着这个同行，问："理由是什么？"

番大海沉默了一会儿，喃喃地说："求你了，别做肾穿刺了，她还小，我不想让她脆弱的肾再受到伤害，我怕她疼……"

主任不可思议地审视着眼前这个在业内小有名气的"番一刀"，摇摇头说："除非你不想要这个孩子了。"

主任这句话如一把寒气逼人的匕首狠狠地扎在了番大海的心上，被刺痛的番大海强忍着泪水，怒道："正因为我怕失去她，才不同意你们做流水线式的检查！"

主任听出了番大海的不满，傲慢地站了起来说："番主任，你别忘了，你是在我们医院，你既然把孩子送到这里，就请信任我们，尊重我们。我们医院的肾内科在西北地区是最具权威性的。"

番大海没说什么，扭头走了出来。从认识到结婚，这么多年来，上官芸第一次看到丈夫眼泪掉在地上。她心疼也心酸不已，迎上去挽住了丈夫，说："你做什么决定，我都支持你！"

小雅看父母都出去了，偷偷打开手机，搜索了一番肾病的相关内容，越看越害怕，越看越紧张，又搜了一下肾穿刺的手术过程。看完，小雅将头蒙在被子里哭了起来……

上官芸和番大海轮番给孩子解释问题没有想象中严重，人吃五谷，生百病，没有什么好害怕的，好好配合医生治疗，很快就会康复的。孩子一句也没听进去，将头埋在被子里嘤嘤地哭个不停。护士来打针，她只把胳膊伸出来，不愿面对。

路小丽打电话来，说领导生气了，说上官芸无组织、无纪律，不来上班，也不请假。然后她关心地问上官芸出什么事了，让上官芸赶紧给领导解释一下，说完匆匆把电话挂了。

上官芸这才想起来忘了给领导请假，忙给领导打电话过去，领导没接。上官芸发短信说明情况并向领导请了假。

小雅依然将自己埋在被子里，上官芸苦口婆心地哄着小雅把头露出来透透气，闷在里面会缺氧的。把小雅说烦了，小雅使劲掀开被子，扎在手背上的针头差点跑掉。她像一只陷入困境的小鹿，瞪着无辜无助充满泪水的大眼睛，对妈妈咆哮道："你们别管我，让我闷死算了，反正我也活不长了！"

上官芸看着昨天还很乐观，今天突然变得暴怒悲观的女儿，难过又心疼，将女儿揽在怀里说："对不起，宝贝，都怪妈妈没有照顾好你，是妈妈不好，妈妈愿意替你生病，妈妈愿意替你承受所有的煎熬和病痛！"说着说着，眼泪哗哗地流了下来，小雅伏在妈妈怀里，也嘤嘤呜呜地哭个不停……

电话响了，上官芸抱着怀中的女儿不想接，女儿却松开妈妈让接电话。上官芸看是艾商，便给女儿看了看，出病房接了。艾商问："有没有接到培训机构通知？从今天起，全市培训机构大整顿，我们已经接到机构通知，暂停上课了。"上官芸没心思听这些，胡乱地应着。艾商问："你在哪？听着心情不太好，出什么事了？"上官芸边流泪边将小雅住院的事说了。

艾商在电话里数落上官芸平时对小雅关心不够，又安慰她不要太担心，现在医学发达，肾病不是什么大问题。艾商又说她有个舅太奶奶年轻时候肾炎，如今八十八了，耳不聋眼不花。因嫌村里拆迁款给她分少了，经常提着小马扎，坐到区政府门口静坐示威呢！

上官芸不知道艾商是不是为了安慰她顺口编的，但此刻，因有这样一个好朋友鼓励而感动，哭得更厉害了。

艾商在电话里哄了几句，嫌上官芸哭得没完没了，将电话挂了。

上官芸抬头看番大海站在眼前，又想哭。番大海说："我虽然不是肾脏专家，但综合孩子目前所有检查报告来看，情况还是乐观的。我刚才将所有报告单传给了几个在国内外搞肾脏研究的同学，请他们先看一看，给些治疗建议，随后，我再和主任商讨治疗方案。"

上官芸不解地问："那从早到晚不停地输液做什么？"

番大海说："都是些保养的营养液，只有好处没有坏处。"

护士送来了第一天的费用清单，上官芸一看，惊讶地说："才一天就这么多？"

番大海解释道："检查项目比较多，所以费用比较多，住院的例行检查，你不管了，费用我早就交了。"

上官芸一门心思在孩子身上，看到不菲的费用突然想起了孩子的医保卡，问番大海能用不。番大海说他一时情急没想到，回头问问医生再说，又说这些都不重要，重要的是如何帮小雅克服心理上的压力，正视疾病并勇敢面对，积极配合医生治疗。其实很多疾病本身并不可怕，可怕的是患者无法调整好心态，不敢面对，由生理疾病转为心理疾病，对于疾病的治愈极为不利。

上官芸点头，把刚才小雅在病房闹情绪的事说了，番大海说："我们首先要保持镇定，说话语气要和以前一样，医院留一个人就行了，不要都待在孩子身边。青春期的孩子本身就敏感，她会从我们的言谈举止中捕捉到危险信息，还有，想办法把她的手机收了。小雅那么聪明，肯定会上网查找各种有关病情的资料，若是科学准确的还好，但网上的信息鱼龙混杂，没有专业知识和很强的判断力，很难从中提取出客观且有价值的信息，而很多负面的信息会给孩子造成心理负担，产生无形的压力。"

上官芸很佩服丈夫此刻的冷静和理性，说："手机强行没收肯定不行，要不等她睡着偷偷藏起来，就说丢了。"

番大海摇头说："不好，万一败露，以后让孩子如何信赖我们！"

上官芸又说："就说医生不让看手机，让好好卧床休息。"

番大海否定说："最好能让她主动交出来。"

上官芸摇摇头说："这个太难了，你自己想招吧。"

番大海应了，让上官芸去接大河回家，他晚上在病房陪女儿，又叮嘱不要让几个老人知道，省得操心添乱，给孩子增加心理负担。上官芸说知道，要走又舍不得女儿，被番大海推出了住院部。

上官芸刚走到停车场，看到艾商火急火燎地用屁股撞上车门，左手提了一大袋零食，右手抱了一只毛绒熊仔，踩着高跟鞋，朝住院部冲。上官芸赶紧喊住，艾商变了方向，大步朝上官芸走来，关切地问道："大闺女咋样了？究竟是什么情况？怎么可能呢？是不是查错了？要不要给孩子买个大病保险？走，快带我去看看。"

上官芸听艾商说大病保险，本来好转的心情一下子又难过起来。她拦着艾商，说不出话来，眼泪吧嗒吧嗒掉了下来。

艾商看着在寒风中瑟瑟发抖的上官芸，眼圈红了，把闺密拉进车里，打开暖风，递了一盒纸巾，说："哭吧，哭吧，哭出来心里能舒服些。"

等上官芸哭累了，艾商才说："今年小升初形势不妙啊，你要给大河早做打算。"上官芸抽了张纸狠狠地擤了把鼻涕说："做什么打算？爱咋着咋着，小雅都被学习累病了，还学什么习？难道还要把大河也搭进来？别给我提什么小升初，别提什么'学霸''牛蛙'，我现在只想让孩子们健健康康、平平安安的，其他都是扯淡。"艾商没想到修养极好的闺密会爆粗口，愣了一下。上官芸读懂了艾商惊讶的表情，心想：管他呢，姑奶奶今天就是怒了，就是要骂娘了！她又说："小雅生病，都是没日没夜地学习、做卷子害的，孩子早早近视不说，天天宅在家里、教室里和宿舍里，不运动、不锻炼，体质变弱，免疫力下降，才让娃小小年纪就生这种破病！"

艾商啧啧赞道："可以啊，咱们的知书达理、贤淑温婉的芸娘娘也有发飙的时候，此刻骂街的你最可爱！我想起了网上一个段子，说如果当年的潘金莲不开窗，就不会遇上西门庆；如果没有遇上西门庆，就不会被武松杀掉，把武松逼上梁山；武松不上梁山就不会单臂擒方腊。方腊若在，大宋就不会有靖康之耻，金兵就不会入关……说不定历史就改写了。"

上官芸看着艾商一口气不带停顿地说完单口相声，"喊"了一声准备说话，电话响了，原来是培训机构通知续费。

艾商在旁边比画着不让上官芸答应，上官芸在电话里含含糊糊地说外面太吵，听不清，把电话挂了。艾商说："小道消息，教育局这次下狠手要整治培训机构呢，先别续费，后面的奥数能不能上还不一定呢。"

上官芸叹了口气："唉，往年也整治，但成效不大。因为需要，所以存在。培训机构虽然赚钱了，但也替很多孩子解决了择校问题。如今却让他们背锅。"她又自言自语："不过如今中央铁腕反腐倡廉，工作作风很强硬，希望真的能整治一下教育秩序。国家每年都在加大教育投资，去年投入教育的经费近四十万亿，出发点肯定是希望教育越办越好。确实需要切实可行的办法，不然，培养出一批批高分低能、高度近视、肩不能挑、手不能提的接班人来，又有什么意义？"

艾商亲昵地摸了摸上官芸的脸说："妞，别忧国忧民了，给爷笑一个！"

上官芸擤了一把鼻涕，擦干眼泪，瞪了一眼，说："各接各娃，各回各家！"

艾商说她还没去看小雅呢。上官芸让她先别去，等小雅情绪稳定下来再去，省得带这么多东西去，孩子又想歪了。

艾商让上官芸开车小心点，注意安全。上官芸让艾商别穿高跟鞋开车。"我穿高跟鞋了吗？我没穿高跟鞋呀！"她边说边从后座上摸过鞋盒，从里面取出一双小白鞋换上，将换下来的高跟鞋放进鞋盒，反手放到后座上，摊摊手，一脸无辜地说，"我没穿高跟鞋呀！"

上官芸接大河回家的路上，问语文老师今天都讲什么内容了，大河说不知道。上官芸便责备大河上课没认真听讲。大河却委屈地大声辩解说班上太吵了，上课根本听不到老师讲什么，让妈妈给他转学，说他一刻都不想在二小待了。小雅生病让上官芸对儿子拼了命地备战小升初心生退意，她怕儿子也会像女儿一样因劳累过度倒在病床上。上官芸本想让儿子歇一歇再说，可听到孩子想转学的要求，又忍不住心生斗志，暗自给自己打气鼓劲：谋事在人，成事在天，不管怎么样，也要陪儿子奋战到底！

母亲来电话说："国家四部委下发通知，开展校外培训机构专项治理行动，具体内容我都做了记录，你回家顺便过来学习学习，还有市电视台的《问政时刻》栏目要问政教育局。这个节目敢说敢问，很有分量，做得不错，你记得准时收看。我再强调一遍，不要再给两个孩子增加学习负担了，前几天小雅在我这里总是睡不够，明显是学习太累、身体透支的表现。记住，学习固然重要，身体才是革命的本钱！"

上官芸听到母亲说到小雅，眼泪又涌了出来。她又想起小雅的病其实早就有表现了，孩子常常写着作业就睡着了，老说自己累、睡不醒，自己怎么就没有注意到呢？怎么就没想到是生病了呢？她一边自责一边在电话里答应着，对母亲的观点表示认同。

母亲又说："以后周末让两个孩子到我这边来，我好好教他们练练字，一个个写的字跟狗爬似的。记住字是人的门面，写一手好字，比奥数考满分有用得多！"

上官芸抹了一把眼泪，一个劲儿地应承着母亲。好不容易等母亲挂掉，婆婆又打电话来，说明明记得十五晚上把围巾忘到酒店了，去找，酒店硬说没有，问是不是服务员喜欢就藏起来了，让上官芸去酒店问问。上官芸知道婆婆说的是那条绛红色的羊绒围巾，是自己在金华买了送给婆婆的生日礼物，质地柔软，轻如蝉翼却很暖和，颜色会因光线的明暗由绛红变成银红和紫红，老人很喜欢。上官芸便说："好，您和爸爸注意身体，出门一定要小心脚下，市政为了融雪，在路上撒了融雪剂，特别滑。我一会在网上给你们买些菜和肉快递过来，你们能不出门就不要出门了。"

上官芸实在不敢想象：可怜的小雅在医院里历劫，万一老人再出什么状况，她和番大海该如何面对？

在这个尴尬的年龄，她既要孝顺老人，也要做好儿女的榜样，还要时刻关注照顾另一半，而凡此种种，都是为了保证每个人都健健康康、平平安安，只有这样才能日复一日、年复一年地重复这种看似负重其实幸福的生活。

收起手机，上官芸觉得胸涨得难受，小腹绞痛，硬撑着给大河煮了碗西红柿鸡蛋面，让大河吃了再写作业、做真题试卷。她自己蜷缩在床上，担心着小雅单薄、柔弱的身体如何面对即将到来的治疗，想着想着就睡着了……

上官芸被噩梦惊醒时已经凌晨两点了。她看身上盖着两层厚被子，枕边还放着一只棕色小熊，知道是儿子帮她加的被子，心里感到暖暖的。

上官芸拿过小熊准备起身去看儿子，却发现一簇鲜艳的杜鹃花盛开在床单上。"啊，怎么又来例假了？不是刚走没几天吗？真是添乱！"她心里嘀咕着，将床单换了下来，塞进洗衣机，将自己捣鼓干净，去看儿子。儿子光着屁股，腿架在北极熊身上睡得正香，她轻轻给儿子盖好被子，看桌上摆放着做完的试卷，想批改，又想：算了，自己也是血肉之躯，万一累倒，老老少少可怎么办呢？

一地鸡毛

太阳会出来，你等或不等，都会出来。

风会刮来，你躲或不躲，都会刮来。

作业会写完，你吼与不吼，都会写完。

孩子会长大，你急或不急，都会长大。

小雅生病，让上官芸焦虑的心反而沉静下来。她送大河到了学校，准备去医院陪小雅，领导打电话让她赶紧回单位上班，说上面派人来查账。上官芸说孩子住院呢，需要母亲陪伴。一向温和的领导却用少有的强硬语气命令立刻赶到单位。

上官芸没办法，给番大海打电话。番大海说没事，他再守小雅一天，等治疗方案确定后，给芸打电话。

上官芸极不情愿地赶到单位，果然看到两个陌生的审计人员，一脸严肃地在会议室和领导谈话。

上官芸心想："出什么事了？这点破账值得如此大动干戈

吗？"因经常在一起开会，市审计局的人上官芸大都认识，这两个人面生，听口音不太像本地的，她心里画了一个大大的问号，很配合地将原始凭证、银行账本、现金账本以及所有报表明细整整齐齐地摆放在会议桌上。

按惯例，办公室根据领导指示，安排了高规格的待客饭。但两位审计人员忙完后并未领情，临走时还抱走了领导和上官芸的电脑主机。

上官芸有一种不祥的预感，隐隐为一个人担心起来。天阴沉沉的，好像随时要塌下来。走出会议室，她看了一下时间——六点二十分。糟糕，忘了接大河，她赶紧给老师打电话。新聘任的年轻老师很负责任地说她将孩子们送出校门后才回去锁教室门的，番大河的放学时间正常。她又手忙脚乱地给阳光妈、青山妈打电话，都说一起出的校门，后来就各回各家了。上官芸怕大河拿手机玩游戏，没给大河配手机。这下干着急，她就是联系不上。她给家里打电话也没人接，只好硬着头皮给母亲打电话。母亲也说："没见啊，大河哪里去了，是不是丢了？听说人贩子特别猖狂，开着车在路边就把孩子掳上车，卖到深山老林里去了，还有丧尽天良的，把娃弄残放在路边乞讨收钱呢。快快报警。"

上官芸本来就心慌，让母亲一说，腿都软了，哆嗦着给番大海打电话。番大海说："大河那么机灵，肯定丢不了，会不会是自己坐公交回家了？你先回家看看再说。"

　　上官芸担心大河，却不忘问小雅怎么样了。番大海说情绪还是低落，他一直在想办法做思想工作。番大海安慰妻子："别慌，开车慢点，人贩子一般不会贩卖大河这么大的男孩了。孩子肯定是等不到你，坐公交回家了，放心好了，自己的孩子自己心里应该有数。"

　　上官芸"嗯嗯"地应着说："好了，不说了，我开车，回家看了再给你电话。"

　　上官芸一边开车一边念叨："老天保佑，老天保佑，让我的两个孩子健健康康、平平安安的，让小雅和大河都健健康康、平平安安的！"她念着念着，眼泪流了下来。

　　打开家里的防盗门，一股焦煳味儿迎面扑来，她吓了一跳，喊了一声"大河！"，鞋都没来得及换，直奔厨房，看见大河正拿着锅铲将一坨黑乎乎的东西往盘子里铲。儿子看到上官芸，垂头丧气地说："不知怎么的，就炒煳了。"

　　看到儿子一切正常，上官芸放下心来。她赶紧给母亲打电话，给丈夫发微信，说大河在家呢。然后她打开了油烟机，又打开了家里所有窗户，笑着对儿子说："你很能干嘛，啥时候会炒鸡蛋了？"

　　大河却不高兴地说："本想给你个惊喜呢，没想到炒成了这样子。"

　　上官芸接过儿子手中的盘子，尝了一小口说："有点苦，但这是世界上独一无二的焦煳鸡蛋，是爱因斯坦的第一个小板凳，相信以后会越来越好的。"

儿子听到母亲的鼓励，眼睛变得明亮起来，说："妈妈，那我再炒一盘吧。"

上官芸笑着点头说："好！"娘儿俩一个打鸡蛋，一个熬稀饭。在妈妈的指导下，大河学会了看油温和控制火候，不到十分钟，炒出了一盘金灿灿、香喷喷的鸡蛋。上官芸又炒了一盘孜然肉片，凉拌了黄瓜，热了馒头。一顿简单营养的晚餐上桌了。上官芸拍了儿子狼吞虎咽的照片发给番大海，附言：人生最幸福的事，莫过于虚惊一场！

吃完饭，上官芸告诉大河，以后如果自己回家，要借老师或者同学电话给妈妈说一声，省得妈妈担心。大河拍着胸脯说，没有什么事情可以难倒自己。上官芸惦记着小雅，让大河在家写作业，带着分出来的饭菜赶往医院。

治疗方案并未确定，说有一项检查不太准确，需要重做。上官芸不满医院的拖拖拉拉，嘟囔了几句。番大海让上官芸调整好心态，别把医院想得那么坏，再做检查，确认数据，是对患者负责的表现。他又说："你想想，如果有庸医看你两眼给你开一大堆药，你敢吃吗？"

上官芸知道自己太急躁，她是医生家属，怎能不知道医生的辛苦和担当？她对丈夫不好意思地笑了笑，让丈夫回家照顾儿子，她留下来陪小雅。

上官芸看小雅一直在玩手机，便劝小雅让眼睛歇一歇，喝点黑米红枣粥。小雅理都不理，自顾自地玩着。她不甘心，端着饭盒要给小雅喂，却被小雅一抬手打翻在床上。黑红色的粥撒得床单、被罩上到处都是，她有点生气，想说几句，看到女儿委屈的目光，心软了，抽纸巾擦着床上的饭粒，眼泪掉了下来……

护士很贴心，查房时看到床上的污渍，拿来了干净的床单和被罩换上，又安慰小雅几句。小雅不理不睬，上官芸度日如年。她不想和女儿正面冲突，低头打开微信，看到班级群里都炸锅了，所有人都在问番大河找到了没。上官芸赶紧回复，说孩子坐公交回家了，并谢谢大家关心。她又看小升初群里全都是盼着等着新政策出台的留言。有人分析3月8日电视问政前，肯定会公布政策的，否则问政问什么呢；有人一如既往地说着风凉话；有人问培训机构通知停课了吗，听说问政前要五部门联合执法，全市统一行动，整治取缔黑机构呢。上官芸看到这里，想起答应速成才继续给儿子续费上奥数的事情，准备转账。

婆婆打电话来问她围巾找到没。上官芸才想起找围巾的事，支吾着说酒店说找，还没回复呢。等婆婆挂了电话，上官芸赶紧给酒店打电话，请酒店帮老人找一下围巾，并强调老人很喜欢那条围巾，务必想办法找到。酒店工作人员很有礼貌地解释说老人已经来过两次了，她们把当晚大堂的监控视频都调出来了，老人来时和走时都戴着一条绛红色的围巾，那条围巾很高贵、很别致，一眼就能看出来。

上官芸估计酒店说的是真的，让酒店发监控截图过来就可以了。很快视频截图发来了，如酒店所说，婆婆走的时候围着那条围巾。上官芸谢过酒店，给婆婆回电话说了，婆婆却坚信围巾落在酒店，让儿子和媳妇一定要讨回来。

老人就像小孩一样，上官芸没办法，只好哄着答应了，心里盘算着：是不是老人糊涂了，将围巾丢在别处想不起来了？实在找不到，再买一条算了。正想着，她听到女儿惊恐地叫："妈妈，妈妈！"

上官芸如老母鸡保护自己的鸡崽一样扑到床前，看到额上渗着汗珠的小雅瞪着乌黑的眼睛茫然地看着天花板，赶紧将小雅抱在怀里安慰道："别怕，宝贝，妈妈在你身边呢，你怎么了？是不是做噩梦了？"

小雅面带惊恐地说："我梦见自己掉进了一个黑洞，特别特别黑，一直往下掉，一直往下掉，特别吓人，感觉心都快要跳出来了。"

上官芸紧紧地抱着女儿，轻轻地拍着女儿说："做梦从高处掉下来是长个儿呢，你这几天没有费脑细胞，睡眠充足，趁机长长个子。对了，说不定这几天已经超过一米六零了！你不是老嫌自己个子矮吗？这是好事啊，住院期间蹿上十厘米，在班上绝对不算低了。"

小雅听妈妈这样说，渐渐放松下来，喃喃道："如果能长十厘米就一米六八了，那不就比你高了？”

上官芸亲了亲女儿说："你很快就会比妈妈高的，青出于蓝嘛。"

小雅在妈妈怀里撒着娇说："我要你像小时候一样搂着我睡，这样我就不害怕了。"

上官芸眼睛湿润了，她不知道自从女儿生病后，自己为什么变得如此脆弱。她偷偷擦了擦眼泪，掀开被子，钻了进去，将女儿搂在怀里，边拍边说："妈妈给你唱支你小时候最喜欢的《小燕子》吧。"

女儿往妈妈怀里挤了挤，说："小声点，别吵到别人。"

上官芸压低了声音唱着"小燕子，穿花衣，年年春天来这里……"

不管昨夜你曾经历过怎样的泣不成声，今早起来，这个世界依旧车水马龙。

医院、家里、单位、学校忙乱了几天，小雅的检查结果终于齐全了。

番大海拿着检查报告，兴奋地对妻子说："真是不幸中之大幸，最重要的数据是在正常值范围之内，说明我的坚持是正确的，这样的话常规治疗就可以了。"

上官芸不懂丈夫嘴里不停蹦出来的专业术语，但从他恢复如初的谈吐中，感觉到悬在小雅头顶上的利剑暂时消失了。她觉得自己嘈杂混乱的脑子也变得清爽起来，人生最美好的事情莫过于有惊无险！她的眼泪忍不住再次汹涌而出，心里连连感谢老天爷手下留情。

番大海说主任已制定了半个月的保守治疗方案，边治疗边观察，根据恢复情况随时调整方案。

小雅听爸爸说已经和医院沟通好了，所有治疗都放在上午，下午去学校上课，开心极了。她从病床上一跃而起，嚷嚷道："我早就说我没病，你们非要一把鼻涕一把泪地说我有病！"她勾着爸爸的脖子撒娇说："好爸爸，亲爸爸，我终于可以上学了！"她又故做痛苦状，自怨自艾道："白白浪费了几天宝贵时间，这几天落下的课可怎么赶得上呀？凉了，凉了，周一的收心考，我肯定要凉了。"她又作奋发状说："快，快给我把书包拿来，我要头悬梁、锥刺股。"

上官芸怕女儿累着，赶紧说："不敢，不敢，脑力劳动最累人了，乖乖躺下好好休息，别想学校考试的事情，咱们底子厚，别说落几天课，就是落几个月课，也不用担心，等身体好彻底了，再追不迟。"

小雅看妈妈不让，就勾着爸爸的脖子求助，番大海是个女儿奴，向来对女儿百依百顺，准备答应女儿。一看妻子正用一双杏眼瞪着自己，他配合地说："瞪我干啥？你今晚陪小雅，我得回趟医院，院长打了好几次电话，说上面来人检查，让我务必回去汇报工作。"

上官芸心领神会，点头让赶紧去。

番大海亲了一下宝贝女儿，悄悄在耳边说："放心，我回头给你送来。"

女儿开心地亲了爸爸一下，得意地对妈妈吐吐舌头，比了个胜利的手势。

番大海前脚走，上官芸后脚跟了出去，责备他："你不该让小雅边治疗边上学，应该让孩子好好静养。医生再三强调，这种病最怕劳累，学习费脑子，孩子的病就是熬夜写作业、做卷子累出来的。如果怕课落得太多追不上，咱们可以向学校申请休学，病好以后再回学校。"

番大海解释说："下午去学校和抓紧治疗并不矛盾，不但不会影响治疗，反而会减轻孩子心理负担，从医学角度来说，更有利于康复……"正说着电话振动，一看，是院长又发短信催，他便对妻子摆摆手，大步走了。

上官芸看着丈夫远去的背影，心里涌起无数感慨，丈夫在女儿病后表现出来的坚强和理性，还有他丰富的医学经验、职业素养，让自己耳目一新，她感到了这个"隐形"丈夫关键时刻的重要性。这个猪一样的队友在关键时刻竟然会长出翅膀带她飞。大家都在抱怨空气质量太差，细颗粒物爆表，可如果没有空气，如何生存？何况空气污染并没有想象得那么严重，好好治理，蓝天白云、芳草如茵，依然触手可及。她打算忘掉那盒让她硌硬的避孕套，继续和番大海"相爱相杀"下去。

小雅生病让上官芸暂时忘了小升初的残酷现实，其实，残酷的现实依旧，只不过是暂时被另一个残酷的现实挡住。

时间迈着不紧不慢的脚步，不悲不喜，面无表情地行走着。吵吵嚷嚷的三月八日，在众人的翘首以待中，姗姗而来。今年的三八妇女节与往年三八妇女节大有不同。作为准升学孩子的妈妈的女人们等待的不是妇女节各大商场和网店的疯狂打折和各种买赠活动，而是小升初政策的公布和电视教育问政的直播。然而，传说中的电视问政却通过官方媒体通知因故取消。这种不作任何解释的取消让人浮想联翩，引来了民间各种猜测。

小雅保守治疗效果很好，各项指标正常后，医院因床位紧张，催着出院。将女儿接回家后，上官芸心情大好，看到这条留言禁不住笑了。大家都在议论着国家四部委下发的《开展校外培训机构专项治理的通知》什么时候能落实下来。没想到，不到三天，永宁市内大大小小的培训机构纷纷以各种奇葩理由关门停课，有说机构装修的，有说内部组织老师去外地春游的，还有说消防检查需要整改的。周五晚上，上官芸正准备送大河去速成才上一对一，收到了速成才的群通知：各位家长好，接总部通知，我校区本周开始组织全体教师封闭式内部学习，所有课程暂停，复课时间待定。上官芸正在看，艾商发微信来，问小雅回家后怎么样，说周末要带可乐来看看小雅，可乐周末有时间，培训班说教材需要升级，所有课时暂停。艾商问大河呢，上官芸将速成才的群通知转发了过去，艾商发了开怀大笑的图片，说太好了，终于可以有个自由的周末了，问上官芸准备如何度过这个宝贵的周末。上官芸说其他两个培训机构还没收到停课通知呢，没有什么计划。正说着，必成龙的停课通知来了，她转发给了艾商，说别高兴太早，还有状元及第没吭气呢。艾商说，不管，不管了，不停课也不让娃去了，正好可以带着宝贝们去草莓谷摘草莓去。不容上官芸反驳，艾商发了句："明早九点半来接你们，不见不散！"

　　上官芸想，也好，过完年自己被小雅的病折磨得精疲力尽。虽说小雅已康复，但她还是心有余悸。城市拥挤而喧嚣，去大自然中深呼吸，歇歇心，对孩子们也是好事。QQ头像闪动提示有消息，上官芸一看，从来不休周末的小雅学校，也在班级群里推送了周末放假的通知，这让上官芸对教育局的执行力有了新的认识，看来这次国家是铁了心要给孩子们减负了，上官芸在心里给政府点了一个大大的赞。番大海却说："但愿不是形式，来时惊涛骇浪，去时悄无声息。"不过，他对带孩子们出去玩举起双手赞成："冬天冷不了几天了，医院的迎春花都开了。带孩子们到大自然去玩耍，比死读书强多了。我们小时候没学过生物，却能把蜈蚣和马陆分得清清楚楚，现在的初中生，能把蜈蚣和马陆分清楚的有几个？更别说分辨清楚麦苗和韭菜了，大自然才是最好的学校！古人云：读万卷书，行万里路，二者不可偏废也！尤其小雅，千万不能再让她使劲刷题做卷子了，出院时医嘱第一条就是不能劳累！"

大河一听周末不用去上课，可以出去玩，激动得又蹦又跳。小雅却说不想去，要在家复习功课。番大海做了半天思想工作，她才勉强答应。

诗和远方

次日一大早，提前准备好全家人外出用品的番大海被医院的一个急诊手术电话给叫走了。上官芸正遗憾说好的全家游泡汤了，一辆大块头的吉普车停在了路边，运动装扮的艾商打开车门从副驾上跳了下来，叫大家上车。可乐隔着车窗朝大河和小雅欢快又怯怯地招手。上官芸看司机是老山，疑惑地看了艾商一眼，艾商假装没看到。等孩子们都上了车，艾商不怀好意地抛了个媚眼，低声说："给你备的，番大海不从实招供，你就以其人之道，还治其人之身！"不等上官芸发声，艾商上车喊道："出发！"

就在几个月前的一天，上官芸在单位正忙着对账，处理财务数据，审核年终报表。一个快递小哥手捧一大束用军绿色鲜花包装纸包好的礼物让上官芸签收。当天是腊月二十九，是阳历2月14日，西方的情人节。她有点小激动，以为番大海突然开窍，给自己送了情人节礼物，美滋滋地准备签收。可她一看花捧却蒙了，每一朵粉粉的玫瑰花皆由百元大钞折成，簇簇拥拥，热闹非凡。她觉得好笑，脑子里蹦出两个字"土鳖"，心想：这明显不是番大海的风格，是谁送的？是不是送错人了？她问快递小哥有没有卡片，小哥笑嘻嘻地说没有。上官芸问谁让送的，小哥说是花店老板，又问是哪个花店，小哥说是"520"花店。

520？520是德福巷口的花店。她放下手中的签字笔拒收，让小哥原路退回。小哥不解地看着上官芸，站在原地不动。上官芸笑了笑，从钱包拿出十块钱，塞在小哥手里说："这是跑腿费，烦请你带回去吧，我真的不收。"小哥急着赶单，脸上写着无数个"看不懂"，捧着花束走了。

领导催年报，上官芸无心陷入这场闹剧之中，坐在电脑前面核对数据。手机响了，一看是老山，她没理。接着，她收到微信消息："为什么每天早上问好，晚上道晚安，你都不理我？花你也不收。"上官芸瞄了两眼，心里想：有意思吗？她懒得搭理，继续忙自己的工作。

城市本来就拥挤，何必让心也变得拥挤？工作中，上官芸对于没用的数据会毫不犹豫删除。生活中，她喜欢将复杂事情简单化，愿意对交往的人以诚相待，对抵触的人或者事避而远之。

整日里疲于奔命的上官芸哪有心思和精力去理会老山，她从没对番大海之外的男人有过非分之想，尤其和这种自认为永远也不会有交集的人。

上官芸坐在车里，看着窗外的风景，心里想：正好趁这次见面，将话说清楚，让他不要心存幻想。

说好去草莓谷摘草莓，老山却先将车开到了豳州驿。

大河拉着可乐迅速跳下车，跑到豳州驿的游览路线图旁，开始规划路线。小雅却拿了一份豳州驿的宣传画册，边看边念道："豳州驿位于被誉为公刘故里、诗经之乡、西部佛都的彬州市。"停好车的老山用车钥匙指着小雅手中的画册说："这个字念bīn，不念yōu。"

小雅念错了字，有点不好意思。她停下脚步，红着脸认真地看了看，点头说："我想起来了，诗经中的《豳风·七月》就是这个'豳'字，当时背诵《豳风》时觉得这个字很生僻，专门查过字典，还问了语文老师，没想到我们语文老师的老家就在彬州市，他说这个字的历史非常悠久，大约三千五百年前，周人先祖后稷四世孙公刘率族人避商乱东迁，在一处草肥水美之地建豳国。后随着秦设亭，汉设乡，唐宋之后均以'豳'或'公刘'命名其地。再后来，因这个字生僻难认，才改为彬彬有礼的'彬'。"

老山难得脸上浮起几丝笑意，点着头竖起了大拇指。艾商听了，连连夸"学霸"就是懂得多，要可乐和大河向姐姐学习。她回头找可乐，发现早都被大河拉着跑到美食街去了。

　　艾商喊着叫着追了上去，上官芸挽着小雅跟了上去。小雅边走边问老山："叔叔，您认识这个'豳'字，一定了解豳国的历史吧，能不能给我讲讲古豳国的故事？"

　　老山有点尴尬地摇摇头，说："我还没你知道的多呢！"

　　上官芸知道女儿好学，便用手机搜索了一下，现蒸现卖地说："这个豳州驿是古丝绸之路的必经之地，当时往西去的马帮商队，渴了、饿了、累了，受不了路途艰苦的，都会在这里短暂休整，补充供给或者改变主意。当然古代驿站的主要功能是为朝廷服务，相当于国营招待所，为信使换马，传递消息，下发官文，也有货物交流的功能。"

　　小雅听完不满地说："妈妈，我想知道的并不是这些！"

　　大河不知道什么时候跑回来了，听到刚才的对话，大声说："姐姐想知道唐僧师徒西去取经路上是不是也在这里歇过脚，吃过饭，撸过串！"说完他一溜烟地跑前面去了。

　　满满求知欲的小雅看着母亲，问："唐僧师徒路过这里吗？"

　　上官芸不敢妄言，讪讪地笑着说："唐僧西去取经在刚开始是悄悄出行的，所以并不一定敢光明正大地歇息在官方驿站，但大河的想象也不是没有可能。"父亲严谨治学的品质遗传给了女儿，上官芸对自己未知的领域不愿强行解释。她转移了话题问："宝贝，你想吃什么？妈给你买。"

　　小雅边走边看看街边被木炭烤得刺啦响的烤肉，看看在油锅里上下翻腾的秋刀鱼，看看红油汪汪的酸辣粉，看看被铁板煎得香气四溢的西施豆腐，又看看围着一群孩子的油炸冰激凌、炸螃蟹、炸竹虫、炸龙虾，说都想吃，都要吃。上官芸却不敢买，医生说让小雅少吃肉，忌豆腐、忌海鲜、忌油腻、忌辛辣，这些都在忌食范围内，便劝小雅先逛一圈再决定吃哪几种。她劝小雅，这几个吃饱了，看到更好吃的没肚子吃了就该后悔了。小雅觉得妈妈说得有道理，开心地往前走，就看到大河、可乐一人手中举着一串香喷喷的烤鱿鱼，美滋滋地站在路边吃着，赶紧迎上去，艾商将早已买好的一大串烤鱿鱼递给小雅说："快吃，可好吃了，比上林街的都好吃！"

上官芸瞪了艾商一眼，艾商没反应过来，说："我只给孩子买了，你们想吃自己买！"

上官芸嫌艾商反应迟钝，踩了艾商一脚，艾商夸张地嚷嚷道："脾气乖戾，脚法毒辣，恭喜你已经提前进入更年期！"

上官芸又要踩艾商的脚，艾商跳着笑着跑开了。

如今的旅游景点，如复制粘贴一般，商业化的大街小巷无论走到哪里，特色的东西越来越少，很多美食、购物、游乐项目如出一辙，似曾相识。所谓休闲游，其实就是从一种熟悉的喧闹中挣脱出来，心甘情愿地挤进另一种陌生的喧闹之中。

上官芸担心小雅吃得太油腻会增加肾脏负担，又担心小雅蹦蹦跳跳走得太多累着，紧张地跟在后面。看着孩子们如飞出笼的小鸟，叽叽喳喳地笑着、叫着、闹着，停不下来，上官芸拽拽艾商说带孩子们去摘草莓吧。

草莓谷很近，几个人都说要走着去，独独上官芸说要开车，艾商笑她矫情，其实她是怕小雅累着。

初春的风乍暖还寒，山谷寂静清冷。上官芸担心小雅的身体，又焦虑杳无音信的小升初政策，本想带孩子们出来透透气，呼吸呼吸新鲜空气，可面对久违的蓝天白云、山谷清风，看着孩子们如春天的精灵，穿梭在开着漂亮的小白花、挂着鲜艳果实的草莓大棚里，她依然一点都开心不起来。

老山看孩子们摘草莓摘得心满意足了，提议去山上玩。整日与书本、真题试卷为伴的孩子们走进大自然，对一切都充满了好奇和探索欲，听说山上有野兔、野鸡，又激动又好奇，草莓也不摘了，全聚拢在老山身边，生怕被落下。

艾商却不想去，说要去咖啡馆喝咖啡，享受一个人的午后，想在豳州驿邂逅一个像公刘一样笃厚的汉子，开启一段原生态的浪漫爱情。

上官芸捏了一把艾商的脸蛋说："姑娘，梦想还是要有的，万一实现了呢，请接受姐姐深深的祝福吧，姐看好你！"

盘旋而上的山路蜿蜒曲折，连绵不断。孩子们在老山叔叔一次次180度急转弯中尖叫欢笑，副驾上扣紧安全带的上官芸被一个个大漂移甩得灵魂出窍。

一下车，她吐了。

老山秀了车技，有点得意，带着孩子们走进一家小院，喊了一声"爸妈，我回来了"便闪进侧边小厦房，片刻，端了一碗混浊的水，递给上官芸说："喝吧，喝了会舒服些。"

上官芸有点嫌弃地看了看，老山说："浆水，对晕车特管用。"

她感到胃里翻江倒海似的难受，咬咬牙，喝了，没几分钟又全吐出来了。她坐在院子里的木墩上泪兮兮地看着大河带着可乐追着院子里的母鸡玩耍。小雅蹲在地上看一只不知名的小虫子一拱一拱地爬。待一会儿后，上官芸的胃渐渐不那么难受了。

老山说山上风头高，坐久了会着凉，让上官芸到屋里坐。上官芸看几个孩子如回归山林的小鹿，在院子里惹猫逗狗，追鸡撵兔，被孩子们的欢笑感染，不知不觉心情好了起来。

屋里有热炕，连着锅灶。上官芸一进屋就看见老山多年来孝敬的两个老人，一个在案板上揉面，一个坐在灶火旁拉着风箱烧水。看到上官芸进屋，两张皱纹密布的脸上挂着淳朴的微笑。揉面的老妈妈放下手中的面团，拿起炕头的一把糜子小笤帚，将炕扫了一遍说："闺女，快把鞋脱了，上炕去，炕热着呢。"

上官芸从来没有上过炕，以前在民俗村和电视里见过，试着坐上去，不知道腿该伸直还是该盘起来。老人笑着说："城里人不会盘腿，你就伸直腿靠在后面的被子上，舒服些。"

上官芸伸直腿盖上了软乎乎的棉花被，临窗靠在一摞被褥上，瞬间被温暖包围。窗外院子里的大河还在嬉闹，可乐笑靥如花，紧张地跑来跑去，躲着大河追得满院子又飞又跳的母鸡，小雅看着笼子里的兔子出神。幸福其实就是这么简单：温暖的家，健康快乐的孩子，相濡以沫的伴侣，袅袅的炊烟……想着想着，她睡着了。

这一觉睡得香甜且踏实。如果不是被葱油饼和油泼辣子的香味呛醒，上官芸还不知道要睡到什么时候呢。

孩子们不知何时已经围坐在小炕桌前，叽叽喳喳地夸葱油饼好吃，夸煎汤面好吃，夸荞麦凉粉好吃，夸猪头肉好吃，夸炒鸡蛋好吃。上官芸经不起美食的诱惑，揉揉眼睛，挤到炕桌前，不好意思地对老妈妈说："热炕太舒服了，美美地睡了一觉，也没帮您做饭。"老妈妈笑着递上筷子大声说道："快趁热吃！"上官芸也不客气，先将筷子伸向了酸脆可口、清爽开胃的浆水菜，又夹了一筷子炒鸡蛋，顺手从盘子里拿起一块香喷喷的葱油饼，就着炒鸡蛋吃了一口，麦香、葱香、蛋香萦绕在一起，让她满口生津、唇齿留香。按平时，饭量早已超标，但看到老妈妈做的煎汤面，她又忍不住端起一碗。

大河一手举着葱油饼，一手拿着筷子埋头吃着碗里的面，嘟囔着他还要一碗。小雅很严肃地教训弟弟："你怎么能吃着碗里的、惦着锅里的？"这话逗得闷头吃饭、不善言谈的老爹爹都笑了。老妈妈笑着说："放开吃，放开吃，我擀的面多，管饱、管够！"

上官芸看着碗里绿莹莹的菠菜叶、白嫩嫩的豆腐片、黄澄澄的鸡蛋片、黑亮亮的木耳、新鲜的黄花菜、拇指盖大小且肥瘦均匀的肉丁漂浮在红油汪汪的汤中，咽了咽口水，挑起一筷子面，吸溜入口，面长味浓，嚼了嚼，顺滑筋道，喝一小口汤，花椒的香和红椒的辣直沁心底，逼出一身寒气。一碗吃完，额头冒汗，浑身舒畅，她连连赞道："何以解忧，唯有此面！"

大家都沉浸在农家的美食之中，突然听到院子里传来一个少年的声音："老山叔叔，你给我带书了没？"

上官芸透过窗户看到院子里站着一个比大河稍微矮点的少年，正在放下背上的一大捆枯枝。

老山端着碗喊道："狗蛋，快来吃饭。"

狗蛋是白小花弟弟的儿子，十二岁，在镇上读五年级，周末回山上来看爷爷奶奶，顺便帮爷爷奶奶干点活。

狗蛋洗过手，坐在炕沿上，一边埋怨老山叔叔说话不算数，一边咬了一大口葱油饼。

上官芸问狗蛋想看什么书。狗蛋躲避着上官芸的眼睛，说想看高尔基的《童年》《我的大学》，还有《西游记》和《鲁滨孙漂流记》。

自从狗蛋一进院子，大河就伸长脖子观察着这个黑黢黢、壮壮实实的同龄人。听狗蛋说到自己熟悉的书，没等母亲开口，他大声说："这些书我都有，但在家里，你要想看，我下次给你带来。"

狗蛋一听，眼睛一亮，咽下口里正嚼着的葱油饼，看着大河说："说到做到，拉钩！"大河毫不犹豫地伸手和狗蛋拉钩。

狗蛋说："为了报答你，我带你去撵野兔、逮野鸡。"

大河一听，高兴地在炕上站起来，煎汤面也不吃了，催着说："走走走，我还没见过真野兔呢，野鸡也只是在书上看到过图片。"可乐看大河下炕穿鞋，也想去，又不好意思说。大河看出可乐的心思，对狗蛋说："带上可乐吧，她是我的好朋友。"

狗蛋正给葱油饼夹油泼辣子和猪头肉，摆手说："不要，不要，看着就是个胆小鬼，帮不了忙还添乱！"他却将黑漆漆的眼珠子转向了小雅，说："这个姐姐可以一起去！"

可乐听说不带她，拽着大河的胳膊不松手，大河替可乐求情。狗蛋像个小大人，不耐烦地说："算了，算了，人多力量大，凑合带上吧。"说走就走，狗蛋往嘴里刨了几口炒鸡蛋，拿着夹好的饼，招呼大家跟他走。大河说："你咋不吃煎汤面呢？可好吃了。"

狗蛋大步向前，扬扬手中的饼："我爱吃饼，不爱吃面。"

大河追着问："不带枪吗？没有枪咋打野鸡野兔呢？我看光头强每次都带枪去森林里砍树、打野兔的。"

狗蛋觉得大河问题太幼稚，拒绝回答。

上官芸放心不下，跟在孩子们后面，老山也紧随其后，往山塬的深处走了十来分钟，高远豁亮的山坡突然凹陷下去，出现了一条荒草丛生的深沟。走在最前面的狗蛋比画了一个停的手势，低声说："沟底是它们的老巢，咱们兵分两路，一路去堵沟头，另一路守沟尾，满地的石头和土疙瘩就是我们的武器。无论看到野兔还是野鸡，追着打就行，记住，看到野鸡要使劲喊，用树枝和土疙瘩乱打，让它使劲飞，无处落脚，累得飞不动了，它就会从空中掉下来。"

孩子们听狗蛋像个将军一样部署完作战计划，兴奋地瞪大双眼，扫视着沟底，似乎猎物会随时从荒草中蹿出来。大河弯腰从脚底捡起一块拳头大的石头，紧紧地握在手里，老山不知从哪里找来几根歪歪扭扭的长树枝，分给了大家。

第一次参加实战游戏，大家觉得刺激而紧张。上官芸作为母亲，她首先考虑的是孩子们的安全：万一在这凹凸不平的沟壑中崴了脚怎么办？万一小雅累到了怎么办？万一扔出去的石头砸到人怎么办？她正想制止，只见一只和荒草颜色一模一样的野兔突然从枯草中跳了出来，如离弦之箭射向了荒草深处，不见了踪影。孩子们看到野兔出没，激动得又蹦又跳，扯开嗓门乱喊乱叫起来，大河一马当先，挥舞着手里的树枝，向荒草深处追去，小雅、可乐也跟了过去。上官芸被突然跳出来的兔子吓了一跳。狗蛋却不慌不忙地说："老山叔叔和我绕到沟尾去拦截。阿姨负责守住这里。"她被眼前这个少年老练沉着的气势唬住，握紧手中的树枝，点点头，严阵以待。

几个孩子边喊边敲打着，追进荒草深处，哪里还有野兔影子？沮丧之际，他们听到狗蛋扯着嗓子"咕咕咕咕咕"地喊了一连串高低起伏、连绵不断的音符，竟惊起一只花翎彩羽的野鸡。上官芸和孩子们情不自禁地惊叫起来，那只野鸡在空中盘旋滑翔着，彩色的羽毛在阳光的照耀下闪着锦缎般的光芒。野鸡傲然地在蓝天白云下、在自己的领地上空滑翔，发出沙哑的叫声，好像在抗议："你们凭什么闯入我的领地，触碰着我的底线还欢天喜地？"

孩子们嗓子都喊哑了，还不见野鸡坠地，只见狗蛋从怀里摸出一个"Y"状树枝做的弹弓，从地上捡起一颗小石子，瞄准体力明显不支、盘旋在一棵大树上，准备觅枝而依的猎物。野鸡刚落在树枝上爪子还未抓稳，就看到那颗石子"嗖"地射了过去，野鸡应声而落。孩子们疯狂地欢呼着，尖叫着，飞快地冲了过去。狗娃先到，并没去捡落在荒草中的野鸡，而是张开双臂拦住了大家，说："算了，放了它吧，它还有一群孩子要养呢。"

大河说："它已经受伤了，怎么放啊？我们不捡，别人捡走咋办？"

小雅说："我知道狗蛋的意思，也许它并未受伤，我看书上说，雄雉鸡常常为了保护幼雉鸡，用拍打翅膀、佯装跛行、低飞等方法引开敌害。"大河问："难道它是在装死？"

话音刚落，耷拉着翅膀、缩成一团的野鸡突然如变形金刚一般，伸直了脖子，蹬了蹬细腿，张开了彩色的翅膀，拖着长长的翎尾"克——多——多"地叫着滑翔而去，盘旋几圈落到了不远处的大树上，嘲讽般地对着这群入侵者鸣叫。

大家面面相觑，眼睁睁地看着触手可及的猎物从容飞走，实在不甘心。大河怂恿着狗蛋再拿弹弓射击。狗蛋不理，抿着嘴、低着头往回走，玩兴正浓的大河不肯罢休，求狗蛋把弹弓借给他，他要杀个回马枪，保证把野鸡打中。小雅劝弟弟："算了，玩一玩就好了，草木都有生命，何况这么漂亮聪明的野鸡！书上说野鸡属于国家二级保护动物呢。"大河对姐姐的说教不耐烦，气呼呼地用树枝四处乱打乱敲，发泄着内心的不满。突然，大河的乱敲乱打惊到了一只花栗鼠，只见那只花栗鼠拖着毛茸茸的大尾巴，跳到一块大石头上，用黑豆一样圆溜溜的眼睛莫名其妙地看着大家。惊蛰才过几天，花栗鼠冬眠刚醒，还有点迷糊，蹲在石头上，用前爪洗了洗脸，一脸惊吓地呆坐着。正沮丧的孩子们见状如打了鸡血，瞬间满血复活，不约而同地放慢脚步，朝花栗鼠聚拢过去。不一会儿，沟边回荡起一阵阵尖叫和欢笑……

日落西山，虽然野鸡没逮着，野兔没撵上，花栗鼠也一溜烟不见了踪影，但孩子们互相炫耀着从荒草中捡来的野鸡翎羽，开心不已。临走时，狗蛋送给小雅一根两尺长、褐白相间的野鸡尾羽。大河看那根莹莹泛光的花色尾羽，如孙悟空的凤翅紫金冠，羡慕不已，缠着狗蛋要。狗蛋说如果再捡到，一定给他留着。

几个孩子依依不舍地上车。下山路上，老山说狗蛋学习一般，但特别爱看书，每次回来就缠着他要。大河问："他爸爸妈妈呢？他们不给他买吗？"

老山说："他爸爸妈妈都出去打工了，农村孩子哪来的闲钱买课外书？就算想买，镇上也没有书店。"

大河说："我下次来一定把我的课外书都给他带来！"

上官芸问："学校没有图书馆吗？"

老山摇头说："怎么可能有呢？虽说现在学校条件好多了，孩子们上学免费，但也就是完成基础教育，图书馆县城中学才有，镇上的学校想都不敢想。"

上官芸问："为什么不敢想？"

老山过了一个急转弯，说："一没先例，二没钱。"

小雅说："叔叔，我可以回学校倡议同学们把自己不看的课外书捐给狗蛋他们学校。"

老山竖起大拇指，给小雅点了个赞。大河一看姐姐受到了老山叔叔的表扬，也说要回学校号召同学们捐书，并安排可乐也回学校号召同学们捐书。可乐支支吾吾说不敢，大河便笑话可乐。

幽州驿之行，大家各有所获。孩子们珍爱大自然赐予的一根彩色羽毛和一根花色尾羽。上官芸感叹大自然的神奇力量，清风能疗伤，尖叫能减压，疯跑能放松心情。虽然回城后腿有点酸痛，但上官芸感觉长久以来压在心头的阴郁雾霾散去许多。只有艾商长吁短叹说白白喝了一下午咖啡，别说艳遇公刘了，连只公狗都没遇上，牺牲了自己美好的一天。

全面减负

周一下午，开完党组织生活会，上官芸回到办公室，打开手机一看，朋友圈和各个群里疯传着一份被教育局叫停整改的培训机构名单，让她吃惊的是，赫赫有名的几个培训巨头也名列其中。她浏览着群里的上千条信息，看到了一张某机构深夜被执法部门用吊车铲掉门楣的照片，不禁担忧起来：前几天给大河续报的上万块钱不会打水漂了吧？心里正犯嘀咕，艾商打来电话问："我上周刚给可乐交了两万多的补课费，现在机构被关停……听说顶峰教育的校长卷款跑了，我们的损失找谁去？"

上官芸委屈地说："我前几天刚交了一万多，正担心呢。不过你不要以讹传讹，名单里提到的机构写的是停课限期整改，又不是'抄家杀头'。你别自己吓自己，大部分机构口碑还是不错的，人家辛辛苦苦经营这么多年，不可能说跑就跑、说倒就倒的。下班后，我接了大河先去几个机构看看，你也去顶峰教育看看是啥情况。"

艾商冷笑着说："我得到消息就去了，大门紧锁，贴了一个通知，说全体人员去区上培训学习，暂时停课，复课等通知。"

上官芸叹了口气说："那我也不去了，风口浪尖上，估计培训机构都一样。"

晚上，上官芸将大河做的试卷上的错题抄到了错题本上，正准备让大河改错时，一脸疲惫的番大海回来了。上官芸将五部门联合执法、连夜封停培训机构的事说了，番大海有气无力地躺在沙发上说："手术台上站了四个小时，我要累瘫了，爱咋整咋整，不就万把块钱吗？等于交学费了。"

上官芸驳道："本来就是学费。"

番大海被老婆认真的样子逗笑了，说："此学费非彼学费也。"

上官芸想起番大海还没招供避孕套的事，准备再审问一次，却看到丈夫歪着脑袋睡着了。她只好帮他脱了鞋，看到他的脚肿得像面包一样，本想严刑拷问的心一下子疼了起来，端了盆热水，将那双因长久站立而肿胀起来的脚泡了进去……

大河把错题改完了，上官芸赶紧过去批改，又催着大河快洗澡、上床睡觉。她还给小雅发短信，让她不要熬夜偷学，作业写完赶紧上床睡觉，身体健康最重要。小雅没有回复，让她心里乱乱的。小雅出院后不愿意回家住，番大海也说，回家住的话，早上五点就要起来，怕孩子睡眠不足，来回跑更累，就让小雅继续住校。上官芸知道小雅要强，住院让她落下许多功课，她铆足劲想赶上去，怕孩子不知道轻重，晚上熬夜太久让身体不堪重负。胡思乱想着，上官芸又给小雅发了一堆要爱惜身体的短信。十一点半，大河睡熟了。上官芸将睡得颠三倒四的番大海连拖带拉地扔到了床上。生活不易，谁不是在负重前行？

奥数班停了，小升初政策依然没有出台。上官芸去领导办公室签了办公室三八节福利采购单和几份报销单，请示了门面房租金的涨价方案。忙完回到办公室，她心里琢磨着大河的奥数班还有没有必要再上下去。教育局前所未有地出重拳整治校外培训机构，似乎在传递着一个信息：教育改革势在必行。

上官芸凭着自己的政治敏感度，再次确认了内心的判断：市里此次雷霆行动，绝不是做做样子，而是有的放矢，铁腕执行教育部发布的减负政策。

全市教育系统的大整顿使得永宁市门庭若市的培训机构突然变得"门前冷落鞍马稀"。

大河学校布置的作业骤减，平时二十多斤重的书包被老师通知每天上学只许装语、数、英三本书，其他教辅一律不许放进书包、带到学校。孩子前几天很不习惯，但很快尝到了减负后的甜头。大河说："妈妈，我觉得只有小时候才背过这么轻的书包。减负真好！"

　　"小时候？"大河说的是幼儿园小班的时候。上官芸苦笑着想："在人生的长河里，十二岁难道不是小时候吗？"

　　所有小升初的家长都在想：奥数真的能取缔吗？如果真的摇号，奥数还有没有必要再上？孩子还要不要点灯熬油地刷题、做试卷？

　　信息化时代，每个人关心的消息都会通过各种渠道迅速获取，小学生也不例外。大河晚上死活不愿意做试卷了，说："同学们都说小升初改摇号了，刷卷子、做题、上奥数的都是大傻瓜！"上官芸苦口婆心地劝道："不管政策如何，实力决定成败，古人云'卷不离手，曲不离口'。意思是不管做什么事情，都要坚持。做试卷不能停，在政策未出台前，一定要坚持，不能放松。"

　　大河不情愿地摊开试卷，问："不是'拳不离手，曲不离口'吗？"

　　上官芸赶紧改正道："是拳不离手，妈妈联系实际，随口改动了一下，你考试要遇到，可千万不敢写错！"

　　大河调皮地笑了，说："那让我玩会儿手机。"

　　上官芸果断地说："不行，写完卷子早点睡觉，你正长身体，多睡一会儿，长得高！"

　　大河不服地回道："你不是要求写错的古诗词都要重新默写三遍吗？你自己错了，也要将正确的默写三遍！"

　　上官芸对孩子们的教育除了学习方面专制，其他方面都坚持平等、自由、民主的原则。她觉得大河说得有点道理，便答应了，从包里找出自己工作用的笔记本，认认真真、工工整整地写了三遍"拳不离手，曲不离口"。

大河装模作样地检查过，用手中的红笔将"拳"字圈了出来，严肃地说："以后不许再错了，再错就要罚三十遍了。"

上官芸配合着点头说："知道了。"

大河将妈妈平时要求他的神态学得惟妙惟肖，娘儿俩忍不住笑了起来。

不上奥数，上官芸和大河在家里母慈子孝。减负政策的落实，让孩子以前十一点才能写完的作业，现在九点钟不到就写完了，大河可以看会儿电视，玩会儿魔方，看看自己喜欢的课外书，如果八点前能写完，还可以下楼踢足球。节奏突然慢了下来，孩子很开心，上官芸却从一种焦虑陷入另一种焦虑。

小雅月考退出了年级前一百名，她无法接受这个事实，拼命追赶，收效甚微，变得忧郁、敏感、易怒。

班主任找上官芸谈话，对上官芸说孩子在学校状态很不好，让家长多关心、多帮助，住院落下的课一定要想办法补回来，番小雅同学一向优秀，直升本部是没问题的，但若是再退，就不敢保证了。

小雅学校的惯例是以初二期末考试成绩为参考，年级前一百，跳过初三，直升校高中部：一是怕优秀学生中考后被别的学校挖走；二是超前培养，重点培养，为名校储备人才库。

能直升本部的孩子不是"学霸"就是"学神"，按小雅以前的排名，稳稳直升。可现在的小雅身体刚刚恢复，若加大学习力度，怕病情反复。

班主任看上官芸纠结的样子，用一次性纸杯接了一杯水，递了过来说："我知道孩子压力大，身体刚刚恢复，不能劳累，可学习如逆水行舟，不进则退，咱们是尖子班，竞争更加激烈，落后一两分就有可能被甩出去。作为小雅的班主任，我实在不忍心这么好的苗子被甩出前一百！"

上官芸知道小雅是班主任的骄傲，也知道班主任说的都是真心话。可她一想到孩子住院那段时间自己内心的恐惧和煎熬，忍不住泪花闪闪，心乱如麻。

班主任善解人意，抽了两张纸巾，同情地递给了这位看似坚强的母亲，转移话题，低语道："最近要是接到教育局的电话，问孩子周末有没有在学校补课，烦请家长配合一下学校，一定要说没有。"上官芸点点头，起身告辞。班主任又说："上面查得紧，这周末学校没法补课，你正好可以给番小雅在外面找个一对一补补，小雅基础好，最多十节课，肯定能补回来。"将上官芸送出办公室，班主任在楼梯口又说："数学不用找了，我会利用休息时间，给孩子补回来的。"上官芸从包里拿出早就准备好的小礼物，边说感谢边双手奉上，老师笑着接了又塞进上官芸的包里，说："心领了，咱们齐心协力给孩子把课补回来才是正事！"

上官芸又拿出来想再给老师，老师沉下脸，说："给我留点老师的尊严好不好，再这样就别怪我翻脸了。"上官芸被老师的正气镇住，羞愧地双手合十，鞠躬道别。

晚上，番大海一听上官芸要给小雅找一对一补课，一下就急了，指责上官芸是妇人之见："老师说找一对一，你就找一对一？小雅是我们的孩子，人家不心疼，你也不心疼？成绩重要还是命重要？真搞不懂，你究竟是怎么了？90%的孩子进不了前一百，不直升本部就不活了吗？中国的教育就是被你们这些愚蠢虚荣的家长搞坏的！苏霍姆林斯基说过：'请记住，远不是所有的学生都会成为工程师、医生、科学家和艺术家，可是所有的人都要成为父亲和母亲、丈夫和妻子，假如学校按照重要程度提出一项教育任务的话，那么放在首位的是培养人，培养丈夫、妻子、父亲、母亲，而放在第二位的，才是培养未来的工程师或医生。'周末不补课，孩子们正好可以好好休息。教育部为什么要给学生减负？就是想让孩子们能拥有一些可以自由呼吸、放声歌唱的空间和时间。不要培养出一批批无兴趣、无爱好、无思想、高分低能的考试工具！什么最重要？先不要说对于国家民族来说什么最重要，看看我们医院每天接诊的病人，哪路神仙没有？可一旦疾病缠身，什么都是浮云！身心健康才是王道！"

上官芸本想和丈夫辩论一番，看他情绪激动，叹了口气，说："我也心疼小雅，可在这个分数决定一切的大环境中，哪个家长和孩子能置身事外？"

番大海摘下眼镜，捏捏鼻梁说："我们不是英雄，无法逆天而行，我们改变不了游戏规则，退出游戏还不行吗？"

上官芸脑子里灵光一闪，说："对呀，我怎么没想到？小雅身体不好，我们可以申请休学，让孩子在家休养一年，这样孩子身体养好了，还比别人多了一年的学习时间，轻轻松松就能保住年级第一，这么两全其美的办法我怎么就没有想到呢？"

番大海呵呵两声，无奈地摇摇头说："愚不可及！"说完，他便躺沙发上斗地主了。

大河贼兮兮地从门缝里探出头来，说："妈妈，我爸刚说啥游戏？干吗要退出？是不是可难玩了？我可以试试，我玩游戏可厉害了，我们班上没有人比得过。"

上官芸瞪了儿子一眼，命令道："回房间做试卷去，我一会儿检查，再有错题，你小心点！"她又补充道："你把玩游戏的劲头用在学习上，别说你们班，你们年级也没人比得上你！"

大河吐吐舌头，扮了个鬼脸，从门缝缩了回去。

上官芸收拾完房间，给大河检查作业。大河借妈妈手机查个成语。

上官芸不知道儿子葫芦里卖的什么药，不情愿地说："不许偷着玩游戏！"儿子鬼鬼祟祟地点着头，输入几个字，然后乐呵呵地将手机递给妈妈说："我爸刚说的是哪种意思？"

上官芸看儿子搜索出了"愚不可及"的解释："愚，傻、笨；及，赶得上。原指人为了逃避眼前不利局面而假装糊涂（愚蠢）逃避责任，后指愚蠢得别人比不上，形容愚蠢无比；另一个解释是夸奖一个人的智慧卓越，在某个时刻伪装愚昧，是表达了一个人装傻，但心如明镜。不是单纯意义上的愚蠢，而是一种智慧。"上官芸看着看着笑了，心虚地回答道："当然是后者了，你爸是在夸妈妈智慧卓越，无人能敌呢！"

大河却一脸认真地说："妈妈，我们新语文老师说，做阅读的时候千万不能断章取义，一定要联系上下文，才能读懂作者想要表达什么，知道了作者想要表达什么，阅读题才能答到点子上。"

上官芸知道儿子是故意的，便沉着脸说："你还好意思说阅读，期中考试语文阅读理解一共二十分，你才得了十二分，你就是没有好好读材料，断章取义，东扯葫芦西扯瓢，扯一堆没用的，对了，现在作业少了，试卷做完，语文再做一套分类卷里的阅读！"

大河扔下手中的笔大声抗议道："凭啥？我不做，你不遵守国家法律，给你娃增加学习负担，我要打110报警！"

上官芸看着渐渐长大懂事却还稚嫩的儿子，忍俊不禁，拿起试卷边批改边说："110只负责民事纠纷，不管家长如何教育自己的孩子，不信你自己在网上查查资料。"

儿子不甘心好不容易拥有的自由支配时间被分类卷占用，拿起电话拨了一个号码，调皮地看着妈妈，对着电话委屈地说道："外婆，今晚您不用来广场送水果了，我妈又让我做卷子呢，没时间和小朋友踢球了。"然后他得意扬扬地将手机递给妈妈说："外婆让你接电话。"

"呃，这小家伙，就像孙悟空一样斗不过妖怪就去天上找观音菩萨，还挺机灵的。咦，难道我是妖怪？"上官芸被自己的想法逗笑了，对着电话撒娇道："妈，我今天专门去盛全斋买了您最爱吃的桃酥饼和鸡蛋糕，等检查完大河的作业，给您送过去。"

母亲没好气地说："你是党员，不带头执行国家的减负政策不说，还唱反调。这是政治立场问题，你必须深刻反思，立刻改正。不要以为入党就进了保险箱，要对自己从严要求，争取做一名优秀的共产党员。在党内，组织利益高于其他一切利益，不要将大好时光浪费在家里的一亩三分地里，要为国家多做贡献，多做实事。要追求进步，要多表现，要更上一层楼！"

上官芸听完笑嘻嘻地说："妈，您应该到我们单位去给党员上党课，政治觉悟高且思路清晰，风采不减当年呢！"

母亲在电话里说："请我都不去，你们的级别不够！"
上官芸笑着说："嗯嗯嗯，我们单位的确够不上。"母亲没理会女儿的恭维，接着说："对了，小雅最爱吃的红心火龙果，超市打折，我给你们买了五个，一会儿大河踢完球，让他给你们带回去，你忙完下楼锻炼锻炼，老坐办公室，颈椎受得了吗？"

上官芸怕母亲还要唠叨，赶紧在电话里应了，说要给大河检查作业呢，把电话挂了。

眼看就到周末，培训班没有复课通知，上官芸打电话询问，也没有获得准确复课时间。她便打算带孩子们进城看看爷爷奶奶，顺便去永兴坊逛吃一圈。大河连连摇头说不："答应狗蛋，周末给他送书呢，我都准备好了。"上官芸说："你不提我都忘了，好吧，那就周六给狗蛋送书，周天去看爷爷奶奶。"上官芸以为所有培训机构都要停课整顿，学习减负精神，规范培训内容。谁知状元及第并未停课，通知周末所有课程照旧进行，看来周末的计划要取消了。她周五接了大河，把状元及第的通知给大河看，大河头一扭，说："不去，不去，我已经答应狗娃了，做人要守信！"

上官芸没办法，拉着大河在密密匝匝的车流中，边龟速移动边给大河做工作，不去上课会落下知识点，下节课去就会跟不上，学习要有恒心和韧性，不能半路开小差。大河捂着耳朵就是不听，口口声声说做人要讲诚信。她不甘心地劝着儿子，说："状元及第一节课一百六十五，两节课三百二，不去上课费用不退，等于白白损失了三百多呢。"大河才不管钱不钱的事，小嘴像个复读机，不停地说："做人要诚信，做人要诚

信，做人要诚信……"

上官芸看儿子油盐不进，只好说："晚上让你爸给你说。"堵了一路，好不容易挤到小雅学校门口，将抱着一个纸箱子的小雅接上车，上官芸边开车边问小雅纸箱里是什么。小雅不太耐烦地说："书。"

大河埋头翻着书，啧啧赞道："呀，还有一套《哈利·波特》呢，这本《天蓝色的彼岸》还是全新的呢！"又对小雅说："姐姐，我准备把我的全套《冒险小虎队》送给狗蛋，你觉得咋样？"

小雅看着窗外，冷冷地说："你的东西你做主。"上官芸知道小雅因月考失利，郁郁寡欢，便决定给大河翘课，三百二就三百二，等于三百二给孩子们买自由和开心了。回到家跟番大海一说，番大海举双手支持，说天塌下来也要休周末，陪孩子们出去玩。

艾商出差巡视公司的华南市场，上官芸发微信问："要不要带可乐去幽州驿？"

艾商说："可乐在外公那边，你快替我带走，我不想让那个心怀鬼胎的保姆碰可乐！"

上官芸想不明白为何艾商那么恨那个面如满月、粗胳膊粗腿、梳着一条大辫子的农村妇女。是因为她是保姆，却和主人同居了吗？艾商思想那么开放，为何面对她父亲的选择，百般刁难，毫不手软地封杀呢？

希望小学

第二天一早，大雨如注。既然已经答应孩子们了，夫妻俩都不愿意失信。上官芸提前给车加满了油，又将孩子们准备的书籍、作业本、几件大河因长得太快没穿几次的外套毛衣装进后备箱，按计划八点钟准时出发，大河临出门又将他的一个变形金刚提在手里，说要送给狗蛋。

番大海开车，一家四口接了可乐，上高速，直奔目的地。天解人意，越往西雨越小，下高速时，雨差不多停了。番大海开玩笑说："老天爷帮咱免费洗车呢。"上官芸手机响了，一看是老山，没接。老山的微信便来了，说他和狗蛋在太谷希望小学，分享了位置，让上官芸导航过来。上官芸心里嘀咕着老山为何对自己的行踪了如指掌，埋怨着艾商这个"内奸"，还是打开了导航。

太谷希望小学是20世纪90年代一个民营企业家捐建的。

听说这个民营企业家在全国捐建了近百所希望小学，是个特别有情怀、有远见的传奇人物。下高速不到十分钟，番大海就将车停到了手脚上沾着泥浆，正在校门口翘首以盼的狗蛋面前。大河率先跳下车，高兴地叫着“狗蛋，狗蛋”。狗蛋摆摆手算是打招呼，却咧开小嘴对着后下车的小雅矜持地笑。老山迎了出来，招呼番大海把车开进学校。大河摇着手中的变形金刚，激动地说：“狗蛋，我最喜欢的变形金刚，送给你！”狗蛋严肃地说：“在学校请叫我大名，我叫白爱军。”大河不好意思地挠挠头，点头说好，又问：“狗蛋，你是不是摔倒了？怎么手上和脚上都是泥？”狗蛋白了大河一眼，不理。大河忙改口再问：“白爱军，你身上的泥哪来的？是不是踢球摔倒了？”

白爱军低头看看自己裤脚上的泥浆，无所谓地说：“学校的花坛被雨冲倒了，我帮忙呢。”

“花坛怎么垒呢？”大河好奇地问。

白爱军搓着手上的泥，说：“跟我来！”

可乐怕落下，紧紧地跟着大河，白爱军看了可乐一眼问：“你行吗？”然后他大步朝前走去。可乐噘着小嘴，泪汪汪地看着大河说：“我又没犯错，为啥狗蛋不喜欢我？”

大河拉着可乐，很爷们儿地说：“没事，我喜欢你，跟我走。”

校园深处有一圈用空心砖垒起来的半米高的花墙，花墙内是一个方方正正的花坛，花坛里有几支被风雨摧残过的迎春花，耷拉着软塌塌的脑袋，凄凄惨惨地伏在泥浆里。上官芸看到一个脚上穿着旧解放鞋、头戴草帽的背影，弓着腰，有条不紊地垒着花坛。白爱军上前说："张老师，我们等的朋友到了。"

那个精瘦的背影直起了腰，转过身来，摘下草帽，爽朗地笑着说："欢迎你们，省城来的客人！"

三个孩子很有礼貌地齐声回道："老师好！"

上官芸也说了声："张老师好。"

张老师指着一个开着门的房间说："你们先到我办公室坐坐，我这里很快就垒好了。"他又对白爱军说："你替我先招待好客人。"

白爱军点头说："没问题！"他跑到水池去洗干净了手，接过大河手中的变形金刚，咧开嘴笑了，对大河说："我是假装不喜欢的，因为太贵了，我妈妈不给我买。"

张老师的办公室陈设很简单，一桌、一椅、一床，外加一条深褐色的木制长条沙发配同色茶几，茶几上养了一盆绿油油的长叶蕙兰，墙上贴着一幅未曾装裱的魏体书法，没有落款，也没有印章。上官芸念道："兰为王者香，芬馥清风里。从来岩穴姿，不竞繁华美。"心里想：将清代程樊的这首《咏怀》贴在这里，和茶几上的兰草一高一低，一墨一绿，竟有别样的神韵。没想到农夫打扮的张老师有这般情怀和雅兴，真是人不可貌相，海水不可斗量！

老山和番大海抱了两箱书和衣物走了进来。老山放下纸箱问狗蛋咋不帮忙垒花坛呢，说着卷起袖子就去帮忙。番大海说他也去看看。白爱军见状，招呼大家坐着喝水，自己也追了过去。大河看白爱军走了，用胳膊勾了一下可乐，也追了上去。小雅怕妈妈不让她去，就说到校园走走转转，也走了。上官芸一个人无聊，看办公桌上摆着几张纸，随手拿起来翻了翻，是一份关于校园围墙重建、旱厕翻修、扩建图书室的资金申请报告。

作为财会人员，上官芸对数字特别敏感，她扫了几眼各项预算，脑子飞快地合计出了总数，和预算合计数字完全吻合。她看着这个数字，突然有了一个大胆的想法，干脆把那两箱钱捐给这里，省得整天提心吊胆。但想到大河面临的择校和不可预知的后果，很快否定了自己的想法，将几张A4纸整理好，放回原处，走出了办公室。

老山正带着孩子们唱着《团结就是力量》的歌，干劲十足地垒着花坛，小雅也在帮着搬砖，上官芸怕小雅累着，快步上前接过小雅手中的砖块，说："宝贝，小心累着。"因担心小雅身体，上官芸说话的语气中带着责备，让沉浸在欢快气氛中的小雅难以接受，孩子眼里瞬间溢满了委屈和难堪的泪水，扭头走了。其他人没注意，独独番大海向她投来一个差评的白眼。上官芸知道自己不该当众伤小雅自尊，自责地扭头向小雅追去。

人多力量大，不到半小时，简单美观的花坛垒好了，军人出身的老山将花坛脚边的泥土修得楞是楞，坎是坎，边边角角的线条如同尺量刀裁出来的，让几个孩子惊叹不已。连天天拿着手术刀为人类健康事业而努力奋斗的番大海也自叹不如。张老师给迎春花修了枝，剪了叶，培了土，将散落在花坛中的枯枝烂叶收拾干净，又拿了一些花种，分发给孩子们，说："这些是矮牵牛、百日草、矢车菊、虞美人、紫云英的种子，大家一起把它们种进花坛，校园就可以四季有绿色，天天有花香了。"孩子们小心翼翼地捏着种子，在大人的指导下，把饱满的种子埋进湿润的泥土里。张老师拿了一包种子，送给坐在办公室偷偷抹眼泪的小雅，鼓励道："多好的春雨，快去将向日葵种下，暑假再来就能收获到你的劳动果实了。"

小雅泪汪汪地捧着圆鼓鼓的种子，想去又不敢去。张老师语重心长地对小雅说："付出就有回报，走，我教你怎样播种！"

张老师指导着小雅先挖出一个个小坑，然后将种子一个一个头朝上点进去，挖坑的时候，提醒小雅不能挖得太深，笑着对上官芸说："并不是所有的种子种得越深越好。有些种子，种得太深是发不了芽的。就像你们城里人挤破头让所有孩子都学奥数，学得深，有很多孩子学不懂，会产生厌烦心理及抵触情绪，对以后的学习极其不利！教育就像种花，千万不能急功近利，遵从自然生长规律，才能培养出茁壮的苗，开出美丽的花，结出沉甸甸的果！"

番大海停下手中的活，听着张老师的话，连连点头。

小雅种好向日葵，天晴了，太阳明晃晃地出现在天空，大家聚在水龙头前洗手、刷鞋。突然，小雅"呀"地叫了一声，上官芸的心扑通扑通地跳了起来，以为小雅哪里不舒服，紧张地将目光投向女儿，看到小雅半张着小嘴，仰头呆呆地看着天空。"彩虹，彩虹，好大、好漂亮的彩虹！"大河、可乐看着天空突然出现的彩虹，惊叫起来。几个大人也被蓝天下这道如拱桥般七色斑斓的美景所震撼。番大海叹道："好久都没有见过如此壮观完整的彩虹了。城市偶尔也有彩虹出现，但都被高楼大厦切成了片段。"上官芸痴痴地望着天空。

大自然的神奇之手，以天幕为画布，随手一挥，便让自以为是的人类感受到了自己的渺小和无知。敬畏自然，遵从天道，才是为人之道！

张老师洗干净手，甩着手上的水珠笑道："城里人觉得农村的一草一木都清新，农村人却向往着大城市寸土寸金的繁华，用钱锺书《围城》中的话说，就是被围困的城堡，城外的人想冲进去，城里的人想逃出来！"他边说边搬了几条长凳摆在校园里，说："你们稀罕彩虹，咱们今天就坐在院子里，看个够！"

白爱军见状，去办公室提了一个热水瓶，拿了一摞纸杯，忙着给大家倒水沏茶。上官芸不禁对这个少年老成的孩子赞赏起来，没有比较，就不知道差距。小雅托着腮，呆呆地望着彩虹，大河和可乐笑呵呵地挤在一起拿着平板玩游戏。上官芸觉得自己对孩子们的教育出了问题，只关注成绩的后果就是孩子成了应试工具，社会适应能力和人际交往能力严重不足，难怪现在社会上出现很多"妈宝男"，还有患"巨婴症"和"公主病"的。上官芸可不想自己的孩子们将来成为这样的人。"三人行，必有我师。"虽然白爱军的成绩比不过大河、可乐，但他的独立性和处事能力绝对值得孩子们学习。

想到此处，上官芸对大河、可乐说："别玩游戏了，宝贝们，抬头看看彩虹吧，仰望天空，既可以愉悦心情还可以保护视力呢！"

两个孩子也不知道听到没听到，依然低头玩着平板。上官芸提高音量叫了一声："番大河！"

番大海怕芸忍不住，在众人面前吼起来，忙放下水杯，走过去问大河："玩什么游戏呢？这局玩完放下平板，让眼睛休息休息。"

白爱军见状，叫大河帮他把两箱书抬到图书室去。张老师从办公室出来，手里端了一盘柿饼和一盘核桃，放在中间的凳子上，笑着说："来尝尝我们当地的特产，虽没有漂亮的外包装，但绝对是原生态、纯天然的绿色食品！感谢你们给学校送来这么多的课外书，我们学校虽然配了图书室，但书籍存量太少，按上级要求，图书室存书应该是就读学生的七倍。我校现有三百二十名学生，按要求配置的话，采购图书的费用需要四五万元，这可是一笔不小的费用。学校经费有限，实在抽不出资金来建设和充实图书室。"

上官芸拿起一块柿饼，咬了一口，特别甜，笑着问："张老师，咱们这里没有小升初择校吗？"

张老师拿了两个核桃，双手用力一挤，破了，边剥边说："听说省城的家长为了孩子小升初择名校，近乎疯狂，有家长给孩子报两三个奥数班，有家长竟然不让孩子们去学校上课，直接送去什么培训机构上半日制、全日制。这简直是乱弹琴！"他起身将剥好的核桃仁放到呆坐的小雅手中，回头对上官芸和番大海说："我市因经济实力雄厚，率先实行十三年义务教育，学费、书费全免。师资力量平衡，教师待遇不比城里差，学校设施一个比一个好，不存在择校之说。"

上官芸问："那孩子们的成绩不排名吗？不考试吗？"

张老师笑着说："我这是答记者问呢！也排名，也评三好学生，学得好的孩子还有奖学金呢！"

上官芸听到图书室里白爱军指挥大河和可乐把书分类的声音，对这个其貌不扬的山里孩子更多了几分赞赏。

张老师也往图书室方向看了一眼，说："但是成绩并不是我们的教学重点，学生的心理变化、学生的出入安全，以及如何让孩子们拥有良好的道德品质、较强的社会生存能力，才是我们的教育目标。"张老师看夫妻两人听得很认真，接着叹道："没办法，环境决定生态，我们学校面对的大多数是留守儿童，如何维护留守儿童的身心健康，树立自尊自爱的人生观、价值观，是我们基础教育阶段应该面对和解决的首要问题。说小点，这会影响孩子们的人生道路，说大点，关系国家和民族未来的命运。"

番大海拍手称赞道："好！"

张老师摆摆手说："见笑了，没办法，职业病，三句不离本行，搞了一辈子教育，不说教育又能说啥？"

上官芸笑着说："您说得好，我们爱听，冒昧地问一下，您的工资多少啊？"

番大海责备妻子道："问收入是很不礼貌的行为，你们这些搞财务的，只关心钱！"

张老师爽朗地笑了，说："你们城里人讲究，我们不讲究这些，你们要真想知道，别嫌我烦，容我慢慢道来。我十八岁中专毕业参加工作，第一个月领了四十四块五毛钱。千万别小瞧这四十四块五，对我们祖祖辈辈面朝黄土、背朝天的农民家庭来说，绝对是一笔巨款。我一张一张地数了七八遍，全交给了母亲，让母亲张罗着去集市上割了两斤一拃膘厚的大肥肉，下调料煮了，切成薄片，撒上盐，给一家老老少少二十四口人一人夹了一个白面热馍。哎哟，那个香啊，这么多年过去了，再也没吃过那么香的肉夹馍！"张老师沉浸在美好的记忆里，似乎那陈年的肉香，穿透岁月，悠悠绕绕，飘荡在操场的院子里，夫妻俩下意识地同时咽了口唾沫。

"两年后，我工资涨到了五十七块五，后来我任团委书记，涨到了八十四，再后来就像校园这棵苦楝树，越涨越高，如今算上工龄，加上副高职称等各种补贴，工资有五千出头了。"张老师对着大海笑笑继续说，"以前提起乡村教师，首先想到的是清贫，如今国家尊师重教，尤其对基层教师从各个方面给予照顾，财政上对教师工资的拨款比公务员还优先，前些年拖欠教师工资的事情早就成老皇历了。"

上官芸说："我无意中看了您办公桌上的资金申请报告，是财政拨款出问题了吗？"

张老师摇摇头，正要回答，看到系着围裙的老山站在平房门口喊："别聊了，开饭喽！"他便收住了话题，指着那一溜白墙青瓦的平房说："那是我校的教职工食堂，周内师生都在那里吃饭，走，尝尝老山的手艺。"他又回头对着图书室高声呼唤道："白爱军，带小客人们吃饭喽！"

上官芸起身扶起愣神的小雅，还没走到饭堂，油泼辣子的香味已经从门缝里窜了出来，冲进众人的鼻孔，上官芸被爨香的辣味呛得连打了几个喷嚏。

七碗白花花的扯面已经盛进了青花瓷老碗里，面上顶着绿油油的蒜苗和红艳艳的辣椒面，老山将一勺勺滚热的菜籽油泼在上面，蒜苗和辣椒面被滚油迎头一浇，发出一串吱吱的响声，瞬间，欢呼雀跃的香味弥漫开来，饭堂里飘荡着一种让人口舌生津、食欲大开的饭香。

上官芸心里暗暗叹道："没想到这个莽汉还有这等厨艺！"她上前说："小雅不吃辣子。"老山点头。

张老师招呼大家就座，说："有朋自远方来，不亦乐乎。老山的朋友就是我的朋友，爱军的小朋友也是我的小朋友。大家有缘一起垒花坛、看彩虹，还一起谈教育。来，为我们的缘分干一杯。"说完他端起小酒盅自己先干了。番大海爱喝酒，二话没说，也举杯干了。总要留一个司机，上官芸招呼孩子们一起端起橙汁响应了一下。张老师热情地介绍着菜品，说："这是我们当地最有名的御面，你们城里人吃岐山擀面皮吃得多，却不知道我们彬州御面还是擀面皮的鼻祖呢，尝尝，怎么样？"

番大海边吃边说："好吃好吃，我们医院最好的麻醉师、我的黄金搭档王彬彬教授就是彬州人，有一次来回开车三个小时，就是为了回老家吃碗正宗的御面。"

张老师"嗨"了一声，说："我相信这是真事，有一年市上组织我们基层教师去上海培训半个月，回家第一件事就是连吃三碗御面，山珍海味都比不上家乡的美味啊。"

说话间，御面光盘。老山起身又调一盘端了上来。

"这是野菜吗？"上官芸夹起几根粉嫩嫩、毛茸茸的绿叶菜问。

张老师点头说："苜蓿芽，二三月阳坡上的苜蓿芽香死老汉。你们有口福，白爱军说你们要来，昨天放学去阳坡上掐的。"

上官芸看向白爱军，他正埋头吃油泼面。大河吃着碗里的面，眼珠子却不时瞟一眼桌上的肘子，想夹不敢夹的样子。上官芸教育孩子们，在饭桌上大人没有动碗筷，孩子们不能先动碗筷，并且夹菜时候要快准稳，不能站起来夹离自己远的饭菜。平时，大河在家里吃饭从来不管不顾，一出门，换了个人似的，看来平时的唠叨孩子虽然嫌烦，但都记在心里了。她有点欣慰，给几个孩子一人夹了一片肘子肉。张老师、番大海和老山三个大老爷们，几杯酒下肚，熟悉亲热起来，老山不停地叫着"哥"，给张老师斟酒，又拍着番大海的肩叫："兄弟，干！"大河吃了妈妈夹的肘子，觉得好吃，又给自己夹了几片，顺便还给可乐、白爱军夹了几片。几个人边吃边窃窃私语。只有小雅用筷子挑起碗里的面看看又放下，又挑起来看看，又放下，不停地重复着，好像没一点食欲。上官芸给小雅夹了几根苜蓿芽，放进碗里，小雅依旧低头用筷子拨拉着碗里的面，不知道想什么。上官芸看小雅郁郁寡欢的样子，心疼起来，不知如何安慰，再看一桌子老山精心准备的饭菜，她顿觉索然无味……

张老师看上官芸母女情绪低落，将御面换到上官芸面前，说："快吃御面，老山调的御面，比五星级酒店的还好吃。"

上官芸勉强笑了笑，给小雅夹了两片御面。

"你方才问申请资金的事，我给你详学详学。"张老师自斟自饮了一杯，接着说，"我们曾是国家级贫困县，每年国家有固定的扶贫资金。近年来因能源开发，经济飞速发展，由县升县级市，成功跻身西部百强，这是好事。可自古以来，得失并存，福祸相依。随着好事而来的是国家专项扶贫资金取消了。我校是赫赫有名的一个民营企业家捐赠筹建的，当时明窗净几，红砖碧瓦，小楼林立，设施很完备。可随着时代的变迁，学生数量的增加，旧校舍无法满足教学要求，五年前教育局拨专款将学校按统一标准进行了翻修重建。你们也看到了，我们的塑胶跑道、四层教学楼、图书室还有基础建设，不比你们省城的差。但比起软配置来，差距还很大。按教育局数字化办公教学的要求，教师每人一台电脑，十个学生至少配备一台电脑，餐厅应该配备油烟净化处理器，还要煤改气，当时重建资金紧张，学校围墙没有重建，还是三十年前原希望小学的，围墙质量很好，但地基下沉，存在安全隐患。厕所还是五年前修的旱厕，如今也需改进，改为水冲。还有图书室的藏书量，远远不能满足孩子们的课外阅读需求……这些杂七杂八的不在统筹拨款范围内，只能学校自己想办法解决。我再有一年就退休了，想在退休前给学校出把力，把学校建设得更好些，给师生们创造一个美丽安全的学习工作环境。"

"您真是一位有情怀的好老师！"上官芸听着张老师滔滔不绝地讲完，忍不住赞了一句，"这些事情是不是你们校长出面筹措更容易些？"

张老师喝了一盅酒，憨憨地笑了。

老山喝红了脸，将头凑到上官芸跟前嚷嚷道："我哥就是校长！"

番大海也喝高了，扶着桌子走到上官芸身边，一手揽住上官芸，一手举杯说："有眼不识泰山，来，老婆，咱们敬张校长一杯！"

当着孩子们的面，已夫妻多年的番大海和上官芸很少有如此亲昵的举动。上官芸有点不好意思，但还是端起饮料，敬了眼前这位可敬的乡镇小学校长。

张校长很爽快地喝了杯中酒，说："你们省城人视野广，路子宽，欢迎牵线搭桥，让有识之士献爱心，捐资助学，筑梦未来！"

老山高声道："哥，你为了学校可真拼啊，见谁都化缘。你们一个月工资能在市区买两平方米商品房呢，省城人看着光鲜亮丽，两个月工资不一定能在省城买一平方米商品房呢！"

老山说的是实话，大家都笑了……

上官芸听到有微信提示，打开看了一眼：2018小升初新政策出台了。

祸不单行

晚上回到家，上官芸将孩子们安顿睡了，打开朋友发来的
2018小升初新政策资料细细研究了一番。

虽然这个民办初中招生政策未在官网上发布，但纵观全
文，条理清晰，有的放矢。招生办法、招生对象、资格审查、
报名方式及报名时间、招生录取及流传已久的电脑派位、自主
招生、公布结果等各个环节，时间准确，行文严谨，不像空穴
来风。上官芸知道政府有些重大决策必须先内部讨论、拟定草
案、征求民意后，再做局部调整，完善后定稿公布。这个细则
很有可能是试探民意的草案。她揉揉干涩的眼睛，看各个小升
初群里都在转发这个细则。"学霸""牛蛙"的家长们愤愤不
平，说摇号纯属懒政，把孩子的前途交给摇号，太不负责任，
明明可以拼实力却要靠运气。"学灰"们的家长连连质疑：摇
号就摇号，为何还有一半面试？是不是为了让有些人走关系，

钻空子？"学酥"们的家长更是怨声载道：本来冲一冲有希望的，如今冲还是不冲？摇不上，面不上咋办？往年点考没有预录，至少还有小升初统考是公平竞争的机会，今年，家长和孩子如陷入沼泽地的困兽，越挣扎，陷得越深。寒来暑往陪着孩子上奥数的家长起早贪黑，没有周末，没有游玩，努力到最后，竟然成了听天由命，谁能甘心？

枕边的番大海不知今天为何和老山拼那么多的酒，卧室里弥漫着浓浓的酒味，让上官芸感觉呼吸困难。上官芸没开灯，起身提着枕头，去小雅房间，却看到明明已经安顿睡下的小雅穿着睡衣在台灯下学习。上官芸轻声道："宝贝，太晚了，咱不学了，身体重要，睡吧，妈妈陪你睡。"

小雅没听见似的，对着教辅书发呆，上官芸将女儿搂进怀里，安慰道："没事，名次不重要，身体才最重要，没有好的身体，一切都是浮云！"

一直沉默的小雅突然发疯似的从妈妈怀里挣脱出来，歇斯底里地哭喊道："让我学习，我除了学习还能干什么？不学习活着还有什么意思？就让我去死，反正我也活不长！"她边喊边抓起手边的水果刀就往自己的手腕上割，上官芸一把攥住刀刃，惊叫道："小雅，我的小雅，你疯了吗？"番大海闻声穿着短裤冲了进来，看到全身发抖的妻子紧紧抱着泣不成声的女儿，同握一把刀的两只手鲜血在滴，大喝一声："松手！"

两人一惊，同时松手，水果刀在空中像跳水运动员一样翻转了两个360度侧空翻，掉在了铺着瓷砖的地面上，在寂静的夜里发出清脆刺耳的声音。

番大海迅速将母女两人拉进洗手间，用冷水冲洗查看伤口，还好，小雅没事，上官芸因情急之下攥住了刀刃，手心被割出寸把长的口子，鲜血不断地渗出来。上官芸看小雅吓得瑟瑟发抖，顾不上疼痛，安慰小雅说没事没事。番大海看伤口不深，找出医药箱，迅速消毒包扎，安慰妻子、女儿，说伤的是表层皮肤，问题不大，不要担心。

周一，上官芸正在开例会，手机振动，偷偷看了一眼，陌生电话，再看正在讲话的领导瞟了自己一眼，便把手机关了。

十一点四十开完会，上官芸打开手机，那个陌生电话打了五次，她怕和大河小升初有关，回了过去。一个声音劈头盖脸地从手机传来："我是番小雅的班主任，你们夫妻怎么回事儿？不是关机就是无人接听，你们还管不管孩子了？我现在陪孩子在医院里，你快过来！"

上官芸有点怀疑，问："小雅怎么了？在哪个医院？这个电话不是小雅班主任的号码，你是不是骗子？"

对方呵呵两声说："原来的0089号码不用了，你加我微信，我发位置给你，不用带钱，我已经垫付了。"

上官芸听对方报的电话号码是对的，才相信是真的，忙问小雅怎么了。班主任说孩子情绪不稳定，具体情况到医院再说。上官芸在问的同时收拾好了包，火急火燎地向领导请了假，给不接电话的番大海在微信留了言。

上官芸在医院见到班主任，班主任说："小雅在上数学课时，突然放声大哭，就是那种很绝望的歇斯底里的哭，边哭边说活着没意思，从座位上站起来就往窗边奔，幸亏几个同学死死拉住了她。看孩子情绪极不稳定，我就给她送到医院来了。医生没检查出什么问题，给她打了一针，睡着了。你们家长来了就好了，我下午还有课，先走了。"

上官芸连连道谢，说把垫付的费用还给班主任，班主任摆摆手说："不急，你按缴费单上的数字用微信转我。"

望着班主任匆匆而去的背影，上官芸从心底感激小雅这个负责任的班主任。番大海打电话来，说他联系了省附属医院，约了一个专家号，让上官芸两点半带小雅赶过去。

省附属医院声名在外的专家梁教授诊断小雅为抑郁障碍。为了不增加小雅的肾脏负担，专家建议以心理治疗为主、物理治疗为辅。上官芸脑子乱哄哄地听着梁教授很认真地对孩子病情进行分析，梁教授还对心理治疗中的认知行为治疗做了详细的解释和指导。最后，梁教授摘掉眼镜，对夫妇俩语重心长地说："抑郁症是世界第四大疾病，预测两年后会跻身第二。我国对抑郁症的预防和治疗还处于低水平状态。随着社会的加速发展，生活节奏加快，学习、工作压力的增大，抑郁症的发病和自杀事件开始呈现低龄化趋势，学生群体比例逐年增加，让人很是忧心。我有篇《为何学生群体抑郁症患者剧增？》

的学术论文近期发表了，在业界引起强烈反响，引起了媒体的关注和官方的重视。梁启超曾说过'少年强则国强，少年智则国智'。但以目前青少年的健康状况来看，若再不重视，后果堪忧！"

上官芸没心情听专家忧国忧民，失礼地打断问道："梁教授，孩子的情况究竟严不严重？多久能康复？我们能为孩子做什么？"

梁教授看了看上官芸，笑着说："强迫性焦虑症的临床表现为做事时心烦意乱，缺乏耐心，与人交往或谈话时急躁紧张，不沉稳，即使休息时也感到烦躁不安、坐卧不宁，注意力难以集中，有时脑子里呈现一片空白，入睡困难、多梦，易惊醒。"梁教授说着又摇摇头，补充道："强迫焦虑症也是我研究的课题，具有群体性，属于社会问题。"然后他在电脑上写着什么，片刻，打印机吐出一张电子处方，梁教授仔细将处方看了一遍，说："孩子属于轻度抑郁，在可控范围内，你们家长需要做的就是多陪伴，多和孩子沟通，了解孩子的心结在哪儿。只要解开心结，疾病自然不治而愈。"

番大海接过处方，上官芸问："您不是说孩子不用服药吗？您开的药会不会有副作用？"

番大海知道上官芸担心药物会增加小雅的肾脏负担，忙制止道："你担心的梁教授肯定考虑到了。"

刚出门诊楼，上官芸电话响了，一看是大河班主任，说大河课间用笔把同学的脸划破了，同学家长找到了学校，让上官芸赶紧去学校。真是祸不单行，她心烦意乱地应了，让番大海带小雅回家休息，自己匆匆忙忙赶往学校。

阳光奶奶看到上官芸，沉着脸将头扭到了一边，站在一边的阳光眼睛下方两厘米处渗着血丝。上官芸快步上前对阳光说："对不起，宝贝，阿姨带你去医院处理一下伤口！"

阳光却仰起头对上官芸说："阿姨，不怪大河，我们课间玩弹笔，大河无意中碰到我手中的笔帽，笔帽戳了一下，现在都不疼了。是我奶奶小题大做。"

上官芸问："大河呢？"

阳光说："在老师办公室写检查呢。"

上官芸托着阳光的脸，凑近看了看伤口，说："还是去医院处理一下，万一留疤就不好了。"

阳光奶奶听了，扭过头，指着阳光脸上的伤痕，愤愤不平地说："孩子皮肤嫩，我就怕留疤才找老师的。玩也不能这样玩，你看危险不危险，离眼睛就差一点点！"

上官芸赔笑道："对不起，阿姨，虽然大河不是故意的，但毕竟伤了阳光，咱们先去医院给阳光处理一下伤口吧，听听医生的建议。"

阳光奶奶不情愿地嘟囔着："什么不是故意的？伤的不是你家孩子，你自然不知道心疼。"

上官芸想反驳两句，又忍了，故意说："阳光，我回家揍大河，替你出出气！"

阳光却认真地说："阿姨，别揍大河，真不怪他，是我先抢了他的笔……"

阳光还没说完，就被奶奶呵斥着噤声。

上官芸无奈地摇摇头，大河学校搞基建，怕课间学生在室外活动出现危险，所以规定除了课间操、上厕所，下课时间不许出教室。低年级孩子听话好管理，六年级孩子正处在试飞季节，不让出教室的魔咒将六七百个活蹦乱跳的初生牛犊困在笼子里，后果可想而知。上官芸叹了口气，心里想："今天的事明明不怪大河，为什么要让大河写检查？这样的教育方式让人如何安心上他们的初中部？择校！择校！摇号也要择校！"

鸡飞狗跳的一天就这样结束了。

上官芸等两个孩子睡了，回到卧室，看到番大海一反常态，半躺在床上，捧着一本《直面内心的恐惧》的书看得很认真，想到可怜的小雅，眼泪忍不住簌簌地落了下来。

番大海掀起被子，将妻子拉进被窝，说："这个外国人对抑郁症患者的内心描述相当深入和细致，还详细介绍了抑郁症的心理根源和解决办法，非常好，你也看看，咱们可以以此为参考资料，商讨一个适合小雅的康复方案，有步骤、有计划地实施。"

丈夫的冷静和解决问题的方式让上官芸有了安全感。她抽泣着依偎在丈夫肩头说："我想好了，明天就向单位请假，在家里寸步不离地陪着小雅。"

番大海合上手中的书说:"还是我休年假吧,我是医生,懂得如何和孩子沟通。"

上官芸说:"你是医院的大忙人,领导能批给你年假吗?"

番大海叹了口气说:"这些年将全部时间都奉献给医院和病人,小雅如今的状况,我有不可推卸的责任,明天上班前我给领导打电话请假,不管他同意不同意,我都休假陪小雅,你管好大河。"

夫妻俩一本书、一支笔,边看书边做记录,摘抄对孩子康复有用的内容,对照着孩子的状态商讨解决方案。

万家灯火闪烁在城市的黑夜里:有人因疲惫不堪早早熄灯;有人因身不由己,彻夜通明。

小道消息

　　小雅的状态让上官芸忧心忡忡。一夜未眠的她坐在办公室昏昏欲睡，党支部书记催着党员交这季度的思想汇报，办公室小王敲门进来请财务部部长在自己的差旅费报销单上签字。上官芸强打起精神，翻看着原始票据，发现住宿费超标，退给小王，让其换发票。路小丽怯怯地进来说："上官部长，昨天通知财务负责人去市里开会，联系不上您，领导让我代您去的。"

　　上官芸点点头说："知道了，会议精神是什么？"

　　路小丽赶紧打开手中的笔记本，说："内容我都记在本子上了，您看。"

　　上官芸接过笔记本微笑着说："你做事很细心，适合做财务。"

　　路小丽受到领导表扬，红着脸说："部长，我给您冲杯咖啡吧。"上官芸客气地说不用了。路小丽指着上官芸缠着纱布的手，关心地问："您受伤了？"

上官芸不想解释，正好手机响了，路小丽知趣地走出去了。

艾商在电话里叽叽喳喳地说道："姐姐，政策出来了，摇号加面试，各占一半。真想不通，明明一场考试就能解决的问题，为什么非要玩出这么多花样来！可乐说好的直升，老师现在也不认账了，奥数班到现在还停着，复课时间也说不准，问点考还算不算数，也说等问政以后。你说急人不急人？你咋不吭声呢？是不是老局长答应帮大河择校了？你跟老局长说一声，把可乐也捎带关照一下吧。我都快急死了，可乐内向，若摇不上，面试这一关肯定死翘翘了。"

上官芸打着盹儿等艾商发完牢骚，睁开眼睛说："第一，政策官方尚未正式公布，你吐槽一堆，纯属泄愤，小道消息不足为信。第二，不要动不动就上纲上线，把人民内部矛盾放大成阶级矛盾。要相信政府，相信党所做的一切都是为了让人民更加幸福！第三，传说中的老局长不存在。第四，你要相信孩子，比我们想象中优秀和坚强。第五，即使深陷泥泞，也要仰望星空！"

艾商"妈呀"一声，笑喷在电话那头，啧啧地挖苦道："上官芸，三日不见，刮目相看。姐'不扶墙'，就服你！"

上官芸摇摇头，放下电话，苦笑着在电脑上敲出一行字：党员上官芸本季度思想汇报。手机振动起来，艾商转发来一则消息：小升初招生面谈模拟。

上官芸头昏脑涨地看完，脑子一片空白，再翻小升初群，每个群里都在转发着一张九个着深色正装的老师，围着一个穿校服的小学生进行面谈。这张照片迅速占领朋友圈，有人吐槽自己硕士论文答辩，台下也不过坐着五个老师。有人说这哪是面谈，这分明是审判。

上官芸在几个群里转了一圈，眼睛干涩酸痛，手心的伤口又痛又痒，她从侧面掀开纱布看，伤口已经结痂，便把纱布拆掉，找了两个隐形创可贴贴了上去。有的伤口没有必要那么招摇，伤痛也只能自己承受。

每个人都希望改革能在不牺牲个人利益的基础上给自己带来好处。人性使然，无关自私与高尚。上官芸也一样，她头疼欲裂，揉着太阳穴，伏在办公桌上，想起在市党校学习时，老师讲到无数革命先烈为了革命信仰和建立新中国毫不犹豫地牺牲个人利益甚至宝贵生命的英雄事迹，从内心敬仰。上官芸想着想着睡着了，她梦见小雅在大海里游泳，突然，一条大白鲨张着血盆大口将笑靥如花的小雅吞进了肚子里。"小雅，小雅……"她撕心裂肺地哭喊着，被噩梦惊醒，看到两个人站在自己的办公室门口敲门。

上官芸觉得有点面熟，抽了张纸巾，擦了擦额头上的汗，恍恍惚惚地站起来问："请问两位是……"

个头高点的说："你好，我们年前来审计过你们单位的账。"

"哦，哦，看我这记性，您是张岱，这位是要永远！"上官芸热情地请两位审计人员坐下，边沏茶边解释道，"事情太多，昨晚忙了一个通宵，头昏脑涨，写着汇报材料就睡着了，见谅，见谅。"将茶水双手捧给不速之客，上官芸坐下来问："不知两位领导亲自登门，有何贵干？"

张岱端着茶水说："财务上有几笔款项支出，我们审核过程中有疑问，不得不登门请教，还请上官部长多配合。"

上官芸微笑道："知无不言，言无不尽。"

一直没说话的要永远从公文包中拿出账本，翻到标记过的地方，张岱放下茶水，指着说："这笔车辆养护维修费高达六万，能解释一下吗？"

上官芸看了看，笑了，说："你们审计人员果然火眼金睛，什么都逃不过你们的法眼。这笔维修费的确过高，可如果开了十年的车从里到外全换一遍，这笔费用已经很少了。"

张岱和要永远互相看了一眼，没有说话。上官芸解释道："其实单位公车的维修费用累计起来足够换新车了，可中央有规定，向上申请统一采购，我们这种靠边站的单位申请不下来，只好不停地修修补补、凑合着用。"上官芸接过账本说："这真的没问题，你们可以翻一下原始报销凭证，维修发票都是政府指定的维修点。"

两个审计人员看上官芸解释得滴水不漏，知道遇上了高手，姿态低了下来，又翻了几笔账求证。

上官芸镇定自若地一一解答。

上官芸送走两位审计人员后，立刻给老领导打电话，连拨几次，都是线路忙。她又给番大海电话，本想说单位上的事，话到嘴边又改口问小雅情况怎么样。番大海说老样子，按书上指导的方法，做了一上午的思想工作，一点效果都没有。上官芸让丈夫寸步不离地守着，千万不敢大意，另外把家里的窗户全部上锁，昨晚只藏起了水果刀，厨房的菜刀还有其他所有危险物品都需要藏起来。正说着，有电话进来，上官芸看是速成才的，接了。速成才老师兴奋地说："大河妈妈，咱们培训机构今晚有个讲座，请了业内顶级专家，解读关于小升初面试的政策和应对技巧，您一定要来听听。"上官芸问了时间，大致算了一下，能安排过来，便应了下来。有陌生电话，上官芸接了，是老领导，问什么事。上官芸将审计人员来核查账务的事说了，又鼓足勇气说："那两箱东西放在家里怕不安全。"老领导明白上官芸的意思，让她晚上十点将东西送到滋源饭店对面的便利店。上官芸如释重负，感谢老领导的信任，并强调她一定会守口如瓶的。

上官芸按点赶到培训机构，机构的活动中心乌泱泱地坐满了家长，负责人简短开场："虽然正式文件尚未出台，但摇号加面试的大局已定，谁先跑谁就赢。今天我们请来了业内著名的面谈培训专家，就孩子们即将面对的面谈仪态和技巧做一个专题讲座，大家欢迎佳佳老师！"

小道消息的流出迅速扰乱了时刻关注小升初的家长的心，

一半摇号靠命，一半面谈靠什么？大家深陷迷雾中，找不到方向，看不到一点光亮。专家一个半小时侃侃而谈的讲座，如一剂对症的良药，缓解了家长们的茫然和紧张，如一束微弱的光穿透了不见天日的雾霾，让家长有了盼头、看到了希望。专家说："只要家长信任我们，把孩子交给我们，我们保证让孩子在面谈中脱颖而出，顺利过关！"

试想，在马拉松长跑中，在你已经跑不动的时候，有人递给你水，鼓励你，给你加油，并说只要跟着他跑，他保证你入围，取得名次。你会怎样？

台下掌声雷动！入场时显得疲惫不堪的家长如打了鸡血，一张张激动的脸上散发出熠熠之光。

上官芸和大多数家长一样，毫不犹豫地交钱、报班，准备面谈，迎接新的挑战。

回到家，番大海留言带小雅去公园跑步了。上官芸和大河吃过晚饭，整理房间，清扫小雅床铺时，无意中翻到小雅压在枕头下边的手机。她拿到手里犹豫了一下，按了一下显示屏，屏保是一个吸血鬼少女，用一只掬满鲜血的手，接着嘴里吐出的鲜血，整个画面只有红白两色，惊悚而绝望，看得她心惊肉跳。站在温暖如春的家里，她像掉进了冰窟窿，全身发冷，抖个不停。她瘫坐在床边，喃喃自语道："小雅，我的小雅，我含苞待放的小雅，你究竟怎么了？？？"

电视问政

当日晚八点，永宁市一套电视问政如期进行。

全市几十万人满怀希望地守候在电视机前，关心问政能否给老百姓的子女教育带来好消息，为永宁市的教育乱象开出一剂良药。

教育问题说简单一点就是政策制度问题，归根结底是管理者的问题。问政过程中，领导们态度明确且坚定，对民众反映的问题和记者暗访中曝光的问题明确表态，连夜开会部署，立刻整改。最后，教育局副局长用低到尘埃里的姿态，表情凝重地举着只有21.89分的市民对教育满意度的测评结果鞠躬致歉，问政节目完美收场。

冰冻三尺，非一日之寒。谁都知道，永宁市的教育欠账太多，沉疴积弊好比一个人身上越长越大的脓包，有人竭力捂住脓包，想让它在身体里面烂掉，而教育局怀着刮骨疗伤的决心，在电视问政节目里勇敢地挑破了这个危及生命安全的大脓包，让恶脓在阳光下流了出来，仅此一点，必须点赞。

上官芸一家早早吃过饭，整整齐齐坐在沙发上，打开平时只看新闻联播的电视，锁定永宁一套教育问政节目，从头看到尾，并未捕捉到关于小升初摇号和面谈的任何信息，心里有说不出的难受。她特别希望电视问政过程中，能正式公布关于小升初的政策及具体流程，只有明确了政策，才能及时调整自己的应对思路，不管局势多紧张，她都不愿意放弃给大河选一个好中学的想法。她很自私地想，若问政节目更坚定了教育局刮骨疗伤的决心，所有的非正常操作都会被堵死，那么，大河这批孩子将成为教育改革的铺路石，也许从大局来说孩子们是光荣的，但作为亲历者，她觉得无比憋屈。她想起元旦前后大雪纷飞的日子，她把大河从热乎乎的被窝里拽出来，去机构备考，去必成龙上半日制，孩子睫毛上的雪花和疲惫的神态交替浮现在她脑海里。记得有一次因路滑，大河在机构门口结结实实地摔了一跤，孩子忍着疼痛，爬起来拍拍身上的雪，安慰妈妈说不经历风雨，怎么见彩虹。多么坚强的孩子！晚上回到家洗澡，上官芸看到大河的两个膝盖被摔得又青又肿，心疼得直掉眼泪。如今教育局副局长明确表态点考一律无效，斩断了她最后的希望。幻想破灭，只好面对现实。她赌气地想：摇一摇也好，机会均等，坐等天命，不用再起早贪黑地送孩子去培训机构，不用再为了陪孩子上奥数烧脑、烧钱、浪费时间了。我们在无法左右自己命运时，就将它交给老天，相信老天自有安排！

番大海一会儿数落着教育局曾经的不作为，一会儿同情着教育局被千夫指的狼狈，一会儿又质问苍天大地。英国作家福笛说，公正是施政的目的。难道没人明白，有限的资源，无序的竞争，政策不明朗……加剧了群体的恐慌，搞得谁都怕落在后面。大家一边抱怨着潜规则，一边又盼望着能通过潜规则分一杯羹。番大海沉浸在愤世嫉俗中。上官芸的手机响了，母亲在电话里兴奋地说："芸芸，你看问政时刻了吗？政府这次是下决心要整顿存在的教育乱象了，时代在进步，政府有魄力面对问题，不回避，不护短，坚持了党实事求是、勇于担当的优良传统，我觉得节目中的教育局副局长面对群众的意见和批评，态度很诚恳、很虚心、很有水平。还有，那两个女同志对教育很有感情，尤其那个从基层上去的省级优秀教师，对不负责任的教师毫不留情的批评很到位，说明她虽在领导岗位上，还没有忘本。两会上指出的五个减负方向，方才看问政节目，听说市里正在落实。有这么一批年轻优秀的领导干部，相信很快就能扭转教育乱象，给大河他们创造一个风清气正的学习环境。对了，大河说周末还在补课，补什么呢，立刻停了。教育减负、教育改革是党中央从上到下布的一盘大棋，是决胜全面建成小康社会，为夺取新时代中国特色社会主义的伟大胜利，为实现中华民族伟大复兴的中国梦，培养储备各方面优秀人才……"

上官芸很佩服母亲依然活跃的思维和对党始终如一的坚定拥护。但此刻她更关注大河的小升初择校该何去何从。母亲还在电话里感叹着社会的进步、言论的自由、媒体的开放、领导干部勇于担当的态度，又大赞了一番两个特邀研究员的专业水平和高屋建瓴的总结发言。上官芸哼哼哈哈地应付着母亲，不敢告诉母亲，奥数虽然停了，但她又给大河报了面试培训班。她将儿子赶进浴室，瞪了一眼躺在沙发上、将脚架在茶几上的番大海，收拾好沙发，想坐下歇歇，大河在浴室喊着要浴巾，母亲在电话听到外孙的声音，终于结束了对问政节目冗长的观后发言，叮嘱女儿有时间要加强政治学习，要好好表现，提高政治觉悟，争取政治进步。上官芸一一应着，母亲终于挂掉了电话。

等老小都睡了，她发微信消息给艾商，艾商没回。她突然有找老菜帮忙的冲动，搞得她身心疲惫的事情，对老菜来说，也许真的就是一句话的事。她在微信里找到了老菜，想了又想，还是没有留言。那晚她按老菜的吩咐，将两箱钱放到了指定地点，如释重负。此刻，她不愿意在借老菜的能量寻找光明的同时又陷入另一个深渊。她给一个在公办学校当老师的初中同学发微信，希望从她那里捕捉到有用信息，同学秒回，一股脑地诉苦讲委屈："摸着良心讲，我们在课堂上掏心掏肺地讲，时间都不够用，就怕漏掉哪个知识点，还敢课堂不讲、课外讲？任何教师都不敢拿自己的职业生涯开玩笑，就算有个别害群之马，想浑水摸鱼，每学期末关于平均分、及格率、优秀率的综合评定如何过关？不说了，说多都是泪，明早我还有两节课呢！"同学发了个泪流满面的表情下线了。

上官芸放下手机，在黑暗中睁大了眼睛，想起了顾城的诗：黑夜给了我黑色的眼睛，我却用它寻找光明！

什么是公平？上官芸帮身边已睡熟的小雅掖好被子，她想：很多时候，我们的选择并不是内心的声音，而是对安全感的向往。许多人都在这种中间状态里挣扎着，抱怨着，努力着。也许结合母亲的角度来想更客观，改革开放使得国家更加富强，人民更富足，是因为顺应了历史发展潮流，强国的崛起需要更多的人为之付出心血和努力。生活并没有网络上吐槽得那么糟糕。曲直皆是经历，好坏都是风景。办法总比困难多，她强迫自己平静下来，她相信，大河择校的这道奥数题总有办法解答。

突然，她听到小雅在梦里哭泣，赶紧将女儿搂在怀里，边拍边低声念道："老天保佑，让小雅快点振作起来吧！"

教育整改

　　大河不用赶场子去上奥数奥语班了，也不用点灯熬油地每天晚上刷真题、做试卷了，像从黑暗的敌统区辗转到了阳光普照的解放区，一下放松下来。放学后，大河很快就做完了学校的减负作业，然后宅在家里，不是抱着平板打游戏就是看电视，让他下楼踢会儿球都懒得动。上官芸也趁机抽出身来，陪小雅说说话，去公园散散步，按照抑郁症康复训练指南，进行心理疏导和训练。

　　当大家对小升初的政策不再抱有幻想时，网上又有一张图片引起热议。图中是国务院教育督导委员会办公室下发给省教育厅关于调研永宁市教育工作情况的信函——在市民对永宁市教育的满意度调查中，教育局得了21.89分，惊动了国务院！

　　这张调研函让萎靡不振的学生家长看到了光亮，瞬间又活跃起来。有人在网上喊着要拦路喊冤叫屈；有人吆喝着网友们去机场接机、拉条幅；也有人通过各种渠道证明此函的真实性；还有人直接打联系人电话，辨别真伪；有人吐槽"考21分能惊动国务院的，除了永宁市教育局，再没谁了"；有人建议市民抓紧机会反映永宁市教育乱象，让督导人员了解到实情；有人说希望"钦差大臣"能真的为民做主，拨乱反正，让永宁市的功利教育回归本位；有人建议督导组常驻教育局，督导教育局刮骨疗伤；有人说：就怕刮的是家长的骨，疗的是他们的伤。

上官芸看到这个已被证实的消息，被中央雷厉风行的工作作风所震撼。在如此短的时间内，中央对地方民众之声迅速回应并派人下来巡视，让人民如沐春风，心里暖暖的。她将调研函转发给了在医院值班的番大海。一向挑剔的番大海秒回了个大大的赞，又发了二十秒的语音："承认教育资源和学生资质差异是客观存在的，这才是唯物主义。行政之手不是打名校土豪，分名校田地，而是在引导资源流向，用好投入杠杆，完善保准制度，在加强质量监管上建立长效机制，在效率和公平上做好权衡，没有效率就没有发展和进步！所以摇号并不是平衡效率和公平的最佳途径！"

上官芸不服气地回了句："摇号才能体现公平，再说了，教育是民生又不是商业，何来效率之说？"

番大海回道："你不是也天天抱怨取消了小升初统考吗？你究竟是支持全市统一进行小升初招生考试呢，还是支持即将实施的摇号面谈？"

上官芸一时语塞，支吾着说："我支持先公开招考；考不上理想学校的话，再参加摇号；万一摇不上，再参加面谈！"

番大海忍不住笑出声来说："面谈不上呢？去不去公办？不想去，咋办？你肯定想着找人托关系塞钱！"番大海又呵呵几声说："天天声讨教育局、培训机构、潜规则，有没有反思一下，你们才是所有乱象的制造者？"

上官芸像被踩住尾巴的老鼠，叽里哇啦地叫了起来，对着手机喊道："番大海，你是不是大河亲爹？我们是不是一家人？我是你老婆，不是你的下属，你少拿这种教训人的口吻和我说话。你……你死一边去！"

疯狂后的重生

丹麦摩根院长曾说："当所有人的注意力都在考试上，教育就没意思了。"

大家很赞同这个在童话国度里专心做教育的院长的观点。但在泱泱中华，不考试如何知道孩子掌握知识的多少？不考试如何选拔优秀人才？不考试如何根据孩子成绩给老师发奖金、做职称评定？不考试如何对一个学校的教育成果进行评比鉴定？

小雅在父亲休假陪护半个月后，情绪渐渐稳定。番大海怕孩子脱离集体待在家里孤独，和班主任商量，让小雅回班上上课，但不参加周考、月考，以免排名落后，受到刺激。班主任说周考不排名，让孩子参加没关系，月考学校历来重视，到时候看情况再说。

巧的是，一直周考不排名的学校在小雅复课的周考后连夜阅卷排名。小雅面对被挤出年级前两百的成绩排名，呆若木鸡。

番大海接小雅回家路上，耐心地对小雅进行了心理疏导。

小雅坐在副驾上，看着窗外，一声不吭。

番大海又以父亲的身份说："没关系，半个月没上课，还在中上水平，说明底子厚，落后只是暂时的。中考还早，咱们有时间有能力追上去，前提是要调整好心态，勇敢面对现实！"

小雅依然一动不动地看着车窗外。

负面情绪应该及时发泄出来，否则容易导致肝气郁结，抑郁症加重。番大海故作轻松地劝道："想哭就哭吧，你的成绩一向遥遥领先，如今从云端跌落下来，就当是来凡间历劫吧，你不是在追《三生三世十里桃花》吗？白浅在凡间历尽三劫，才升为上神，相比之下，这点小挫折算得了什么？"

小雅仿佛被老天施了咒语，定在了副驾驶座位上。

二环又开始堵车了，番大海踩了一脚刹车，龟速滑行，有一辆性急的小面包在后面按着喇叭催，番大海恼道："催什么催，你以为爷想爬呀？有本事你从爷头顶上飞过去！"小面包还在按喇叭，番大海懒得搭理，对小雅说："不就是个周考嘛，学习成绩固然重要，但拥有良好的心理素质更加重要。人生的道路很长，成绩不是全部，如果你现在没有一点耐挫力和抗压性，将来走上社会，别说出人头地，能否生存都是问题……"

番大海觉得自己并没说错什么，谁料，小雅突然声嘶力竭地狂喊着，解开安全带，打开车门，跳了下去，逆着车流狂奔而去。整个过程不到五秒，番大海愣了两秒，作为父亲，他什么都没来得及想，本能地熄火、拔钥匙、下车，不管不顾地朝着女儿奔跑的背影追去……

有句话叫"置之死地而后生"，番大海虽然因违规停车被拖车、罚款、扣分和教育，但失之东隅，收之桑榆。小雅将压抑已久的委屈和郁闷发泄了出来，慢慢变得明亮积极起来。她开始自我疗伤，看一直抵触的、父亲给她买的书，甚至在对《生命的重建》《学会接受你自己》里面产生共鸣的段落进行标注，写下自己的感受，学习也渐渐恢复了常态。有一天，小雅写完作业，问番大海："爸爸，我妈说你平时油瓶倒了都不扶，你那天哪来的力气，从西二环追着我到南二环？你有没有看咱俩那天跑了多少公里？"

正在做面试题的大河插嘴道："这不是我们奥数里面的追及问题吗？路程等于追及时间乘以速度，你们告诉我追及时间和速度，我能帮你们算出路程。我还能算出爸爸用了多长时间追上你的。"

小雅摇摇头，一副大姐姐的模样，拍拍弟弟的后脑勺，无可奈何地说："此娃中毒太深，血量不足，鉴定完毕！"

上官芸看着家里又恢复了往日的温馨和谐，眼睛湿润了……

小雅的班主任打来电话，说因小雅成绩下滑得厉害，他们班学习强度大、节奏快，怕影响孩子身体健康，要暂时将孩子调到四班去，等孩子成绩追上来，再调回来。

上官芸急忙问："不调行吗？孩子是身体原因导致成绩下滑的，现在，孩子不管是学习状态还是身体都已恢复正常，能不能等期末考试后再说？孩子底子好，一定能追上来的。"

班主任同情地说："我已经向学校争取了，但校规如此，恕我爱莫能助！"

小雅学校有两个重点班，年级前一百都在重点班。学校为鼓励其他学生努力学习，规定普通班学生成绩进入前一百，可自动滚动到重点班，而重点班退出前一百的，自动滚动到普通班，学生私下称之为"滚蛋制"。以前上官芸只是听小雅说过班上有同学滚出去了，有同学滚进来了，当作班级新闻听听而已。没想到这样残酷的事情竟然落到了自己孩子身上！别说小雅，作为母亲的她都无法接受这个只有在成人社会里、在职场上才有的末位淘汰制。她哽咽着求班主任先不要通知小雅，她先铺垫铺垫，让孩子有个心理准备再说。

艾商微信上约晚上吃饭唱歌，上官芸说没心情，等周末再说。艾商发了个惊讶的表情："今天不是周末吗？"

上官芸发了个泪流满面的表情，说自己老糊涂了。

教育问政，市民给教育局打了极低的分，让教育局知耻而后勇。过了一周，市教育局印发了《永宁市教育局问政反馈问题整改工作方案》，并成立了电视问政整改工作领导小组，把曝光问题逐条分解到责任单位、责任人，做到即查即改，并公布督查整改时间表。

言必信，行必果。市教育局按整改时间表全面集中整治，让疯狂的奥数热迅速降温，不正规培训机构关门的关门，停办的停办，整改的整改。手续齐全、机制完善的培训机构因消息灵通，敏锐地捕捉到了家长因摇号面谈产生的新焦虑和需求。他们抢先一步，巧妙地将奥数培训转为面谈培训，继续着商业运作。小道消息说教育局纪委已进驻"五大名校"，督查"五大名校"落实教育部的减负政策，并传得有鼻子有眼，说纪委说了"谁敢顶风掐尖，谁敢顶风补课，就地免职"。小道消息不可信，但小雅的学校周末真的不上课了。

吃过饭，在KTV包间，孩子们抢着麦，唱着他们喜欢的歌。上官芸趁机将小雅要淘汰出重点班的事告诉了艾商，让艾商想办法先给小雅打打预防针，说番大海在医院忙，下午打电话一直不接，到现在也没有回信，估计上了一台大手术。艾商喝着啤酒，满不在乎地说："没事，要相信小雅，其实如果你肯放手，孩子比你想象得强大！"上官芸早就习惯了艾商没心没肺的样子，摇摇头说："如何放手？说得容易，可乐内向就是你放手的结果，你天天只顾自己在外面逍遥快活，不陪伴孩子，让孩子没有安全感，才使得孩子胆小怕事。"

艾商提起酒瓶，做了个要砸的姿势，起身抢了大河手中的麦，和小雅一起唱贾斯汀·比伯的*Baby*。

上官芸提着酒瓶，边喝边看着艾商和几个孩子疯，艾商唱高兴了，拉着小雅跳上放着果盘干果的大理石茶几，歇斯底里地扭动着身体，唱着。小雅受到艾商感染，也轻微地摆着胯，跟着唱。

艾商在麦里嘶喊着："滚出重点班就滚出重点班。"

小雅尖叫着："滚出重点班就滚出重点班。"

大河不明就里，凑热闹地喊道："滚出重点班就滚出重点班。"

可乐被大河鼓励，也细声细气地对着妈妈手中的麦说："滚出重点班就滚出重点班。"

艾商嘶喊道："没什么了不起！"

小雅大声回道："没什么了不起！"

大河、可乐齐喊道："没什么了不起！"

艾商自编自唱道："人生就是在风里、雨里、泥泞里滚来滚去，就是哭着、笑着、折腾着滚来滚去，人生就是一场戏，没什么了不起！"

小雅肆意地跟着唱："滚来滚去，滚来滚去，没什么了不起！"

艾商夸张地跳着肚皮舞，喊着："今天你是重点，明天我是重点，都是屁！"

小雅笑闹着唱："今天你是重点，明天我是重点，都是屁！"

大河带着可乐憋着气，对着麦绘声绘色地放了一串串"屁"……

上官芸笑岔气了，仰起脖子，将啤酒喝了个底儿朝天。

艾商对小雅唱道："是不是重点无关紧要，只要我们还有战斗的底气！"

小雅哽咽着回道："是不是重点当然要紧，我一定会重握兵器，夺回自己的失地！"

艾商拉着小雅的手在空中摇晃着，唱道："大闺女，别气馁，只要咱身体棒棒的，跑得快快的，谁笑到最后还不一定！"

小雅泪流满面地唱着："谁笑到最后还不一定！"

艾商带着小雅继续疯唱着贾斯汀·比伯的歌。

上官芸连喝三瓶啤酒，豪气冲天，抢过艾商的麦，说要和小雅合唱朴树的《平凡之路》，一向麦霸的艾商岂肯松手，搂着上官芸喊着正在摇骰子、猜大小的大河、可乐一起合唱。

大大小小五个人的声音，参差不齐地汇在了一起，各唱各的曲调，各唱各的心事，各唱各的忧伤。泰戈尔说过："不要试图填满生命的空白，因为音乐就来自那空白深处！"音乐是一种充满神秘色彩的旋律，它能带来悲伤与忧愁，也能带来快乐与希望。当我们迷失方向，不知所措时，随着音乐放声歌唱吧：

徘徊着的 在路上的

你要走吗 via via

易碎的 骄傲着

那也曾是我的模样

沸腾着的 不安着的

你要去哪 via via

谜一样的 沉默着的

故事你真的 在听吗

我曾经跨过山和大海

也穿过人山人海

我曾经拥有着的一切

转眼都飘散如烟

我曾经失落失望 失掉所有方向

直到看见平凡 才是唯一的答案

······

我不过像你像他 像那野草野花

冥冥中 这是我 唯一要走的路啊

时间无言 如此这般

明天已在 hia hia

风吹过的 路依然远

你的故事讲到了哪

东窗事发

别沮丧，生活就像心电图，一帆风顺就证明你挂了。

女儿的自我修复能力让上官芸吃惊。也许艾商说得对，只要肯放手，孩子肯定比我们想象的勇敢和优秀！

挫折和打击使得小雅如经历风霜雨雪的红梅花，悬崖百丈冰雪非但没有打败她，反而使她在经历了冰雪严寒的洗礼后，花蕾更加饱满娇艳！孩子战胜了自己，背着书包，坦然地走进了四班的教室。是啊，只要身体健康，还能奔跑，谁能笑到最后还不一定！

市上下狠于全面整顿校外培训机构后，上官芸再也不用没完没了地吼着儿子改错题了，大河再也不用为反抗做试卷连蹦带跳了。面对突然的松弛，全力以赴备战小升初的母子俩还真不太适应。她将大河停了两年的围棋续报，将母亲天天念叨的书法，也报了个班。大河还没享受够属于自己的自由周末，不满地抗议道："妈妈，我发现你就不能让我闲着，总要给我找个事做。"

上官芸哄着说："你正好有时间，围棋加把劲，达到五段，听说名校对达到五段的孩子破格录取呢！书法也好好练练，省得外婆老说你的字像狗爬似的。"

大河怕一上围棋和书法，就没时间玩游戏了，噘着嘴一百个不愿意。

上官芸就是想让儿子放下手中的平板，多学些有用的东西，便说："你要不愿意上围棋和书法，那就继续上奥数。"

大河瞪圆眼睛说："学校老师都说不让我们在外面上奥数，说教育局查呢，还让我们填表呢！"

上官芸问："填什么表？"

大河从书包里翻出一张表递给妈妈。

上官芸看标题是"课外培训机构调查表"，大河说："老师说让填好周一交。"

上官芸笑了笑说："好，那你填好周一交。"

大河为难地说："我不知道该怎么填，今天上面试课的速成才老师再三叮嘱我，千万不要填他们机构的名字。"

上官芸知道这份表是教育局统一印发到各学校摸底调查哪些机构违规超大纲补课的。教育局会根据调查结果进一步采取治理措施。她很想知道儿子如何解决这个难题，故意说："那你自己决定怎么填吧，我不参与。"

大河挠挠后脑勺，说："我已经答应速成才的老师了，如果填她们，就是我不讲诚信，如果不填就交上去，我们老师肯定要批评我，这可咋办呢？"

上官芸装着整理沙发，没有理会。

晚上，等大河睡了，上官芸偷偷从书包找出填好的表格一看，哑然失笑。

大河认真地在"你是否在课外上辅导班"一栏，填写"是"，"请写出辅导机构名称"的空格处，写着"丁谢围棋"和"羲之书法"。

春天来了，笼罩在城市天空的雾霾由于政府的大力整治，加上春风的吹拂渐渐散去。人们抬头终于可以看到久违的蓝天白云，花草树木也在春雨的滋润下，绿意葱茏，生机勃勃。上官芸每天上班必经之路的隔离带里，盛开着一树树的紫丁香，浓香袭人，美不胜收。城里杏花烟雨，桃之夭夭，十里花香，满目锦绣，脚步慢下来，心静下来，慢慢欣赏，这座古城竟然如此美丽！

周末，上官芸和番大海带孩子们看过爷爷奶奶后，上城墙骑自行车绕圈，去大唐芙蓉园听老腔，去曲江书城看书，去鲸鱼沟看山、看水、看野花，吃着农家乐的土鸡蛋炒香椿，还顺便在农家乐开了一个家庭会议，将2018年家庭目标由全力以赴备战小升初升级为：加强体育锻炼，提高身体素质，劳逸结合，全面发展。

说来奇怪，大河不用天天撅着屁股写试卷刷题了，学习成绩非但没有降下来，反而有所提升。只是小雅依然徘徊在一百名之外，有点急躁，缠着妈妈给她找一对一老师补课。

上官芸不想给小雅压力，一边含糊着答应，一边拖延。月底发工资，她在办公室做好工资表，核对完毕，请领导签过字，交给小丽，然后准备把学习十九大精神的思想汇报写完，赶在书记没催之前交上去。办公室固定电话响了，区纪检委通知她去谈话。

该来的还是要来的。上官芸自感清白，并不打算隐瞒什么，一五一十地将菜光荣如何给自己钱、如何对自己说、自己如何做的，加上时间、地点、经过、结果，清清楚楚、明明白白地交代了一遍。

工作人员一一记录完，问："菜光荣为什么要将受贿款交给你？"

上官芸觉得自己比窦娥还冤，又将菜光荣说的话重复了一遍。

工作人员又问。

上官芸红着眼圈又重复了一遍。

工作人员耐心地提醒她再想想，说清楚和菜光荣是什么关系。她觉得可笑，说："什么关系？十多年来一直是清清白白的上下级关系，难道还能是情人关系？"

工作人员精神一振，以为有了新收获，拿起笔准备记录，只听上官芸诚恳地说："我向党组织发誓，我和菜光荣只是上下级关系！"

其实，大家心知肚明，在单位，领导是权威，作为下属的会计只不过是处理和应对账目的工具，领导指哪她就打哪，领导让干什么她就干什么。

工作人员问："他当时交给你这么多钱，你为什么不来举报？"

上官芸苦笑道："备受折磨，想了很多，不敢。"

上官芸不知道，自己被约谈前，菜光荣已经被双规了。别看菜光荣平时气吞山河，被双规后还没等问到糜子芝麻，他就全都稀里哗啦倒出来了，为争取宽大处理，将所受贿赂在第一时间全部上交。纪检委约谈上官芸只是为了核实情况，核对一下数目以掌握更多细节，调查更多内幕。

菜光荣在双规期间积极坦白，主动退回受贿款并有举报立功表现，被免予起诉，撤职查办。

上官芸知情不报，窝藏贿赂款，但因未造成不良后果，给予党内警告处分。

上官芸恨自己当时的软弱，如果当时自己拒绝，就不会有今日之蒙羞。多年来，工作上未出过丝毫差错的她，年年拿先进个人的她，竟然糊里糊涂地在阴沟里翻了船。她无法表达自己复杂的心情，不敢让母亲和丈夫知道，找到艾商诉苦。艾商听了，直接大骂菜光荣，埋怨上官芸傻，当时如果提着那两箱钱去举报，一定能将功补过。看上官芸瞪自己，她就笑了，安慰道："不就是个警告处分吗？说明党还是明察秋毫的，又没降工资，又没降职务，你在这里眼泪汪汪的，像个地主家的童养媳，哪像个光荣的共产党员？我这个季度才惨呢，西北大区销售任务没完成，我们老总怒了，非说我没有监管到位，扣发所有提成和奖金。呜呜呜，三千块钱的生活费，让姐怎么活呀？上有老下有小，哎呀呀，春季新款包包姐拿什么去买呢？苍天啊，大地啊，这日子可咋过呀？"

艾商看上官芸被逗笑了，便不演了。她一脸严肃地说："老菜挂了，大河的小升初咋办？咱不能坐等摇号吧？"

上官芸抹掉眼泪说："不是摇不上还有面试吗？你不是给可乐报面试班了吗？"

艾商说："摇号、面试你都信啊？摇号和彩票中奖一样，命要多好才能摇上啊？今年八万多名小学毕业生，如果都参加摇号，摇中的概率是多少你算过吗？面试就更不用说了，用脚指头都能想到其中的猫儿腻。"

上官芸说："那怎么办？总不能不摇号不面试吧？"

艾商挑挑新做的韩式半永久一字眉，神秘地说："我有办法！"

学 位 房

　　上官芸知道艾商点子稠，等着她出招。

　　艾商却卖了个关子，说去老兵酒吧谈。

　　上官芸不想和老山有瓜葛，说："如果传言是真的，那就让大河去参加摇号和面谈。你认真想想为什么从上到下狠下决心整顿培训机构，调整教育方向，进行教育改革，毫不留情地斩断名校背后三十亿的财富链，是因为国家已经认识到将一批批学生训练成没有创造精神、缺乏自由思想、丧失独立思考的能力、脱离社会的应试机器，对国家和民族的未来意味着什么！"

　　"停！"艾商做了个打住的手势，"你别唱高调，咱就一普通老百姓，你正面回答问题，还想不想帮大河择校？"

　　上官芸不想轻易屈服，嘟囔了一句："天下兴亡,匹夫有责。"

　　艾商笑了，轻佻地用单指挑起闺密的下巴，问："匹夫，想不想帮大河择校？"

不等上官芸回答，艾商将上官芸的头上下拨拉了两下，说："别装了，我替你想了个办法。"上官芸睁大眼睛，急切地看着艾商。

"内部消息，高新学位房可以直升，只要买一套高新带学位的房子，什么摇号、面谈，通吃！不用摇号、不用面谈就能大摇大摆地走进名校，想想都爽！"

上官芸白了艾商一眼，说："我还以为啥好办法呢。第一，现在房子多贵你知道吗？买房子又不是买菜，说买就能买。第二，内部消息可不可靠？万一砸锅卖铁买到手，政策出来了，不能直升，不是赔了夫人又折兵吗？"

艾商知道上官芸动心了，便说："傻大姐，咱们的大永宁市三个月新增人口二十一万人，这二十多万人来干啥呢？"

上官芸说："当然是来参与创建国际化大都市的，那都是人才。"

"对对对，都是人才。看黑板，敲重点了！一个城市没有人才就没有活力和张力，我们公司为什么每年春天都要大量招人，因为只有不间断地注入新鲜血液，才有活力和朝气。鲇鱼效应听说过吧？哎呀，扯远了，这二十多万人的衣食住行市场需求量有多大？我给你透露个内部消息，房价还会涨，现在入手，既解决了大河的择校问题，又能赚一把，岂不两全其美？唉，我是没有购房资格，否则咱们联手炒一把！"

　　上官芸看着艾商闪闪放光的眼睛，笑了，问："你怎么这么多内部消息？房子是用来住的，不是用来炒的，我发现你自带奸商基因。我也有内部消息，小心你名下那么多房产被征税哟！"

　　艾商耸耸肩："好心当成驴肝肺，虽然市区限购，但你们就一套房子，有购房资格，我才给你想的这招，真的是稳赚不赔的买卖，你客观分析分析就知道该怎么办了。"

　　上官芸知道艾商是好心，便说："行，我回去和番大海商量商量。"

　　艾商翻了个白眼，脱口而出："我看，这事和他商量肯定黄。那个书呆子，当年他们医院团购，送到嘴边的肥肉都不吃，和他商量，不用想都办不成了。"

　　上官芸没有反驳，艾商说得没错，当年番大海所在的医院低价团购福利房，原则上规定，家有住房的不参与，医院里很多职工有一套住房，为了多分一套住房，排队去办了假离婚。番大海不屑于此，说家里有房子，他不想将婚姻当儿戏，带头放弃申请购房。上官芸当时心里窃喜，觉得番大海不肯假离婚是珍惜自己，是条重情重义的汉了，直到医院的团购房房价翻了五六倍时，她才大呼后悔。

　　上官芸回到家，试探着说在高新买学位房的事，想看看丈夫的反应。没想到，番大海毫不犹豫地说："买！"

　　上官芸有点意外，番大海解释道："年少只知猴王勇，中年方懂悟空厄！如果三四个月后涨到三万，那为何不买！"

上官芸上下打量着一向清高自傲的丈夫，笑道："你不是一向视金钱如粪土吗？怎么突然节操落地了？"

番大海自嘲地说："庄稼一枝花，全靠粪当家！粪可是个好东西，粪不是万能的，但没有粪却是万万不能的。"

其实，番大海没说节操落地的真实原因。前一段去看父母，他听母亲前言不搭后语，忘东忘西，感觉不太对劲，带母亲到医院一检查，和他预料中的一样，母亲是阿尔茨海默病初期。作为医生，他知道这个病越到后面越需要大把大把的金钱去维护生命的健康和尊严。虽然他平时忙得顾不上去看父母，但父母在，儿女就有归处。他不想让家人有心理负担，瞒着所有人，准备不惜一切代价，控制母亲的病情发展，而这一切最需要的是金钱支撑！

既然购房意见统一，夫妻俩开始分头打听房源，着手筹备房款。

俗话说得好，蛇有蛇道，鼠有鼠路。如果你是条蛇，最好不要贸然去走鼠路，因为鼠路并不适合蛇走。如果你一向循规蹈矩地上班，突然想做点生意，赚把快钱，还是要三思而后行。

上官芸以前虽然对房地产市场有过关注，还替领导买卖过商铺，但那时自己只是个命令执行者，何况是通过中介，没费多少脑子。如今自己真要买房，她才发现其水深似海，稍不留意，稳稳掉坑。传说中两万三的房价，几天内涨到两万八。一些不良中介把水搅得更浑，一天一个价，制造有价无市、一房难求的紧张气氛，真真假假地解释着政府的调控政策和暴增的刚性需求，刺激着购房者的神经，达到成交目的。

国人一向买涨不买跌，越涨买得越疯，越涨抢得越快。艾商门路多，打听到有套带指标的小两室，房东直售，一口价，两百五十万，不按揭，一把付清。

两百五十万？房主干拿二百五十万，如果加上过户税费至少也要二百七八十万。上官芸听到这个数字心惊肉跳，作为财务人员，她不是没经手过大笔资金，但二百七八十万的现款，对于她的家庭来说，绝对是个天文数字。

曾经有无数次低价买房的机会都被"我"错过，等到房价猛涨时才后悔莫及，尘世间最痛苦的事莫过于此。如果老天再给"我"一次机会，"我"会按揭十套，坐等暴涨，一夜成为亿万富翁！提起买房，每个人都有说不完的故事。

艾商催得紧，说房东要求五天内全款付清，盯的人多着呢，搞不好五天后要三百万了。

上官芸和番大海晚上坐在床上算来算去，除了一些理财尚未到期，无法提取，能动的基金、股票、期货加上国债存款，勉强凑够七十万。两人大眼瞪小眼，一筹莫展。上官芸说："最近网络新词'隐形贫困人口'是不是说的就是我们？平时有吃有喝有穿的体面，工作稳定，貌似在奔小康的路上，其实一点抗风险能力都没有。别说买房，就这点经济实力，几年后想送孩子出国留学都悬，更别说其他了。"

番大海从来不管家里的财务收支，一是没时间，二是对数字没概念，工资卡、奖金什么的全部上交老婆，由老婆统筹安排管理。一听上官芸算出来的数字，番大海觉得离二百五十万差得太远，问："这么多年，咱就这点家底儿？"上官芸以为番大海怀疑自己瞒报金额，较真地从床头柜抽出一个小账本，甩给丈夫，气呼呼地说："你自己看，老老少少七八口，吃喝拉撒、柴米油盐哪个不要钱？你一年挣多少自己不清楚？咱家一年花费多少你算过吗？养车不要钱？养娃不要钱？孝敬父母不要钱？补课费、交通费、旅游费，一年到头没一二十万能扛下来吗？若不是我精打细算地做各种理财投资，别说七十万，能存七万都不错了。"

番大海正好看到一项——小雅补课费一次六百，十次六千，咂舌道："补课费竟然这么贵？两小时就六百？我一天在手术台上站四个小时，拿的工资平均下来还不到人家一半呢！"

上官芸翻了一眼说："你以为呢？凭你的本事，去私立医院肯定两小时超过六百。不是国际医院找你好几次，要请你去吗？人家给房、给车、给年薪，你个榆木脑袋不知道咋想的，就是不开窍！"

番大海摇着头说："人眼里不能只有钱！我们同事给娃请

的家教听说是三百，咱们的怎么这么高？"

上官芸哼了一声说："地摊凉皮一碗五块，五星级酒店的二十，能比吗？我给小雅请的是名师。"

番大海却指着账本笑了，念道："买菜21.5，苹果三斤15，排骨两斤半58.8，鲈鱼26，这都一条一条记啊？直接写买菜多少钱不就行了，也不嫌累。你这是典型的职业病。"

上官芸反驳道："财务要求消费清单必须细化，用数据说话，让数据说话，要严格分类，要有数据敏感性，做好数据链管理，做百年铁案。你千万别小看这些琐碎的小数据，如今大数据时代都是靠这些小数据汇集而成，而汇集成的大数据可以研究出市场与民生的供求关系，可以为政府制定调控方案提供最准确客观的参考。"

番大海呵呵两声说："领导，我们还差两百万，这些密密麻麻的数字能告诉我们怎么办？"

谈到专长正在滔滔不绝的上官芸，顿时如泄气的皮球，蔫蔫地说："算了，咱不买了。一念起，万水千山；一念灭，沧海桑田。咱收了这个邪念还不行吗？大河去摇号，摇上了阿弥陀佛，摇不上面谈，面不上就回区内公办学校，是金子在哪都会发光，我就不信了，不择校就不成才了？名校有啥好的，看看咱家小雅，聪明伶俐地进去，呆若木鸡地出来，有啥好的？"上官芸赌气地说完，一想到大河对口的公办中学，又不甘心地说："实在不行，找人花钱上，电视台不是播了记者的暗访吗？最多三十万保证能进名校。"

番大海打击她："老虎不发威，你真以为它是病危啊？都曝光了，教育局能坐视不管吗？这条路还能走吗？送钱有人敢收吗？"

上官芸用脚踢踢丈夫："你不是做手术救过大领导的家属吗？他当时不是特别感激，拉着你的手说有什么困难可以找他吗？"

番大海没理会，说："我明天问问爸妈，看他们有多少，先借来用，等大河上学落实了，把房子出手卖了，再还给他们。"

上官芸实在不愿意向老人开口借钱。可看番大海铁了心要给大河买学位房，便说："那我也明天去问问我妈，看能不能凑些。"

上官芸的母亲一听说为了外孙上学，要买学位房，连连摇头说着"胡整"，又急急忙忙找出一张单子说："这是我和你爸所有的积蓄，你拿去。"

世上只有妈妈好。上官芸拿着单子一看，全是理财，年底到期，理财没到期，账户处于封闭状态，钱根本提不出来。上官芸将单子交给母亲，让她好好保管，说自己再想想办法。

一天过去了，番大海从父母那里借来了二十万，又找同事发小凑来十万。上官芸知道艾商虽然房多，挣得多，但花费大，村里发放的补助款入股了一家投资公司，非但没赚到钱，还被套死了。前一段买一个路易威登的包还要按揭呢，她哪来什么余钱？上官芸很珍惜和艾商的友情，她不想用借钱去试自己的朋友。夜里，夫妻两人第一次为钱辗转反侧，番大海说他的信用卡有十万额度，上官芸说她的信用卡也可以凑十万，可还差得远呢。

上官芸说她没在单位提买房的事，单位清汤寡水的，个个数着日子等工资，别说十万了，凑五万还得咬咬牙呢。其实她是因为刚受过处分，想夹着尾巴做人。

睡觉时，番大海边熄灯边骂道："一分钱难倒英雄汉，钱真他妈是个好东西！"

凌晨三点多，上官芸被手机吵醒，一看是西雅图的哥哥，赶紧接了。

搞科研的人与常人思维不同，哥哥在电话里讲："第一，你需要给我打一张电子借条。第二，给我你的网银账号。第三，这二十万属于我个人存款，与Mary无关。第四，借款半年内无息，半年后按银行利息支付，OK？"

上官芸本来迷迷瞪瞪，一听到钱，一下子来了精神，问："哥，你咋知道I need money？"

哥哥说："Mom phone me, please give me your account number. I will transfer it to you now. Ok？"（妈妈打电话跟我说的，把你的账号给我，我现在转给你。好吗？）

上官芸得意地对醒来睁大眼睛看着自己的丈夫抛了个媚

眼，回道："OK，my dear brother，thank you very much！"
（我的亲哥，太感谢你了。）

生活中最让人振奋的事情莫过于绝望中看到希望。诗中最美好的句子莫过于"山重水复疑无路，柳暗花明又一村"！有了哥哥雪中送炭的二十万美金，两人一合计，买房又有了希望。

第二天，上官芸到单位，正寻思着向平日里和自己关系不错的同事提提买房的事，看能不能凑上些。支部书记端了个保温杯，踱步走进办公室，笑呵呵地说："上官芸啊，犯了错误不要紧，要紧的是要认识错误，改正错误！你的政治思想和觉悟还需要好好提高，农村是一个广阔的天地，在那里是可以大有作为的，咱们单位在兰镇有个扶贫点，你是不是应该去锻炼锻炼啊？"

上官芸忙给书记保温杯里添了热水，赔笑道："我一切服从组织安排，无条件听党的指挥。您指哪，我就打哪！"

书记满意地点点头："我是看着你成长起来的，党是相信你的，组织上也不会放弃一时犯错的同志。你好好表现，用实际行动来证明自己是一个合格的共产党员！"

上官芸恭敬地站着聆听书记教诲。半个小时后，书记踱着方步出了门，上官芸又被现局长叫去，说："单位门面房有两家一直拖着没付房租，你们财务上去催催，今天再不付，按合同违约，扫地出门！"

上官芸带着路小丽和物资上一位人高马大的男保管员去了。现局长一根烟还没抽完，两家商户已经将涨价后的租金用网银转到小金库的账上来了。

上官芸在办公室做账时，看到两家转来的三十万，心突然动了一下。平时经手那么多钱对她来说都是数字，可不知为何，电脑账户里显示的三十万此刻突然变得生动立体起来。如果加上这三十万，她就可以抢到那套心心念念的学位房！她移动着鼠标，账户密码只有菜光荣知道，菜光荣上调前将密码写给了她。现局长上任后，她将密码交给了现局长，不知道现局长有没有改密码，她鬼使神差地输入了自己的账户和转账密码。

科技改变生活，如果密码正确，此刻点击完成和确定，三十万就会在几秒内转入上官芸的账户，她握着鼠标的手有点抖……

一念起万劫不复，一念灭海阔天空。一个受过良好教育、家风清正、根红苗正的财务工作者和一个为了孩子择校被逼得砸锅卖铁买学位房的母亲纠缠厮打在一起……正当二人厮打得难分胜负之际，手机响了，番大海兴奋地说："老婆，我们领导刚借给我二十万，可能是对我打压太狠，心存内疚，也有可能，他怕我真走了，在业界落下嫉贤妒能的骂名，刚把我叫到办公室说听同事说咱们买房缺钱，要了我的账户，当面转了二十万！"

上官芸发自内心地感谢院长这不管是为了笼络下属，还是为了医院形象真心相助的二十万。这恰到好处的及时雨扑灭了她的邪念，拯救了她的全世界！她想起在党校培训时金融教授讲过的话："做正人，走正路，发正财。财务人，心灵要有所依靠，见钱眼开，见色则迷会被利用。"

"院长大人，请受我深深一拜！"

只差十万了！

还差十万啊……

上官芸和番大海电话中商量：要不从民间高利贷借点？

老山站在办公室门外，咚咚地敲着敞开的门。

上官芸定定神，低声对着电话说："有人来了，拜拜。"她礼貌地站起来请这个不速之客进来。

老山吹了声口哨，将手里提的黑塑料袋放了上官芸的办公桌上，转身坐在沙发上说："十万，我手头只有这么多，凑个数吧。"

上官芸打开袋子，里面果然是一捆一捆的百元大钞，她拿出来一一摊开，说："一，我不可能做你的情人，如果送钱来安的是这心，请回；二，算借我的，按民间利息算，如果不答应，请回；三，以后每天若继续发微信骚扰我，请回！"

老山用标准的军人坐姿坐在沙发上，看着表情严肃的上官芸笑了，说："行，你说啥就是啥。"

上官芸又补充道："还有，你不能因为借钱给我，就存非分之想或者提无理要求！"

老山摇摇头说："打电话你不接，微信要你账号，你不理，只好送现金来。要不要我陪你存银行？这么多现金放在办公室不安全。"

上官芸指指墙角的保险柜，说："不用，我可以放保险柜。"

老山起身说："好。"

还在后怕中的上官芸突然觉得自己有点过分：有理还不打上门客呢，何况人家雪中送炭呢？她调整了一下状态，起身给老山沏了杯茶，递过去说："你先喝口茶，我给你打个借条。"

在艾商的联系促成下，学位房入手。虽然官方尚未正式公布小升初政策，但有了学位房，等于拿到了择校通行证，上官芸为大河小升初煎熬疲惫了三年的心，终于可以放松下来了。

然而，不久，有消息传出，高新区学位房被取消。

上官芸如头顶挨了一闷棍，眼冒金星，心乱如麻，硬撑着通过各种渠道求证。众说纷纭，没有任何有价值的消息。高新区学位房群里的家长们有写请愿书的，有号召家长们去教育局拉条幅维权的，有提议直接打教育局投诉热线的。不到两小时，已经有家长写好了诉求书，号召大家签名递交相关部门。

冷静下来后，上官芸对此消息的真实性表示质疑，虽说永宁市教育要革命，但也不至于这样革命吧？从中央到地方，维稳才是重点。高新区的业主都是些什么人？不是高知海归就是精英人才。而带指标的学位房的拥有者，大部分都是最早参与高新的开发建设并为高新的发展做出贡献的拓荒者，政府怎会草率地做出这么不靠谱的决定呢？不可能！番大海让她静观其变。

等了一天，业主代表将诉求书送到教育局。教育局态度很好，但无具体回复，只是劝业主们要相信政府，少安毋躁，回去等官方政策发布。

群里有人不愿意了，说这是政府惯用的伎俩，先安抚，维稳，等政策出来了，再怎么维权都没用了，并在群里振臂高呼，为了孩子，次日八点到教育局门口拉条幅维权去。为了维护合法权益不被剥夺，业主们纷纷举手支持，并呼吁"购房合同里写得清清楚楚，学位房带中学指标是受法律保护的，咱们不要有过激行为，依法维权"。因关系切身利益，业主一个比一个积极，有人自告奋勇做维权条幅，有人说赞助大家文化衫，有人喊着人多力量大，每户必须去一个人，男女老幼均可，不接受请假。

上官芸问番大海咋办。

番大海说："咱俩肯定不能去，先把名报上，不行让妈去。"

上官芸连连摆手："妈最不能容忍静坐、游行、请愿示威、动不动就上访给政府添乱的行为，给社会主义新中国脸上抹黑的事了，千万别告诉她。"

两人正商量，群主问上官芸："你家几人参加？统计人数要连夜做文化衫呢！"上官芸发了个笑脸的表情并回复：尽量去一个。群主认真地纠正道："团结就是力量，必须去一个。"

群主为了提醒大家此次活动的重要性，发公告说："明天不按时到达或缺席者，将被永久踢出群！"后缀几个大红色的感叹号。

上官芸没办法，说："要不送城里爸妈凑个数？"

番大海说："两个老人的身体都不好，万一突发状况，出了事谁负责？"

上官芸说："算了，你去楼下扔垃圾，我让艾商去，她在私企，不是党员还喜欢出风头。"她转身给艾商打电话，还没张口说话，艾商在电话里头急急忙忙说："姐姐，我在飞昆明的飞机上，马上要起飞了，有事下飞机再说。"

上官芸收起手机，回头踢了一脚卧在沙发里看球赛的丈夫，说："让你把垃圾扔了，顺便看看踢球的大河，你窝在沙发上坐月子呢。"

番大海目不转睛地盯着电视，看球员正霸气地带球突破，没吭声。他知道，只要他不接招，老婆叨叨几句就会自己下楼扔垃圾看儿子的。

果然，上官芸看番大海装死，提起整理好的垃圾袋，给儿子带了瓶柠檬水，回头道："要不明天一早，你去小树林找个民工，给些钱，让帮我们顶一下。"

番大海不想让妻子打扰他看球，爽快地答应："行！"他心里却嘀咕：大清早，哪来的民工？

球赛刚结束，上官芸笑盈盈地回来了，进门边换鞋边说："我找到人了，负责咱们楼卫生的保洁，答应明天替咱们去，不要钱，说她儿子暑假如果来永宁，让大河陪着逛逛历史博物馆就可以了。"

番大海站起来，活动了两下，问："靠谱吗？你咋和谁都能搭上话！"

上官芸整理着沙发说："平时出入总能遇上，她把楼道打扫得很干净，见人总是笑眯眯地问好，家里的旧报纸、空油桶什么的我就让她收拾走，刚下楼碰上，就脑洞大开，问了一下，没想到人家很爽快地答应了。"

番大海很佩服妻子的交际能力，调笑道："党的基本路线是依靠群众，你落实得不错！"

上官故作谦虚地说："一般一般。"她进厨房将炖好的山药黑鱼汤盛到饭盒里，又从冰箱拿出一个火龙果切好，装在保鲜盒里，装入袋子，递给番大海说："趁热给小雅送去，下晚自习刚好可以喝。"又说："明早我打车送大河，你开车送保洁去教育局，把她交给群主就可以了。我已经给保洁交代过了，她用我的网名白云悠悠。"

第二天，上官芸到办公室，给番大海打电话问送到了吗。

番大海说按时送到，没看到一个人，就让保洁自己回去了。

什么情况？上官芸赶紧看群消息。七点四十分，群主发紧急通知：各位业主，刚刚收到高新教育局回复，官方并未有学位房指标取消之说，请大家不信谣、不传谣，静等政策出台。故而活动取消。

七点四十分，她送了大河，正在急着上班的路上，哪里顾得上看手机？好吧，虽然费了些周折，但学位房还在，她长长吐出一口气，给自己冲了杯咖啡，启动工作模式。

政策出台

备受家长关注的永宁市民办初中招生入学政策千呼万唤终于出台，教育局官网第一时间正式发布。具体内容，除去将小道消息中疯传的电脑随机派位与面试比例的调整，其他无任何变化。

政策出台当日的下午，上官芸收到高新物业的电子邮件——致各位业主的2018年上学通知。

看到通知的第一条，她就傻眼了，基本条件：2018年2月28日前购买入住且在5月31日落户到住房上的业主直系子女（小学毕业生）。

2月28日前？上官芸将日期反复看了几遍，顾不上要开预算会，提着包往家赶，进门也不换鞋，找出崭新的房本，看上面清清楚楚地打印着"2018年4月1日"。

哈哈，4月1日，多么具有讽刺意味的日子！上官芸捏着房本瘫倒在床上，两行热泪滚滚而下……

这是多大的一个局，自己如奋不顾身的飞蛾，扑向火光，跌落在不该属于她的梦里……

她没力气抱怨什么，瞪着天花板喃喃自语："为什么别人走捷径那么容易，我们想走个捷径那么难？"

番大海闻信比较淡定，安慰妻子说："只是无法使用指标而已，房子还在，指标也在，万一大河直接摇上，房子带指标转手，增值空间更大。你想想，学位房的指标用一个少一个，物以稀为贵，北京十平方米的破过道因带学位指标，卖到了150万，咱们等几年，等学位房快没了再出手，价格还不是由我们说了算？"

上官芸飞快地在脑子里算了一遍，就算等几年卖不到十五万一平方米的单价，一平方米卖五万，这套房能卖五百万了，这么一想，破碎的心不治而愈。但有一股无名之气，憋得肚子难受，她不甘心地说："万一大河摇不上呢？物业让登记，咱们还登不登记？"

番大海说："通知说得很清楚，登记就表示指标用了，还是让大河好好准备面谈吧。"

上官芸慢慢缓过神来，调整好心态说："等几年肯定不行，欠了那么多外债，还是尽快还上吧。"

番大海点点头说："对，尽量用一年半载把外债还清，能借咱们钱的人都是值得交往的人，咱要珍惜！"

上官芸给艾商打电话，哼哼唧唧说她心里难受，把事情说了一遍。艾商听了，先把规定日期的人骂了一遍，说："凭什么规定日期，谁买了房子，谁就是业主，新业主也应该享有与其他业主同等的待遇，明天我陪你去找物业去！"

上官芸说："明后天我要到市里学习呢。"

艾商说："那就周末去，你把物业电话给我，让我先给他们上上课。"

上官芸怕艾商暴脾气出口伤人，劝道："算了吧，政策又不是物业定的，给他们上课没用。"

艾商斩钉截铁地说："快给我，今天我们大老板莫名其妙地批了我一顿，我得找个出气筒出出气。"

母亲知道学位房指标用不成，责备上官芸做事毛毛躁躁，急于求成，不脚踏实地，顺便又回顾了一下过去："我和你父亲一辈子都坚持脚踏实地，一步一个脚印地走路和做事，任何时候，任何事情都不要抱有侥幸心理。投机取巧，走邪门歪道的结果就是你现在聪明反被聪明误的下场。"上官芸被学位房折腾够呛，本来就心塞，被母亲一教训，眼泪哗哗哗地流了下来。母亲一副恨铁不成钢的表情转身从厨房提出一布袋包子，塞到女儿怀里说："多大的人了，说两句就哭哭啼啼的，一点抗压能力都没有。一天碌碌无为，懒得也不给孩子包包子，让孩子在外面买包子吃，外面包子敢吃吗？网上说用的全是淋巴肉，吃了会得怪病的！"

上官芸觉得自己都快累瘫了，母亲还嫌她懒，哭得更厉害了。母亲心软了，口气温和下来："快趁热给孩子们带回去，我用梅花肉包的，可香了。"

周末，艾商慷慨激昂地给物业从《中华人民共和国物权法》讲到《中华人民共和国合同法》。上官芸也配合着将为了学位指标借钱买房的艰难困苦如祥林嫂般哭诉一番。物业面带标准的职业微笑，除了表示深深的同情，其他一概无能为力。

上官芸看艾商说得唾沫乱飞，口干舌燥，低声劝道："他们只是政策执行者，说破天都没用。"

艾商正好累了，大口大口地喝完物业倒的水，说："走，找教育局去！"

上官芸在路上劝艾商："政策已经正式公布，肯定是不容撼动的，去也是白去。咱们不如去星巴克喝杯咖啡吧。"

艾商觉得买学位房是自己出的主意，本想帮好朋友的，没想到成了这个样子，不甘心地说："政策制定不合理，就应该听取民意，及时更正。"她强行挽着上官芸走到管委会门口，还没上楼，就见一个戴着黑框眼镜的男人气鼓鼓地从门里出来，嘴里叨叨着："我要不是为孩子上学，吃饱了撑的花高价买学位房。"

艾商喊了一声："刘总！"那男人停下脚步，看是艾商，闷声闷气地回了句："艾总。"

艾商问："出什么事了？需要帮忙吗？"

刘总扶了扶眼镜说，他前一阵子为了解决老二小升初的事，买了一套带指标的二手房。今天教育局进行资格审查时说，3月8日买的不符合规定，学位指标用不了，自己和他们讲了半天道理，就是不行。艾商同情地从包里掏出纸巾，递给刘总说："别急，先擦擦汗，我朋友和您的情况一样。我们正准备去找教育局呢。"

刘总抽了张纸擦擦两鬓的汗，摆摆手说："此路不通，还是另想办法吧。"艾商笑着说："刘总，您单位不是和教育局是兄弟单位吗？要不找找上层？"

刘总摇摇头说："滴水不漏啊，找领导都没用。领导说已经签过保证书了，不写条子，不开口子，不走关系。"刘总叹了口气，说声"再见"便急匆匆地走了。

上官芸早料到这个结局，就拉着艾商去喝咖啡，另想办法。

艾商端起冒着热气的焦糖玛奇朵看了看，放下，说："本来想帮你，没想到竟弄巧成拙，太不甘心了，政策是人定的，我就不信没有漏洞。"

上官芸本来很郁闷，看艾商比自己还郁闷反而不太郁闷了。她耐心地给艾商解释，政府出台每项政策都是经过深入调研、多方考证、权衡利弊、深思熟虑、反复论证后形成的，并不像一些键盘侠吐槽调侃的那样，脑袋一拍，政策就出来了。要怪就怪自己太贪婪，急着走捷径。算了算了，事情没有想象得那么糟，酸甜苦辣，默默干了！

艾商白了上官芸一眼，说："什么贪婪？那是人民对美好生活的向往！不行，我不能把大河的前途交给命运，我一定要给娃想个好办法。"

上官芸说："咱不折腾了，还是各回各家，各练各娃，乖乖准备面试吧。"

看艾商坐着不动，上官芸提起包说："学校通知五点开家长会，我先走了，你慢慢想，想好告诉我。"

学校突然通知开家长会，一个小时的家长会主要是一个议题：详细解读摇号面试政策。

因教学楼附近的城中村安置楼施工，噪声如秋蝉的鸣叫声不绝于耳，具体内容一句也没听清。上官芸看着新聘来的年轻班主任一张一合的口型，心想：真不知道孩子们在这样的环境里是如何学习的。上官芸被施工噪声吵得心烦意乱，盼着快点散会。手机振动，她从教室后门偷偷溜了出来，找了一个安静点的角落接了。艾商说她有个远房表叔，在名校是化学老师，可以找他帮忙。

上官芸惊喜地问："可靠吗？早上碰到的刘总说找领导都没戏，你表叔什么来头，这么厉害？"

艾商神秘地说："你听过'曲线救国'吗？"

上官芸说："汪精卫？"

艾商在电话里咯咯地笑了，说："哪跟哪呀？我是说用迂回战术，来战胜小升初这个难题！"

"洗耳恭听，愿闻其详！"

艾商说："他们学校子弟可以直升本部，大河只要能成为学校子弟，不就问题解决了吗？"

"快说，快说，是不是让大河认你表叔做干爹？"

艾商嘿嘿地笑着说："聪明，但不是干爹，是爹！我让表叔和表婶离婚，你和番大海离婚，然后你带大河和我表叔结婚，这样大河就是表叔的直系亲属，妥妥地直升本部。当然听着有点复杂，其实一切照旧，只是办些手续而已。"停顿了一下，她坏笑道："不过，万一你看上我家表叔，也可以假戏真做！"

"有病！"上官芸对着手机骂了一句，"这么好的办法，留着自己享用吧，慢走，不送！"

艾商笑着说："等大河顺利入学，尘归尘，土归土，该离婚的离婚，该复婚的复婚。噢，对了，事成之后，要给我表叔表婶二十万，表达谢意。二十万可是亲情价，你赶紧和番大海商量商量，给我个话，你不愿意有人愿意呢。"

吸取了买房教训，上官芸嘎嘣脆地回道："多谢，姐不折腾了，把你表叔留给更需要的人吧。"

报名前后

政策清清楚楚地公布5月12日为网上报名起始日期。眼看这一天越来越近，因为只能报一所心仪的民办学校，所以如何取舍，让大部分家长犹豫不决，纠结不已。上官芸去了几趟适合大河的欣达附中，探听不到任何消息。明知道找学校没用，但她还是忍不住抱以希望。周五下着雨，她又去了，门卫同情地说："你们家长去找教育局吧，我们领导也没办法，上面不发话，大家都不敢动啊。"找教育局有用吗？往年学校门卫还会让有意向报考他们学校的家长留下孩子姓名和联系电话。今年因电视问政引来了国务院教育督查组，哪个学校敢违规乱动啊？

今年，一切都变了！

看来新上任的局长说"永宁市教育不仅要改革，而且要革命！"不是假大空，而是唾沫吐到地上要砸个坑！

欣达附中没希望，网上报名的时间越来越近，小道消息传得很凶，成绩优异的都接到名校电话，让网上报他们学校。上官芸打电话问艾商，艾商压低声音说："正发愁呢，几个学校的电话都接到了，不知道该给可乐如何选呢。"说完她没了声音，上官芸以为电话信号不好，"喂"了几声，手机里传来艾商正常的声音："刚在开培训会呢，我溜出来了。是这样，我分析了一下，欣达多年以题海战术、强化训练为主，比较适合可乐。但我怕训练强度大、压力大，可乐身体扛不住。新高教育理念先进、社团多、活动多，注重孩子全面发展，倡导素质教育，可乐除了会做卷子，啥才艺也没有，去了怕不适应。亿帖离家太远，要住校，女孩子还必须剪短发，可乐不愿意。"

上官芸打断问："那大教和果实大呢？"

艾商说："果实大免费班挺好，但没接到电话。大教其实不错，就是太远，又不提供住宿，我全国各地跑，没法天天接送孩子。"

上官芸哼了一声说："真是饱汉不知饿汉饥，大河一个电话都没接到，报名的事，我都快纠结死了，你竟然还在挑三拣四，故意显摆刺激我，是不？"

艾商忙安慰上官芸："没有没有，你先别急着报名，等到最后一天，最后一小时再报，这几天手机充满电，24小时开机，应该很快就能接到电话的。"

上官芸叹口气说："好吧，坚守到最后一刻，希望能接到电话。"本想再说几句，但有电话进来，她赶紧跟艾商说了，接听却是培训机构让报面试班的，上官芸说已经报过了，放下电话。她想问问番大海的想法，番大海说他没时间研究这些事，让她全权做主。

上官芸找出几个目标学校的资料，把每个学校的办学特点、往年中考升学率及民间口碑细细研究了一遍，又联系大河的实际情况筛选了一下。大河虽然不爱刷题，既不是"学霸"也不是"学神"，但大河爱好广泛，思维活跃，英语出色，围棋四段，三年级以前还学过一段时间的架子鼓，如果能进入新高，肯定能迅速融入并成长起来。因此上官芸觉得不妨先报新高，若能摇上最好，摇不上经历一次面试，也不是坏事。上官芸把想法告诉番大海，番大海说他正在陪院长查房，让上官芸想好后路，自己决定就好。

后路？是啊，如果摇不上，面不过，后路在哪里呢？

大河就读的二小，按往年区域划分，对口中学不好不坏，每年的中高考成绩在区内排名不前不后。作为母亲，上官芸总想把最好的给予子女，虽然她的父母亲言传身教，不求人，靠实力。但为了孩子，她准备走投无路时去找关系，用金钱为儿子的小升初撞开一扇通往目标学校的大门。

5月下旬，市教育局因陆续接到群众关于招生报名工作的问题反映，为及时回应社会关切，其党委召开了"五大名校"醒谈会，主要目的是：再次重申和强调招生纪律，就进一步规范招生行为进行提醒和安排，切实做好今年改革各项工作，确保招生入学公平公正，"五大名校"负责人与教育局签订了承诺书，承诺坚决不出现以下十一条违规问题。

不超计划、违规跨区域组织招生；

不擅自招收已被其他学校录取的学生；

不自行组织或与社会培训机构联合组织以选拔生源为目的的各类考试；

不采用社会培训机构组织的各类考试结果；

不委托第三方组织自主招生；

不提前组织招生，变相"掐尖"选生源，从其他学校抢挖"尖子生"；

不以高额物质奖励、虚假宣传等不正当手段招揽生源；

不以各类竞赛证书、学科竞赛成绩或考级证明等作为招生依据；

不对学生进行中高考排名；

不宣传中高考状元和升学率；

不私自组织特长生招生。

市教育局工作人员在接受媒体采访时表示电脑随机派位的公平公正是市小升初教育改革的生命线，没有派位成功的学生将会参加各学校自行组织的面试，并对具体面试环节如何进行、怎样杜绝人为操作、面试形式是什么等都——做了回应。

教育局为了挽回公信力，竭力论证小升初电脑随机派位的公平性和科学性，并通过媒体和官方网站反复强调："诚信招生，阳光招生。"同时教育局开通各种举报渠道，鼓励广大群众以信函、电话、照片、音视频等形式举报投诉民办学校招生过程中的违规行为。

新上任的教育局局长更是放出狠话："教管利剑悬，霜刃凛凛寒。今日已出鞘，谁碰试试看！"

眼看网上报名截止时间就剩一天多了，没有接到任何电话的上官芸还是下不了决心，她看着卧在沙发上斗地主的番大海，气不打一处来，叨叨着："早都让你找关系，死要面活受罪，装死扮清高，如今火烧眉毛了，究竟敢不敢报新高啊？"

番大海说："在医院一天，我累得跟狗似的，给小雅送冬瓜排骨汤回来，放松一下都不行？"

上官芸噌地一下无名之火冒了出来，解下围裙，甩给番大海说："就你累！别人都是铁打的。明天下午六点报名就截止了，我脑袋里一团糨糊，你不闻不问，天天为病人无私奉献的心就不能给自己的孩子分点儿？"

番大海莫名其妙地看着老婆头顶冒烟，笑了："我不是不闻不问，大河的事一直都是你做主，我说什么都没用。"

上官芸不依不饶地说："你不说怎么知道有用没用？"

番大海拉着老婆坐到身边，耐心地说："依我说，就别给大河报什么'五大名校'，多大肚子吃多少饭，报个二类民办，压力不大，也比较适合孩子。"

上官芸看丈夫态度不错，火气消了一点，说："二类学校离小雅太远，住校的话我又不放心，也舍不得。何况看今年这形势，二类竞争更激烈呢？"

番大海说："南唐不是离小雅近嘛？报南唐也不错。"

上官芸犹豫了一下说："估计报南唐的人数也不会少，拼南唐还不如拼新高，毕竟名校光环在那里，师资力量、学校环境、教学理念不可同日而语。"

番大海明白老婆已经决定报新高了，只不过需要他肯定一下罢了，从屁股下抽出围裙，说："保底学校找好了吗？"

上官芸往丈夫跟前凑了凑，有点求助的意思，说："如果摇不上，你去找找人，让大河去上欣达附中，我打听清楚了，欣达附中属于公办，认领导的条子，最重要的是适合大河！"

番大海看着被儿子小升初折磨得神神道道的妻子，有点心疼，说："你们单位接到教育局通知了吗？我们中层今天都填表了，一式三份，教育局备案一份，医院党委留一份，自己留一份。你们没填吗？"

上官芸本来已经拿起围裙，准备去收拾厨房，听番大海一说，将围裙扔到他怀里，扭身进卧室躺床上去了。

第二天一到单位，上官芸就看到单位通知栏贴着一张盖着教育局红章的通知："各直属单位（学校）党组织，机关各处室：为维护我市教育工作者形象，营造风清气正的教育发展环境，确保2018年入学招生工作公平、公正、公开进行，按照市委和市纪委部署，现发布《关于全市党员干部签订在招生入学中"不说情不打招呼不批条承诺书"的通知》……"

上官芸刚看完，路小丽就给她送来三张承诺书表格。看着一目了然的表格，她心里为教育局这个不走寻常路的招数点了个赞，叹道："教育局用釜底抽薪的办法把人往正路上赶，真是用心良苦，看来想找人托关系是彻底没戏了。"

手机响了，艾商要视频通话，上官芸起身关起了办公室的门，问艾商给可乐报哪了。艾商说当然是东大了，为了稳妥，她已经和他表叔领了结婚证：可乐先参加摇号，摇上就不用给表叔二十万；摇不上，可乐作为直系子女，不用参加面试直升本部，给表叔二十万。这样万无一失。

上官芸惊得从转椅上弹了起来，说："你总有惊人之举，我以为你只是说说而已，没想到真落实了……"

艾商严肃地说："姐是行动派，想到做到，说到做到。我认真分析了一下，可乐木讷、内向、不善言谈，面试必挂无疑。虽然我们接到电话，但教育局不停地喊杀喊打，电话万一不起作用，那可乐岂不惨了？所以我们决不能打无准备的仗，要不惜一切代价，力保可乐进入东大！"

上官芸啧啧赞道："你舍身为娃的英雄气概，让姐感动得热泪盈眶，你是条真汉子！"

艾商鼓励上官芸："别怕，车到山前必有路，报新高咱就不惜一切代价死磕新高，没有比人更高的山，没有比脚更远的路，办法总比困难多。'黄沙百战穿金甲，不破楼兰终不还'！"

上官芸被艾商的豪气感染，突然有一种慷慨赴死似的冲动，心一横，登录小升初招生网，毫不犹豫地填写资料、上传照片、点击确认，为大河填报了新高。而后她擦擦手心的汗，翻出手机的通讯录，找了几个自认为有能量的朋友和同学，托付大河摇号面试之事。大家都表示理解，但都表示今年情况特殊，无能为力，只能走一步看一步。上官芸给番大海发微信说了艾商为了可乐能上新高，和表叔领证之事。番大海呵呵回道："她表姊心可真大，就不怕赔了老公折了兵？"

5月31日下午六时报名结束，系统自动关闭报名通道。在公证人员的监督下，两名技术人员在西市公证处现场采取"双用户名加双密码"的方式，导出加密的全市报名数据，以区、县为单位，由市公证处集中封存并实施为期十二天的安全保管。在此期间，实行双人双岗24小时值班，全方位无死角视频监控。封存的报名数据为加密文件，无法在电脑中直接打开。

互信是那么崇高的字眼，又是那么神奇。人们因对摇号的公平、公正产生怀疑而焦虑、烦躁、冲动。政府为重新打造全新教育环境和政府形象不遗余力，公开透明地将所作所为展示在阳光下，让民众看得清清楚楚，摇得明明白白，所有谣言不攻自破，所有质疑渐渐消除。

　　同时，教育局公布永宁市2018年民办学校初中招生网上报名工作正式结束，截至5月31日下午六时，共成功报名52263人，比去年总报名人数减少了3000多人。每个家长仔细核算着报名人数和目标学校的录取比例，仍旧焦虑……

焦虑是比较带来的。

越是自己没有什么，

越是会去看别人有什么，

截取彼此生命中的两个部分

摆在一起比，

人们看不见自己拥有的，

也看不见别人苦恼的那一面，

于是就活在了内心设定的一个套子里：

自己很欠缺、很失败、很孤独……

然后就一直朝着自己想象的幸福努力，

去追逐别人的生活。

其实，自己苦苦追寻的，

或许是别人想要出来的围城。

向外寻求，

并不能达到内心的真实快乐，

如果感情或事业就是幸福的答案，

也不会有这么多苦恼的众生了。

我们的焦虑，来自

价值观的单一与世界观的狭隘，

被束缚在自己概念所局限的监狱里，

而不能看到自由的真正出口。

可以尝试了解不同状态生活的人，

很多人没有自己认为的

"幸福的必备条件"，

也一样生活得自信和快乐，

他们的信念是什么？

去掉障目之叶，

才能看到

更大的天地和更好的未来。

为了平复心情，上官芸抄了一首网上的诗给自己。从小升初信息平台上公布的每个学校的报名人数和录取人数来看：亿帖摇号比例1∶5.4，东大1∶4.4，新高1∶4.1，大教1∶6，果实大1∶7.2，智慧1∶4.9，喜悦1∶8，鸿鹄1∶8.7。新高虽然业主比较多，但是摇号中签率最高，面谈成功率低于东大，略低于亿帖。整体上，各学校差不多。阳光下的操作也出现了喜剧性的一幕。南唐计划招生550人，网报人数只有317，也就是说，如果报了南唐，不用摇号，不用面试，直升了事。真是猜中了开头，却没猜中结尾。

上官芸细细算了一遍新高的情况：计划招生1500，网报2461，摇中比例为24.38%，在"五大名校"中摇号中签率最高，也就是减去摇中的600人，再减去业主的681人（业主摇中，不占面试名额），剩下的面试比例远远低于其他学校。

上官芸算出面中率，肠子都悔青了，打电话埋怨番大海当时不坚持报南唐，如果报了南唐，此刻心就放到肚子里了。番大海不说话，上官芸听到他们领导在讲话，知趣地把电话挂了。

没办法，既然参加了这场游戏，没到最后，不能轻言放弃。为了看到更大的天地和更好的未来，上官芸决心先去掉障目之叶。

她将已经放养的儿子重新收拢圈养起来，在网上搜集了各个城市历届面试内容，加以筛选和整理，用办公室电脑打印出来装订成册，每晚等大河写完作业，自己当面试官，让人河站在客厅中央，一道一道提问，一道一道回答。

有家长在群里吐槽，小升初把家长都变成全才了，会辅导奥数，善于解读各种政策，懂得大数据分析，能搜罗各种情报，还能顺便当个面试官。

求　佛

　　母子俩迅速调整状态，转战面试，因要面对永宁市历史上第一次实施的面试，家长、孩子都属于摸着石头过河，培训班八百块钱一节的面试培训课也没有任何参考数据和资料。速成才的面谈培训班仅限于礼仪及言谈举止的规范，并没有具体培训内容。鲁迅说过："其实地上本没有路，走的人多了，也便成了路。"上官芸鼓励儿子说："咱有脚，还怕没有路？走！"每天吃过晚饭，上官芸假装自己是一个严肃博学、经验十足的面试官，让大河雄赳赳、气昂昂地走到客厅中央，先九十度鞠躬，再声音洪亮地问老师好，双手自然下垂，进行中英文自我介绍，上官芸拿着打印出来的天文地理知识、文学常识、思维拓展题、英文短语，一一提问。开始大河还能认真回答，后来慢慢地淘气起来。上官芸问："你为什么选择我们学校？"

　　大河笑嘻嘻地回答："因为我听说新高的饭菜美味可口，一个汉堡套餐才八块钱。"

　　上官芸又气又笑，甩只拖鞋过去被大河轻松接住。这么打打闹闹练到周末，艾商打电话约上官芸一起去大佛寺烧香。

　　上官芸说："我们共产党员是无神论者，只信仰共产主义。"

　　艾商说："知道，知道，你是一名优秀的被内部警告的共产党员，但党员也是人，是人就要食人间烟火，听说当年周恩来总理还去过大佛寺呢。再说了大佛寺附近有个生态园，带孩子们多去大自然逛逛，比你们娘儿俩纸上谈兵强多了。"

　　上官芸心动了，说："走！"

　　被誉为"关中第一奇观"的大佛寺位于彬州市城西十公里外的清凉山下，是省内最大的室内佛。上官以前曾听同事说起过，因没见过，所以没有什么感觉。当上官芸真的站在大佛脚下，仰望金面方脸、秀眉慈目、左手着膝、右手端举、掌心向外、无名指微微前屈、披衣袒胸、趺坐于莲花台上的大佛时，她被其肃穆端庄、雄伟壮观的气势震撼。她在大佛威严却透着慈爱的目光里看到了父亲的神态和影子。桃李满天下的父亲神情始终威严而慈爱，常常巡视在校园的角角落落，坚守着一个教育工作者的初心。他治学，严谨有序；为人，悲悯磊落。上官芸双手合十，心里默念道："爸爸，请保佑两个孩子健康平安，学业有成！"

　　艾商用胳膊捣了捣上官芸，小声说："要拜就大大方方地拜，心诚则灵！"

上官芸没理会，仰头从不同角度欣赏站立在大佛东西两侧的观世音菩萨和大势至菩萨。两尊菩萨头戴金冠，身着华美璎珞，下系羊肠大裙，神态少了大佛的威严，多了几分俊雅恬静。整体雕刻，无论是花边裙袂还是浮雕发髻、飞天祥云皆精致华美、富丽祥和，古代石雕造型艺术的精湛程度真让人折服啊！

艾商虔诚地跪在蒲团上，双手合上，美目紧闭，嘴里念念有词。

谁都有几桩只能对佛祖诉说的心事。上官芸没有打扰她，轻轻退出，走进了千佛洞，几个孩子围在一尊断了手臂、体形呈"S"形的婀娜多姿的佛像前嘀咕着什么。上官芸估计大河又在出什么鬼主意。

果然，准备去生态园时，大河嚷嚷着要去看白爱军，小雅也说想去，可乐使劲点头，表示赞同。

艾商和上官芸交换了一下眼神，看时间还早，手机地图搜了一下位置，不过四十分钟的路程，便同意了。

艾商联系老山，知道白爱军在学校帮忙砌围墙，几个孩子一听，乐开了花，催着把车开往太谷希望小学。

一身民工打扮的张校长戴着白线手套，正在热火朝天地搬砖，白爱军推着三轮车给几个瓦工送水泥。大河一看，觉得和水泥好玩，挽起袖子就给白爱军搭手帮忙，可乐也想加入，急

得拽着艾商说不出话来。上官芸不想让小雅累着，便说："咱
们几个就别添乱了，问问校长还有什么其他的需要帮忙的。"

张校长放下手中的砖，笑呵呵地将她们几个请进办公
室，说："喝水自己倒，我正好需要帮忙呢，这一大堆票据，
小雅和可乐帮我整理一下，贴到原始凭证上，要交给财务走
账呢。"

上官芸看着桌子上凌乱的票据问："您申请的资金到
位了？"

张校长摘了手套，用搭在脸盆架上的毛巾擦了一把汗津
津的脸说："局里资金紧张，没批，但我遇到贵人了。"校长
停顿了一下，端起茶杯喝了一大口凉茶说："为了孩子，我豁
出老脸，去几个本土企业跑了跑，没想到几个老总心系家乡教
育，慷慨解囊，竟然把我们需要的资金凑齐了！"

上官芸和艾商由衷佩服。

上官芸说："这些资金可建一个专项资金账户，收支明细
由专人做账管理，定期形成财务报表，向捐助单位上报。"

张校长哈哈笑道："还是你考虑周到，难怪老山夸你精明
能干！"

上官芸还没来得及谦虚，就听到老山的声音："老哥，你
在背后说我啥坏话呢？"话落，身穿迷彩服的老山闪了进来，手
里捏着张纸条，往办公桌上一拍，说："这是砖厂的收款收据，
我拿回来了。"他抬头看了一眼上官芸，点点头，去工地了。

张校长拿起看了看，递给小雅，让她贴好，对上官芸和艾商说："你们自便，我得去工地帮忙了，趁最近没雨，赶紧把围墙砌起来。"

上官芸望着张校长精神矍铄的身影，对艾商说："我突然能理解几个孩子为什么喜欢来这里，是因为这里的空气中弥漫着泥土的气息，这里看着生机勃勃、安详宁静。大河为什么喜欢和白爱军在一起？因为白爱军拥有孩子的天性，且特立独行，能吃苦有想法，这不正是城市教育最缺失的部分吗？我突然想到了那句话：农村天地广阔，可以大有作为了！"

艾商"喊"了一声说："大小姐，别在这唱高调了，谁都知道学校、校长、教师安静下来，才是教育最该有的样子，可谁能静得下来？谁愿意静下来？谁又敢静下来？"

上官芸"呃"了一声，接不上话来，底气不足地回道："你牙尖嘴利，我说不过你，我不去入村扶贫是因为领导说岗位离不开！"

艾商还想说，手机响了。她看了一眼手机，又看了一眼上官芸，眨眨眼睛，拿着手机去外面了。

上官芸帮着两个孩子整理好票据，老山进来招呼她们吃饭。艾商坐在操场的双杠上，晃动着大长腿，对着手机正聊得眉飞色舞。因为有工人，张校长让学校厨师加班给大家做饭，饭菜简单：一大盆酸辣土豆丝，一大盆洋葱拌黄瓜，一大盆泡椒御面，还有一大盆青椒肉丝，主食是馒头稀饭。

　　上官芸从来没见过儿子这样狼吞虎咽，大馒头夹着青椒肉丝，一口气吃了三个，把小雅、可乐看呆了。

　　回城高速上，大河打着饱嗝说他约了白爱军暑假来家里做客，要带白爱军去科技馆和历史博物馆。上官芸感叹："在城里，大家将日子过成了复制、粘贴的模式，在乡村待几天，能清空内存，重置系统。看来以后还是要多带孩子们出来走走！"

　　艾商笑了，揶揄道："你就是标准的城市病患者，间歇性踌躇满志，持续性混吃等死！"上官芸手机振动，老山发来一句："到哪了？"上官芸心里哼了一声，将信息删了。艾商边开车边问："老山吗？你为什么看不上他？他又有男子汉气概又有型，心还很细，他为给你凑钱，把心爱的指挥官都换成二手吉普了。"

　　上官芸从后视镜看孩子们在后座上睡得七倒八歪，便骂艾商："他给你什么好处了，值得你天天在这拉皮条！既然那么好你咋不留着自己用呢？"艾商一个急刹，车横在高速上，上官芸伸直脖子看，一条黑狗穿过高速护栏跑了。艾商骂道："天哪，吓死姑奶奶了！"她边骂边挂挡起步，却怎么也挂不上，低头看来看去，不知问题出在哪里。上官芸怕危险，打开双闪，从后备箱找出警示牌，估计了两百米的距离，放置好。她回到车上，看艾商捣鼓来捣鼓去，车如死机的电脑，依旧一声不吭，一动不动。城市中开车的女人，谁会修车？艾商气得直骂娘。上官芸拿起手机准备叫保险公司，艾商说这地方前不着村后不着店，等保险公司来天都黑了。正说着天空砸下雨滴来，两人分头打电话，又搜索一番，认为有可能气路故障，也有可能燃油泵线路接触不良，还有可能火路发动机线末与点火高压线圈连接线路故障，面对一串串的专业用语，两人大眼瞪小眼。雨越下越大，上官芸给保险公司打电话，发了位置，保险公司让车上人员迅速转移到安全地带，他们会派人马上出发，看位置估计四十分钟到达现场。上官芸看着水雾弥漫的窗外，高速路外面不是树林就是田地，哪有可以避雨的地方？再看看车上熟睡的孩子，上官芸很是不忍，和艾商商量要是能把车推到路边就好了，艾商说："别想了，再加两个我们都推不动！"艾商突然拍了下脑门，拿起手机，打了一个电话，打完电话，表情紧张地说："老山也在回城路上，他让我们必须立刻离开车，高速上车速快，下雨能见度低，路滑，说待在车上特别危险，让我们在十秒之内离开车！"上官芸知道高速上停车很危险，但没想到这么危险，顿时紧张起来，快速叫醒孩子们，在后备箱找到了一把伞，为孩子们遮挡着风雨，把孩子们带出了高速，躲在一棵苹果树下。睡得迷迷瞪瞪的大河被雨一淋，清醒过来，问怎么了。上官芸安慰孩子说不要紧，车发不动了，等保险公司来处理。正说着，艾商披了一张野餐用的防潮垫跑了过来。雨越下越大，几个人蜷缩着挤在伞和防潮垫下，心里七上八下。突然，大河说："大家别怕，我来给咱们搭个雨棚吧。"说着他从中间挤出来，指挥可乐和姐姐一人撑一个防潮垫的角，将防潮垫呈三角形搭在高处的苹果枝条上，让两个妈妈拔些纤长的幽草，搓成草绳，用草绳将垫子四个角固定到低处枝条树干上，一个简单宽敞的雨棚搭好了，几个人不用撑伞，躲在下面也淋不到雨了。可乐向大河投去崇拜的目光。

上官芸赶紧用衣襟给孩子们擦去头上和脸上的雨水，小雅闪动着水汪汪的大眼睛表扬弟弟说："大河，没想到你天天看《荒野求生》竟然能学以致用，此刻如果你还能生一堆火，就更好了。"

正在得意的大河听到姐姐出的难题，看了看四周，眼珠子一转，说："第一，没有火种；第二，没有干柴；第三，没有野兽，生火干啥？"小雅说："生火御寒呀，你没看到可乐冷得直哆嗦啊？"

大河看了看可乐说："那我试试吧。"他挠着后脑勺自言自语道："难道要钻木取火？"艾商说："不用吧，我们又不是穿越到原始社会了，车上有打火机，我去取。"

大河高兴地叮嘱道："干妈，车上有报纸或者什么可燃物品，都给我拿来！"

艾商打着伞，刚翻过高速护栏，就看到一辆开着大灯的货车，飞快地从远处冲来，看到警示牌来不及刹车，打了一把方向，朝艾商飞撞而来。上官芸看到艾商手中的黑伞飞向天空，身子缩成一团滚进了水沟，忍不住尖叫起来。那辆车如醉汉般摇摇摆摆地继续朝前冲去，瞬间不见了踪影。上官芸尖叫的同时飞奔过去跳进水沟，抱着双目紧闭的艾商边摇边喊，几个孩子也围了上来，高一声低一声地叫喊着，只见一动不动的艾商突然睁开双眼，"扑哧"一下笑出声来，坐直身子说："哎哟，幸亏我身手敏捷，大难不死，必有后福，看来今天拜佛拜对了，我家可乐肯定能摇上！"

上官芸左右开弓，比画了两个耳光，嗔道："你想吓死我们呀？开玩笑也不看时候，孩子们都吓哭了。"

艾商伸出双臂将三个孩子揽进沾满泥水的怀里，说："没事，宝贝们！妈妈逗你们玩呢！"

正说着，一辆打着双闪的旧吉普缓缓驶来。"老山叔叔，老山叔叔！"大河连蹦带跳地喊着。老山摇下车窗说："不要怕，我把车停到安全地带，再来接你们。"

老山难道真为了凑钱，把他那辆威风凛凛的指挥官换成了这个破破烂烂的旧吉普？雨越来越大，气温越来越低，上官芸心里却觉得暖暖的……

摇 号

6月12日早上，永宁市的小升初摇号结果不紧不慢地面向忐忑不安、等待摇号的家长和孩子们公布出来。前一天晚上，上官芸做了个梦，梦见大河摇上了，可在公布的名单里，怎么也找不到大河的名字，急得上官芸满头大汗，急着急着就醒了。看时间，凌晨四点，番大海值夜班不在家。她开灯起来，去儿子房间给儿子盖好被子，上了趟厕所，躺回床上，翻来覆去睡不着，一会儿想小雅也不知道有没有踢被子，可不敢着凉了，一会儿想大河摇上了，一会儿又想大河没摇上……天快亮了，她好不容易睡着，闹钟响了，只好晕晕乎乎起来给儿子准备早餐。

教育局官网公布：上午十点，全市范围内统一摇号。上官芸十点以前将手头工作全部做完，捧着手机，刷着关于摇号的每一条信息。正看未艮区准备摇号的直播，书记通知党员在党支部小会议室开会，说按要求继续学习。上官芸背着处分，不敢耽搁，放下手机，拿了笔记本和笔，赶紧去小会议室。

她边学习边惦记着摇号的事，心里希望学习能早点结束。可书记说上次学得不够深刻，这次要逐字逐句地学，他慢条斯理地从第一页读起，甚至碰到标点符号都要解释一下为何要用感叹号而不是句号。结合内容，书记边忆苦思甜边解释什么是煤油灯、什么是沼气池，讲读得正投入，上官芸的手机振动。上官芸一看是艾商，想挂掉，一紧张按了接听键，只听到艾商激动得快要从手机中蹦出来，用全世界都能听到的声音喊道："可乐摇中了，姐姐，可乐摇中啦。我刚收到短信，阿弥陀佛，感谢观音菩萨，我家可乐摇中了！"

书记摘下老花镜，面无表情地看着上官芸。上官芸尴尬地说了声"对不起"，把手机关了，看起来心里很内疚的样子，然后开始很认真地做笔记，心里却七上八下，不知道大河能不能摇中。

十二点，学习结束，上官芸目送着左手端着茶杯、右手拿着书本的书记慢悠悠地踱出会议室，急忙打开手机，问艾商："如何知道摇中没摇中？"艾商却撒着娇说上官芸还没祝贺可乐呢。

上官芸说："祝贺，祝贺。快说，咋知道摇中没摇中？在哪里查呢？"

艾商说："你看短信，短信若没有，你就登录网上报名系统查询。"

上官芸没等艾商说完，打开短信，有几个未读，心跳加速，打开看却是培训班邀请面试试听的、10086推荐优惠套餐的、信用卡催款的。上官芸问艾商："通知短信长啥样？发我看看。"

艾商安慰道："好，你别急，听说短信是一批一批发的，要相信教育局。"

上官芸"嗯嗯"地胡乱应着，打开了艾商转发来的短信：

【永宁市基础教育】艾可乐同学：您已被东大电脑随机派位录取。

不知为何，看完短信，上官芸眼中泪花乱闪，既为可乐感到高兴，又为大河感到难过。她不信大河运气会这么差，登录网报系统查询，没有录取通知，她将手机短信打开，等着奇迹出现，万一如艾商所说，录取短信在赶来的路上呢！

她抹着眼泪，盯着手机，时间一分一秒地伴着她的心跳从她眼前流过。下午两点了，还是没有任何信息，她的心冷了下来，擦干眼泪，打开手机中儿子最喜欢听的《壮志雄心》，希望歌手铿锵有力的声音能平复她内心的烦乱。

她六神无主，一遍一遍地听着，她想起曾挤出时间带孩子在培训机构附近的影院看《摔跤吧，爸爸》，娘儿俩被故事情节深深感动，泪汪汪的儿子假装坚强，对泪流满面的妈妈说："你放心，总有一天，我也会让你感到骄傲的！"她无法控制自己的眼泪，感觉越擦越多……有电话来，她条件反射地跳了起来，心想是不是电话通知大河摇中了。电话里传来了大河急切的声音："妈，我摇中了吗？你收到短信通知了吗？我们班第一和倒数第一都摇上了。你快说，我摇上了吗？"

她不想让孩子听到自己哭泣的声音，调整了一下情绪，尽量让语气平和一些，实话实说道："目前还没接到通知，再等等，我听说是一批一批公布的。不过，告诉你一个好消息，可乐摇中啦！"

她本来想安慰安慰儿子，没想到儿子"哇"的一声在电话里哭了。

放下电话，她再也无法控制自己，两行热泪奔涌而出，她摊开笔记本记录了自己激动的心情。

放下笔后，她去洗手间洗了把脸才回了办公室。她必须先调整好自己的心态，然后在接儿子放学的路上帮儿子调整好心态。路小丽敲门送来一盒饭，没说一句话，轻轻退了出去。她很感谢这个碰到利益开撕、碰到难关共渡的同事没有打扰她消化悲伤。

她拿起手机，翻看小升初群里摇中的狂喜和未摇中的悲戚。那句话说得真好："你我都是戏子，在别人的故事里，流着自己的泪……"

网上有一篇《摇号这一天》深深打动了她："是的，摇号这一天，是永宁市参加小升初摇号的50248个家庭悲喜交加的日子。我们信奉天道酬勤，却不得不祈求上苍垂怜，我们坚信凭自己的实力才能笑到最后，却不得不中途屈服于命运。"文中最后说："人生的路很长，幸运是虚无缥缈的云彩，实力才是夯实人生的板砖，妈妈希望你靠自己，做真正的强者！"这篇图文并茂的文章网络点击量有十万加，被各个群体转发点赞。上官芸被这位母亲悲伤中的坚强和辛酸中的理性所感动，陪孩子小升初，一路走来，谁没有鸡飞狗跳过？谁没有在深夜的台灯下大吼大叫过？谁没有被奥数逼得疯狂过？谁没有"满腹委屈言，几把辛酸泪"？她想起在三伏天送儿子去地面温度接近五十度的北大街上课，儿子不小心碰到了暴晒下的不锈钢扶梯，小胳膊瞬间被烫伤的一幕；她想起大雪天，两人摔倒在培训班楼下的一幕……

她想对儿子说的话被一个感同身受的母亲情深意长地写了出来，平缓、真实、催泪，隐忍中不忘给人以光亮，无奈中并未改变努力的方向。她泪眼婆娑，将文章打印出来，准备给儿子看。

外婆知道外孙没摇中，给外孙打气道："实力决定未来，实力决定命运，摇号只是一种教改手段，不是还有备选方案吗？只要有实力，即使摇不上，面试照样可以进入理想学校。这次教改，政府是做足功课的。今天的摇号，我全程监督，教育局真正做到了透明、公开，无差错，无遗漏。尤其高科技的运用，使得工作效率明显提高，对于新事物，不要因为不适应、不习惯就用负面情绪去抵触，要用积极的态度去学习、了解和接受。我很支持此次教改。第一，遵从了孩子的成长规律，遏制了揠苗助长的歪风邪气，把孩子们从奥数培训班和题海战术中解放了出来，让孩子有时间去释放天性。大河可以踢球，小雅也有周末了。第二，不管是社会的哪个阶层，一视同仁，全部摇号，大家的择校机会更均等了。第三，把你们这些受过高等教育的家长们，从打着陪伴孩子成长的旗号，却揠苗助长的怪圈里解放出来，专心工作，为社会创造更多财富，实现你们自己的人生价值。当然还有你们追逐的'五大名校'，会在教改后变成'九大名校''十大名校'，让更多的孩子享受更多的优质教育资源。只要坚持下去，生源和教育资源都平衡了，教改的目的就达到了。"

上官芸知道母亲站的高度非自己所能及，何况人在事中迷，几年来陪儿子备战小升初，除了做奥数题的能力渐长，其他能力均已萎缩退化。她怕儿子对未摇中的事实不能接受，一接到儿子就把打印好的《摇号这一天》递给了他。没想到，吃过晚饭，儿子很自觉地写完作业，拿来面试集锦，递给妈妈，站在客厅中央，自信而认真地开始中英文自我介绍。

夜里，上官芸睡不着，给在杭州学习的番大海发语音说难受。番大海被吵醒，不满地说："没摇上就没摇上，你都说了八百遍了，难受啥？你不是因为孩子没摇上难受，而是因为你三年来啥也没干，就陪大河跑培训班，只有投入没有回报而难受。不说了，作报告、听报告、分组讨论，忙了一天，我困得不行了，睡觉！"

上官芸还是难受，给艾商发消息，艾商没回；打电话，艾商关机。她悻悻地微信留言："不是说二十四小时开机吗？为啥才十二点就关机了？"不良情绪无处发泄，她给艾商发了一堆不开心、"蓝瘦香菇"、打滚撒泼的图片，才消停下来。她在黑暗中回想母亲的话，摇号这一天，摇上的"漫卷诗书喜欲狂"，没摇上的"默默无语泪千行"。有人说，这样完全依赖于运气的摇号，实际上破坏了公平性，它让家长和孩子在教育上付出的时间、精力、金钱等投入都成了一场空。有人说摇号其实是政府把本该自己解决的教育问题，推给了社会和家长。上不了好学校那是你命不好，依赖于运气的摇号真的破坏了公平，否认了努力的重要性。从另一个角度看，也许这恰恰是最公平的手段，剥去家庭背景、成长环境，不管你是贫穷还是富有，聪明还是愚钝，在摇号的这一刻，人人平等，同样的起跑线，谁也没有特权抢跑。番大海说得对，心里难受是因为付出那么多，一摇了之。换位思考，能够在孩子的教育上付出大量时间、精力和金钱的家庭都是经济条件比较好的家庭，而越是贫困的家庭，越难以获得额外的教育资源。对他们来说，这何尝不是另一种公平？她想到了少年老成的白爱军：如果他有机会进入"五大名校"，会怎样呢？也许看到更高处的风景后，认识到差距，他会自卑消极，但更有可能埋头奋进，化茧成蝶！对他们来说，这样的机会该是多么宝贵和难得。平心而论，较之前统一的考试，摇号虽然来得突然，但它给没有优质教育资源的群体以希望，而面试又让这些为小升初付出努力的孩子有了更正面的回馈。政府如果能坚持下去，肯定能遏制住病态的择校热，使得各校的生源走向均衡，还校园本来的模样，还孩子们一个健康美好的童年。想到这里，她从阴霾了一天的糟糕情绪中挣脱了出来，鼓励自己道："别泄气，不是还有面试嘛！"

最后的冲刺

生命不息，奋斗不止。速成才的第一批面试培训结束，上官芸四处打听，又给大河报了一个价格超高，但自称对全国各地面试内容研究颇深的面试班。她刷信用卡支付着高昂的培训费，愁着买房借的一堆债，不停地在心里给自己打气：就差这临门一脚了，坚持，坚持到底就是胜利。

6月20日，大河学校拍毕业照；21日，毕业典礼，毕业联欢；22日毕业考试。考试结束，只剩下7月3日上午去学校领毕业证了。孩子面对即将散去的相处了六年的小伙伴和即将离开的学校，突然伤感不舍起来。大部分已确认了所上中学的孩子疯玩起来，让大河羡慕不已。小雅还没放假，上官芸只好把大河交给母亲，由母亲负责每天监督管理上培训班，练习书法，上围棋课。

单位的工作数年如一日，没有什么变化。

小雅的成绩徘徊在年级一百五十名左右，番大海坚持每晚带着妻子煲的各种汤和各种水果，送给下晚自习的女儿补充营养，并陪孩子在学校操场散步锻炼身体。

艾商因可乐提前上岸，开心不已，带着可乐去北京爬了长城，逛了故宫、颐和园，还去清华、北大门口拍了照，又转道天津，吃了"狗不理"包子，啃了天津大麻花，跑到天津港坐轮船去了厦门，一边逛、吃，一边"看"着上官芸陪大河做着最后的冲刺。

艾商手中举着鼓浪屿的馅饼与坐在办公室电脑前写学习笔记的上官芸视频通话，说："如果接到东大面试真题电话，千万别信，绝对是假的。"她自我检讨道："是我肤浅，这场教育革命真好，让我省了二十万！"

上官芸叹道："几家欢喜几家愁，好后悔没报南唐，否则早就游上岸了。"

艾商说："加油，大河肯定能面上。"她又说从厦门回来给可乐报了暑假超强班，可乐不喜欢和人打交道，只喜欢学习；还说七月中旬订了机票去巴厘岛旅游，问上官芸要不要一起去。

上官芸摇摇头，叹道真是摇上的海阔天空，没摇上的度日如年。手机响了，对方问是不是番大河的家长、孩子是不是要参加面试，说自己有"五大名校"的面谈真题，一口价28000元，若需要请加微信详谈。

上官芸觉得好笑，正好有时间，对着手机劝道："我不知道你们是如何得到我的电话号码的，但我奉劝几句：年纪轻轻的做点啥不好，非要做这些坑蒙拐骗的事？今年不管是摇号还是面试，民办学校面临史上最强势、最严格的监管，摇号不用说，面试教育局再三强调仅以问话形式裸面，是情景对话，杜绝任何笔试。你们这种智商欠费式的行骗手段会被人耻笑的。兄弟，浪子回头金不换，改邪归正吧，一切都来得及！"说完，她把电话拉入黑名单，给番大海打电话让找找人。番大海态度坚定，响应教育局政策，能面过最好，面过不了上区内公办。

上官芸忙说："咱不是把大河的户口迁到高新了吗？高新的公办好不好啊？要不要把大河户口再迁回来，咱们辖区的公办毕竟校史悠久，学风浓厚些。"

番大海制止道："行了，你累不累啊？"上官芸还想辩两句，新报的面试培训班打电话来，神秘地说："好消息，请立刻来机构一趟。"

大河报的面试班还有几节课，老师在面试前夕，突然打电话来，还说是好消息，上官芸不禁激动起来：莫非是点考乂算数了，大河被录取了？

培训机构的老师把上官芸带到一对一的小教室里，面露喜色，低声说："咱们机构搞到四个名额，校长专门让给番大河留一个，记住千万要保密，一个名额十一万。今晚八点前交清，只收现金。"上官芸看了一下时间，下午四点，说："只剩一个小时，银行就下班了，我到哪凑这么多现金去？何况提现超过十万都要提前预约呢。"老师很有经验地说："分头提，一个小时来得及，楼下就有银行。"

上官芸忙不迭地答应。

下了楼，想想银行卡上的余额，上官芸有点泄气：这几个月为还信用卡拆东墙补西墙的，突然要十一万现金，到哪找去？她赶紧给番大海打电话。番大海听了问："哪个学校才收十一万？不是说往年得二三十万吗？"

上官芸拍一下脑壳，说："啊，一激动，忘了问哪个学校了。我问清楚再给你电话。"上官芸打电话问老师，老师电话不承认说过此事，让她到机构来谈。她马上明白：机构是不想落下口实，怕被电话录音。她只好又上楼当面问清楚学校，给番大海打电话，番大海一听学校的名字说："那种破学校也敢要十一万，真是趁火打劫，我举报他们去。"上官芸责备道："什么时候了还举报？咱们又不是梁山好汉，要替天行道，赶紧想想咱娃怎么办吧。"

"别听他们忽悠，咱娃安安心心地准备面试！"

好吧，那就抓紧最后的时间，好好准备面试。上官芸出培训机构在等电梯，碰见了一个熟悉的面孔，两人同时叫道"青菜！""浮云！"，又异口同声地问"你咋在这里？"然后同时笑了。上官芸看青菜提着楼下银行的手提袋，沉甸甸的样子，马上明白了，回头指指培训机构，又指指袋子。青菜将袋子往身后藏了藏，用手指比了个"嘘"的动作。两个人心知肚明，但没说什么。不知为什么，上官芸看着青菜迈着轻快的脚步，充满希望地推开机构的玻璃门，走进去的背影，心里酸酸的……

尾　声

一、永宁市的公共交通工具有哪些？你认为在公交车上应注意些什么？说说你在坐公交车的时候最难忘的一次经历。

大河答："有公交车、地铁、出租车、滴滴专车、顺风车，还有摩的、蹦蹦。坐公交车不能将危险物品带上车，如果车上有异味，要及时告诉司机。坐公交最难忘的经历是我妈妈给一个老爷爷让座的事。我上三年级的时候，有一次下雪，我妈妈送我去北大街补课，车上只有一个座位，妈妈让我坐，我让妈妈坐，我妈妈拗不过我，坐了两站，上来一个老爷爷，她就把座位让给老爷爷坐了。我到现在还记着。"

二、你有一个外国友人来永宁市了，你会给他介绍永宁市的哪些方面？从你说的这些方面中，选出你最擅长的一方面做出介绍。

大河答："I will introduce some interesting places and some

delicious food. Emperor is highlighted…（我要介绍一些有趣的地方和美食。重点介绍一下兵马俑……）"

三、你会弹奏乐器吗？如果会，请说出你演奏时的感受；如果不会，请说出你听一场演奏的感受。

大河答："我三年级的时候学习了打架子鼓，好久没练，现在不会了。我没听过演奏会。"

四、你们小组要表演孙悟空三打白骨精，所有的小组成员都抢着要当孙悟空。如果你是小组的组长，你会怎样做？

大河答："我会让成员参加海选，谁表演得最好就让谁当孙悟空。当然还可以抓阄或者面谈。"

五、在小学学习的过程中，你有哪些好的学习方法？请和我们分享一下，分享过后你的感受是什么。

大河答："我不是'学霸'，说的方法不一定对，但我觉得不能只刷题、做卷子，应该上课认真听讲，下课认真独立完成作业，在写作业前将老师课堂上讲的知识回顾一遍。我最喜欢学英语，英语成绩最好，因为我有一个说英语的舅舅，我经常和舅舅用英语视频通话，这个方法很好。我很开心向大家分享我的学习方法。"

六、"四大名著"中，你最喜欢的人物是哪一位？你为什么喜欢他？请说出一个和他有关的故事。

大河答："我最喜欢《三国演义》里的赵子龙，因为他跟随刘备将近三十年，先后参加过博望坡之战、长坂坡之战、江南平定战，独自指挥过入川之战、汉水之战、箕谷之战，他武艺高强，见识高远，忠勇兼备，是《三国演义》里最帅的将领，是我心中的大英雄。我最喜欢在长坂坡之战中，赵子龙单骑救主的故事。当时经过新野一战，刘备以少胜多，打败曹操。曹操引五十万大军前来报仇，慌乱中，赵云发现不见了刘备，走散了甘夫人母子，紧急集合三十骑，杀回乱军寻找。赵云在一位大嫂的指引下，找到甘夫人母子。甘夫人趁赵云不注意跳井身亡。这时曹兵杀来，赵云含泪推倒土墙埋了夫人，急忙抱起阿斗往外冲。曹将杀来，赵云力战众将，威武勇猛，七进七出，视曹军百万之众如同草芥。曹操传令活捉赵云，赵云就利用这个机会冲出包围，终于将阿斗交给了刘备。我还记得一首关于赵云在长坂之战的诗：昔年救主在当阳，今日飞身向大江。船上吴兵皆胆裂，子龙英勇世无双。"

当上官芸用颤抖的手拉住面试出来的儿子，听儿子一口气将面试内容复述完毕，问清楚了儿子的分数后，心如因缺氧从鱼缸里跳出来的金鱼，在地上乱蹦个不停，额头上渗出的汗顺着脸颊缓缓地滑落。她没有责备儿子因实话实说，第三题得了零分。她只想知道所有参加面试孩子的分数，好估算出录取分数线，推测儿子的吉凶祸福。

7月的太阳晒得地面发烫，空气里散发着一股塑料袋燃烧的怪味，让人呼吸困难且反胃。幸亏上官芸提前买了水，她使出全身力气，给儿子拧开一瓶，又给自己拧开一瓶，娘儿两在烈日下咕咚咕咚喝了一大半，慢慢缓过劲来，她看到一个孩子出来，忙凑上去问面试分数，孩子泪汪汪地说158。又一个孩子出来，她又凑上去问面试分数，孩子含糊地说178或是168，没听清楚，还想问，被孩子妈妈拉走了。面试从早上八点开始，大河打印的面试凭证上的面试时间是十点二十分。上官芸早早送大河到达学校门口，从目送儿子进入试场到此刻，她已经在越来越燥热的空气中，站了三四个小时，却一点也不觉得累。穿着旗袍和高跟鞋的她用一种不到黄河心不死的信念支撑着自己，每看到一个出来的孩子就迎上去，如一个落魄的乞丐，看到行人就凑上去乞讨一般，急切地打听面谈成绩……

按规定，面试录取结果查询时间为民办学校面谈工作全部结束后第二天下午六点之前。也就是说，能否面试成功，将在四天后揭晓答案。上官芸觉得整个世界已经静止，耳边似乎只有烈日暴晒着路边的绿植，发出滋滋滋的煎烤声音。

电话响了，中介公司一小伙在电话里急切地问："姐，你高新房子的指标还在不在？在的话，卖不卖？我这有个客户准备给孩子明年小升初用呢。"

芸脑子有点蒙，随口问："能卖多少钱？"

小伙略显遗憾地说："最近房价降了点，不过，我争取给您谈到二百五十万吧！"

芸眯着眼睛，抬头看看天空令人眩晕的烈日，自嘲地对着手机说了句："又一个二百五！"

电话响了，艾商在电话里哭喊着："姐，我不活了，我被他毁容了！"

"谁？谁？被谁毁容了？出什么事了？你在哪？"

上官芸有点反应不过来，电话却断了，回拨过去已关机……

番大海打电话来，没问大河面试怎么样，直奔主题说："院长刚和我谈话了，希望我能作为医院外科专家带医疗服务队去马拉维援助两年，我想征求一下你的意见。"

上官芸没好气地说："去吧，你是白求恩，舍小家为大家，儿子刚面试出来，你也不问问结果。你走了，我和两个孩子怎么办？"

山高水长，一去万里，非洲一去就是两年，家里的事情都要压在妻子身上，番大海于心不忍，但想着买房借的一堆外债、停滞不前的事业、母亲的病情和需要的治疗费用。最重要的是，若能将他和团队多年来在临床上总结提炼的DTI，即弥散张量成像技术在国际上推广运用，让医生在术前更清楚地掌握肿瘤和白质纤维情况，会使手术方案更加安全可靠，大大提高手术成功率，那将会挽救更多的生命。作为一名医生，这将是多么崇高且义不容辞的使命！这种机会，对他的处境和年龄是多么宝贵，不管院长是出于什么动机，他都想答应下来。但他首先需要得到妻子的支持，他说："院长说了，如果家里有什么困难可以提，组织上会出面解决。"

正在焦虑儿子面试能否通过的上官芸听丈夫这样一说，脱口而出："组织如果保证大河面试过，你就去。"她想了想又说："如果实在保证不了，大河去欣达附中也可以。"

番大海爽快地说："好。"

上官芸一听丈夫很爽快地答应了，又后悔起来：非洲有埃博拉病毒，有瘟疫，枪支泛滥，治安混乱。她想起带大河看的《战狼Ⅱ》，里面炮火连天，战火纷飞，心里乱成一团。她还惦记艾商，打电话依然关机：这是什么日子啊？怎么事全凑一起了！老天保佑艾商平安无事吧，保佑丈夫顺顺利利吧，保佑孩子面试通过吧，她在心里祈祷着。一个孩子面谈出来了，她赶忙又凑了上去……

生活，不是这样，就是那样，反正通常不会是你想要的那样！

我们不妨借用雨果在巴尔扎克墓前的诔词，来结束这场没有结局的"升学记"吧。

　　这不是黑夜，乃是光明；这不是终局，乃是开端；这也不是虚无，而是永生。你们听我说话的一切人，我不是说到真理了吗？像这一类的坟墓才是"不朽"的明证！